KB271469

로만 산맥
로만
리바트
발라
니트 해협
드왈로제국
도시 국가 연합
몰타 제도
서해
마뮬란 산맥
코트타니
그란
아이온
4

얼음의 대지
스칼라이드 산맥
만유
샤벨
신성 투실바
! 연방
시니아
카시리아
모타니
와튼 공국
헬베른 산맥
네이니강 로스빌
삼태호
브
사막
크로시안
우랑카
알라모
에티우스 밀림
에티우스 만
군도
다
류드빌
동해

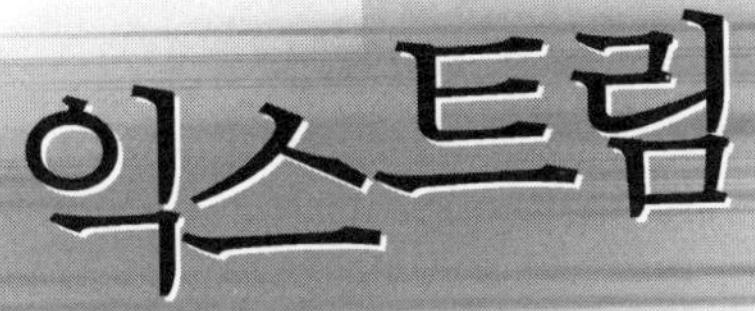

익스트림

엽태호 퓨전 판타지 소설

익스트림 5

엽태호 판타지 장편 소설

초판 1쇄 찍은 날 § 2007년 2월 8일
초판 1쇄 펴낸 날 § 2007년 2월 18일

지은이 § 엽태호
펴낸이 § 서경석

편집장 § 문혜영
편집책임 § 최하나
편집 § 문정흠

펴낸곳 § 도서출판 청어람
등록번호 § 제1081-1-89호
등록일자 § 1999. 5. 31
어람번호 § 제1-0798호

주소 § 경기도 부천시 원미구 심곡1동 350-1 남성B/D 3F (우) 420-011
전화 § 032-656-4452 팩스 § 032-656-4453
http://www.chungeoram.com
E-mail § eoram99@chollian.net

ISBN 978-89-251-0544-4 04810
ISBN 89-251-0257-9 (세트)

익스트림

변혁의 바람

5

엽태호 퓨전 판타지 소설

도서출판 책
람

FANTASY FRONTIER SPIRIT

contents

Chapter 1

삭풍(朔風)의 계절

휘이이잉!

바람이 분다.

산천초목을 꽁꽁 얼어붙게 만드는 차가운 바람이다. 여린 살을 저미는 매서운 칼날이다.

"으으으, 추워……."

순백의 설원 위에 분분히 뿌려진 검은 점들이 집을 찾아가는 개미 떼처럼 기나긴 행렬을 이루며 북녘 칼바람을 헤치고 있었다.

선두 그룹은 성기사들과 신관인 사제들로만 이루어져 있었다. 선봉에서 북풍한설과 직접 부딪치는 그들이지만 단련된 자들이라 그나마 나았다.

문제는 일반 백성들로 이루어진 구천여 명의 중군으로, 병사라기보다는 피난민에 가까웠다. 추위와 허기에 지친 대열에서 끊이지 않고 신음이 터져 나왔다.

"으윽!"

이미 감각을 잃어버린 손발의 고통은 잊은 지 오래다. 날카로운 칼날로 변한 얼음 조각들이 눈보라에 숨어 피부 곳곳에 생채기를 만들어도 그들은 느끼지조차 못했다. 피 또한 흐르지 않는다. 피가 흐르기도 전에 연약한 살 조각을 얼려 버릴 정도로 추위는 매서웠다.

철벽같은 포위망을 뚫고 테리 성을 빠져나왔다는 기쁨도 잠시, 교의 발생지인 암스트로 가는 길은 지옥의 가시밭을 걷는 것보다 더한 고통이었다.

뼈마디를 에고 살점을 수십, 수백 조각으로 저미는 삭풍이 라미안 교 일행의 북상을 가로막고 있는 것이다.

"망할 놈의 하늘!"

누군가의 입에서 원망이 담긴 한탄이 터져 나왔다. 신앙심 하나로 모진 고난을 견딘 그들이건만 그보다 더한 거친 욕설을 내뱉어도 누구 하나 나무라지 않는 상황이었다. 공기마저도 얼려 버리는 바람이 옷깃을 여미는 손길마저 멈추게 만들 정도로 북방의 한파는 왕의 군대보다 더 무서웠다.

"콜록! 콜록! 으으으."

“어, 엄마.”

한 아이가 휘몰아치는 눈보라에 휘말려 허우적거린다. 당황한 어머니가 허벅지까지 올라오는 눈밭을 헤치고 미친 듯이 달려간다.

“누, 누가 좀…….”

휘이이잉―!

어머니의 구원의 소리마저 매정한 눈보라에 묻혀 버렸다. 그렇게 대열에서 이탈한 모자는 아무도 신경 쓰지 못하는 사이 설원 속으로 사라져 갔다.

풀썩!

허기를, 추위를 이기지 못한 한 노인이 탈진해 쓰러진다.

무심한 눈길로 스쳐 가는 사람들.

감정이 메말라서가 아니다. 그 노인의 모습이 곧 자신들과 다를 바 없기 때문이었다. 북상길에 친지가, 이웃이 숱하게 쓰러져 갔다. 내미는 손길의 작은 동정도 사치였다.

오늘 밤에, 아니, 당장 한 시간 후에 자신들이 노인처럼 될지도 모른다. 그저 마음속으로 영생을 빌어줄 뿐이었다.

스스스스!

협곡에서 낮게 불어오는 바람에 스잔한 기운이 뭉클 묻어났다.

맨델스존 협곡의 초입, 발길을 멈춘 라미안 교 일행은 고난의 마지막 관문인 협곡을 무심한 눈길로 처다보았다.

마치 거인이 산맥을 도끼로 내려친 듯한 형상의 협곡은 지옥으로 들어가는 입구처럼 냉랭하면서도 으스스한 기운을 물씬 풍겼다.

그 어느 곳보다 깊고, 길고, 좁기로 유명한 이곳은 지친 라미안 교 일행의 무거운 어깨에 또다시 짐을 더했다. 암스트로 관통하는 지름길이지만 지세가 험해 열흘이나 더 소요되는 우회로를 선택하는 경우가 많았다.

하지만 라미안 교의 수뇌부는 무리수를 둘 수밖에 없었다. 물자도, 시간도, 교도들의 체력 등 그 어느 것 하나 충분치 않았기 때문이다.

히이—잉! 푸후! 푸릉!

지금까지 묵묵히 주인의 손길에 이끌려 오던 말들이 갑자기 앞발을 추켜들었다.

당황한 기사들이 말을 다독이기도 하고 윽박을 질러봐도 요지부동으로 협곡 안으로 들어가지 않겠다는 듯이 거친 투레질을 할 뿐이었다. 협곡은 미물마저 미지의 공포를 자아내게 만드는 그런 곳이었다.

"워! 워! 워어—! 이 녀석들이 갑자기 왜 이래?"

천을 둘둘 말은 손이 말고삐를 거칠게 잡아챘다. 하얀 망토를 두른 것으로 보아 성기사의 복장인데, 항상 자랑스레 드러내 놓고 다니던 갑옷은 어디로 갔는지 눈만 드러낸 것이 일반 백성들과 구별할 수가 없었다.

"대체 뭣들 하는 것이냐?!"

말들의 소란이 가라앉지 않자 선두 대열을 이끄는 그리엄 신장이 앞으로 달려나왔다.

"이놈들이 앞으로 가려 하지 않습니다."

말과 힘겨운 싸움을 벌이고 있는 기사의 대답이었다.

"무슨 연유로?"

"그것이… 저희들도……."

말을 할 줄 모르는 짐승이니 다그친다 해도 그 이유를 설명해 줄 리 만무하다.

날씨보다 더 매섭게 협곡을 노려본 그리엄이 목청을 높였다.

"바람이 거세어 지레 겁을 먹었을 게다. 잘 다독거려 길을 재촉해라. 선두에서 지체하면 후미의 신도들이 더욱 힘들어진다. 말에 성력이라도 불어넣어 안정시켜라. 지금껏 너희가 고생한 바를 모르는 것은 아니다. 조금만, 조금만 더 힘을 내거라 협곡만 통과하면 암스트가 지척이다. 신께서 우리와 함께하신다. 힘을 내라!"

날씨 탓에, 두려움에 부들부들 떨던 말들은 사제들이 신성력을 불어넣자 빠르게 안정을 되찾았다. 곧 심한 반항을 하던 말들이 거짓말처럼 기사의 손길을 따르기 시작했고, 곧 선두 대열이 움직이려 했다.

그때 중군에서 달려온 전령이 움직이기 시작한 대열을 멈춰 세웠다.

"그리엄 신장님! 교황 폐하의 전갈입니다."

테리 성에서 포위군을 격퇴한 크라우치는 승리를 자축하는 연설에서 스스로를 교황이라 칭했다. 한사코 그 호칭을 고사하던 모습과는 상반되는 언행이었다. 오히려 신장과 장로들은 반겼는데, 크라우치가 기나긴 수성전으로 피폐한 신군에게 구심점을 찾아주기 위해 취한 행동이라 여겼다.

"오! 폐하께서! 그래, 무슨 말씀을 하시던가?"

말에서 훌쩍 뛰어내려 군례를 취한 전령이 빠르게 입을 놀렸다.

"대열의 간격을 최대한 좁히고, 쉬지 않고 최단 시간 내에 협곡을 통과하라 하셨습니다."

그리엄이 고개를 끄덕이며 창대를 세워놓은 듯한 협곡을 다시금 살펴보았다.

깎아지른 듯한 절벽 사이의 협곡이다. 만약 겨울이 아니었다면 매복을 경계해야 했을 지형이다. 게다가 지금은 한 겨울인지라 인재(人災)뿐만 아니라 무심한 날씨도 걱정해야 한다.

폭설이라도 내릴 시에는 일만의 신군이 협곡 안에 꼼짝없이 갇혀 동사할 수도 있는 것이다.

천 길 지옥의 입구처럼 입을 쩍 벌리고 있는 협곡을 앞에 두고 라미안 교 일행은 길게 늘어진 대열을 정비했다.

척후는 지금과 같이 그리엄이 이끄는 성기사들이 맡았으며, 후방에 있던 치중대를 선두로 올리고 선, 중, 후로 나누어진 대열의 구분을 없애 한 덩어리로 뭉쳤다.

척후병을 그대로 운용하는 점만 제외하면 전술적으로 매우 위험한 대형이다. 매복이라도 받는다면 꼼짝없이 전멸할 수도 있다. 그러나 협곡을 빠르게 통과하기 위해서는 최선의 방도였다.

장로들이 탐지 마법으로 협곡을 정찰하는 동안 크라우치는 지금껏 그래 왔듯이 짬을 내어 신도들을 찾았다.

한파 따위는 느끼지 못한다는 듯 가벼운 복장이었다. 긴 흰 목을 훤히 드러내고 치렁한 소매를 걷어 올린 그는 눈밭에 오들오들 떨고 있는 한 병사의 앞에 앉아 있었다.

"신의 뜻이었네."

맹추위를 잊게 만드는 온화한 어투로 신분 고하를 막론하고 공대(恭待)만 하던 크라우치의 입에서 나왔다고는 믿기 힘들 정도로 자연스러운 하대였다.

오랜 시간 일반 신도들과 부대끼다 보니 자연스레 터득한 변화였다. 상대방을 깍듯이 존중해 주는 것보다 허례허식을 허물자 신도들에게 다가가기 수월했다.

크라우치의 손에서 뻗어 나온 온기가 병사에게 전해지자

불안하게 흔들리던 눈이 또렷한 초점을 잡았다.

"잠을 잘 수가 없었습니다. 가슴 위에 묵직한 바윗덩이가 놓여져 있는 듯해서 숨을 쉴 수가 없었습니다. 한 발 한 발 내딛을수록 그 고통은 심해졌습니다. 용기도 나지 않았고, 신의 병정이라는 열의로 충만했던 마음도 어디론가 사라져 버렸습니다."

"자네는 카뮤님 군대의 병정이기 전에 사람이야."

따스한 위로의 말에 막 성년에 접어든 것 같은 병사가 굵은 눈물을 흘렸다.

"교황 폐하, 차마 말씀드리기 부끄럽습니다. 창을 내질러 사악한 이교들에게 분노를 전하기보다는 등을 돌려 도망치고 싶었습니다."

"그도 신의 뜻이라네."

병사의 손에 힘이 가해지며 눈이 잊지 못할 환상을 보듯 몽롱하게 풀어졌다.

"그때, 그때였습니다. 신의 손길이 제 손을 타고 지나가는 것을 느꼈습니다. 신께서는 고귀하신 손으로 제 창대를 잡으셨습니다."

"축하하이. 그분의 손길이 자네에게 전해졌구만. 그렇다네. 바로 그게 그분이 원하신 일이야. 자네에게는 선택의 여지가 없었어."

"제, 제 창이 스스로 움직여 날카로운 창날로 이교도의 심장을 뚫었습니다. 전, 전… 두려움은 없습니다. 단지… 제가 느끼고 있는 이 슬픔을 털어낼 수가 없습니다. 제 손으로 사람을 죽였다는 고통을……."

크라우치가 병사의 볼을 타고 흐르는 눈물을 닦아주었다.

"신께서는 자네에게 선한 마음을 주셨고, 동시에 이교도를 벌할 수 있는 용기도 함께 주셨네. 자네 혼자만 그런 슬픔을 겪는 게 아니야. 주위를 둘러보게. 저들은 모두 같은 가족이고, 신의 종이며, 자식이자 병정이라네. 자네의 그 슬픔을 모두 함께 나눌 거야. 우린 언제라도 함께한다네. 슬픔을 거두게. 알겠나?"

병사를 다독거린 크라우치가 몸을 일으켰다. 자신을 경배하는 신도들 한 명, 한 명에게 따뜻한 눈길을 전하고 무심한 하늘을 올려다보았다. 어제저녁까지 무섭게 쏟아지던 눈발이 언제 그랬냐는 식으로 물러가고 너무도 화창한 하늘을 보여주었다.

"바람도 거두어 가시지……."

하늘을 올려다보는 그에게 천신장 프랭크가 다가왔다.

"폐하, 준비를 마쳤습니다."

고개를 끄덕인 크라우치가 입을 열었다.

"나는 후미에서 따를 것이오. 천신장이 백성들을 이끄시오. 느낌이 좋지 않습니다. 최대한 빠르게 협곡을 통과하세요. 최대한 빠르게."

“명을 받듭니다. 신의 가호가 함께하시길.”

힘차게 대답한 프랭크가 부관들에게 명령을 하달하고 말에 올라 협곡을 바라보았다.

“신이시여, 부디 저희들을 지켜주소서.”

“힘을 내라! 뒤처지면 죽는다!”

대열 중간 중간에 위치한 사제들과 병사들이 백성들을 재촉했다.

협곡에 들어온 지 하룻밤이 지났다. 이 정도 속도라면 다시금 세 개의 달이 모습을 비출 때 즈음이면 협곡을 통과할 수 있을 것이다.

다행히도 협곡에 들어서자 살을 에는 바람은 얼굴을 드러낼 수 있을 정도로 잦아들었다. 힘들고 지친 그들이지만 협곡만 지나면 목적한 곳, 교의 발생지이자 성지인 암스트에 다다른다는 희망 하나로 얼어붙은 다리에 힘을 주었다.

선두는 한 길 이상으로 눈이 쌓인 협곡을 빠르게 지나가기 위해 장로를 위시해 고위 신관들이 연신 마법을 난사하며 길을 만드느라 소란이 일었지만 후미는 차분한 분위기였다.

“날이 좋아 다행입니다.”

“그러게요.”

수석 장로 러팔로의 말에 크라우치가 위협적인 산세를 뿜내는 협곡을 올려다보며 대답했다.

도통 산이라고 생각할 수 없을 정도로 나뭇가지 하나 보이지 않았다. 온통 새하얀 세상이다.

그래도 무거운 눈 이불을 덮고 있는 산야에는 새로운 시작을 준비하는 생명의 기운들이 싹을 틔우고 있을 것이다. 암스트로 향하는 그네들의 마음처럼 말이다.

"저는 아무리 생각해도 이해할 수가 없습니다."

러팔로의 뜬금없는 말에 크라우치가 시선을 내렸다.

"무엇을 말입니까?"

"수도에서 들려온 소식 말입니다."

라미안 교는 하루 두 번 아침저녁으로 정해진 기도 시간이 있었다.

그 시간을 통해 신께 진실한 마음으로 기도를 올리고 신성력을 북돋는다. 그런 연후 왈카의 눈을 복제해 만든 신물들을 사용해 각 지부와 연락을 취한다.

하지만 내전 발발 후로는 이 통신구 역할을 하는 신물을 사용할 수가 없었다. 모든 신물의 중심인 왈카의 눈을 맥그레이가 가려 버린 것이다.

그런데 이틀 전, 거의 10개월 만에 왈카의 눈이 반응을 했다. 너무나 기쁜 일이지만 의문이 생겼다. 신물들이 제 기능을 회복했다는 의미였기 때문이다.

왈카의 눈을 탈취해 간 맥그레이가 무슨 연유인지 모르나 스스로 눈에 행한 금제를 풀었다던가, 아니면 시술자가 죽었다는 뜻이다.

아니나 다를까, 맥그레이의 죽음이 신물을 통해 처음으로 접한 소식이다. 이어 왈카의 눈이 대신전에서 사라졌다는 이야기도 들었다.

지금 라미안의 상태에서 그 일을 행할 수 있는 자는 한 명밖에 없다. 이교도인 1골드.

"어떻게 감히 이교도가 성물을 취할 수 있습니까? 믿음이 부족한 하위 신관들조차 만질 수 없는 성물이 아닙니까? 게다가 지금 수도에는 성물에 손을 댈 수 있을 만큼 믿음이 확고한 교도들도 없습니다."

그래서 장로 급들이 아니면 먼지조차 닦을 수 없는 게 성물이었다. 피식, 웃음을 흘린 크라우치가 별일 아니라는 식으로 말했다.

"신의 뜻입니다."

"……."

하고픈 말이 협곡을 뒤덮은 눈만큼 많았으나 러팔로는 할 말을 잃었다.

인간이 이해할 수 없는 기적은 신의 뜻이다.

왈카의 눈을 취한 1골드, 이는 신의 뜻이라고밖에 설명할 수가 없었다.

"후후후, 혹시 압니까? 골드도 나처럼 그분께서 선택한 종인지도 모르지요."

"그런! 말도 안 되는……."

러팔로는 너무 어이없어 또다시 할 말을 잃었지만 크라우치는 미소를 더했다.

"그 녀석, 처음 만났을 때… 풋! 외양을 생각하면 웃음이 나오지만 너무도 친숙했어요. 잃어버린 형제를 만난 기분이랄까. 하여튼 그렇더군요. 일찍 신과 접했다면, 골드는 지금과 많이 다를 거란 생각이 들더군요. 아마도 저와 같이 교를 받드는 기둥이 되지 않았을까 해요."

"그렇게까지……."

"신성이 어릴 때부터 드러난 아이들도 있지만 대다수는 평생을 있는지조차 모르고 살다 돌아갑니다. 골드가 자란 환경을 생각해 보면 가능하지 않나 싶네요. 그래서 신께서 저에게 인도해 주신 걸지도 모르고요."

뭔가가 마음에 안 드는지 미간을 찡그리는 러팔로였다. 교를 위해 많은 도움을 주었어도 도통 1골드에게는 정이 가지 않는다.

"다르게 설명하실 수 있나요?"

물어보나 마나다. 러팔로는 입이 얼어버렸다.

"없는 것 같군요. 신의 대리인인 나조차 그분의 뜻을 다 알지 못합니다. 한 지붕에 살던 맥그레이 장로의 마음도, 연일 신을 찬양했던 조안 왕의 흑심조차 말이죠. 신이 행하시는 일엔 다 이유가 있습니다. 이 시련조차……."

크라우치는 말을 멈췄다. 머리끝을 잡아당기는 듯한 불길한 느낌이 입을 막은 것이다.

그때, 고막을 간질이는 미세한 음향이 울렸다.

드르르.

얼굴이 순식간에 굳었다. 러팔로는 아직 그런 변화를 못 느꼈는지 무슨 일이냐는 듯 크라우치를 빤히 쳐다보았다.

우르르릉!

이번에는 러팔로뿐만 아니라 숨죽이며 열심히 다리를 놀리는 일반 백성들 또한 모두 들었다. 그리고 동시에 고개를 치켜들었다.

우릉! 우르르릉!

산이 움직인다. 정확히는 산정 한편이 거짓말처럼 뚝 떨어져 내렸다. 깎아지는 산면을 타고 내려오는 눈이 순식간에 급격히 세를 불렸다.

"사, 사, 산이!"

"협곡이!"

뒷말은 이어지지 않았다. 몰라서가 아니다. 차마 말을 꺼낼 수가 없었다. 백성들이 공포에 질려 있을 때 크라우치의 입에서 뇌성이 터졌다.

"신도들이여!"

콰콰콰콰콰!

때를 같이해 협곡이 웅장한 배경음을 선사했다.

크라우치의 목소리를 듣자 뱀을 만난 쥐새끼처럼 굳어 있던 신도들의 몸이 움찔했다. 그러나 몸만 반응했을 뿐 아직도 그들의 머릿속에는 한마디만이 맴돌았다.

'눈사태다! 눈사태! 이제는 꼼짝없이 죽었구나!'

그도 잠시,

"무얼하는가! 이대로 죽을 것이냐! 앞만 보고 달려라! 사제들은 신도들을 보호하라!"

이어지는 호통은 하늘이 무너지는 듯한 눈사태의 굉음에 버금갈 정도였다.

굳어진 백성들의 몸을 푸는 효과는 지대했으나 뇌성 같은 목소리는 그만큼 더욱 빠르게 눈사태를 진행시키는 역효과까지 낳았다.

"달려라! 죽을힘을 다해 달려!"

"앞만! 앞사람의 등만 봐라!"

사제들이 목청이 터져라 소리칠 때쯤에는 시냇물같이 졸졸졸 흐르던 눈들이 강처럼 불었고, 백성들의 심장이 터져나가고 입에서 단내가 풍길 때에는 항구를 덮치는 해일이 되었다. 아이러니하게도 하얀 눈덩이가 하늘을 새까맣게 덮었다.

"으아아악!"

"사람 살려! 신이시여!"

눈사태는 아직 대열을 덮치지 않았지만 그들은 이미 아비규환(阿鼻叫喚) 속에 빠져 있었다.

같이 손을 맞잡고 이 시련을 헤치자던 동료를 붙잡아 뒤를 밀쳐 넘어뜨리고, 어른들의 보호를 받던 아이들은 거친 발아래에 짓밟혔다. 사랑과 희생은 다 어디로 갔는지 제 한 목숨만 살고자 한다.

자연이 주는 두려움을 이기지 못한 일부는 털썩 주저앉아 망연자실하게 하늘만 바라보았다. 그렇게 처다보면 하늘에서 기적이라도 행해줄 것처럼.

비명과 온갖 흉악한 욕설들이 난무하며 아수라장을 방불케 하고 있을 때, 크라우치는 하늘을 보고 있었다.

푸른 하늘이 눈에 한가득 들어왔다. 너무도 맑은 하늘이다. 한순간 그의 눈이 차분히 가라앉았다.

'그나마 다행이다.'

지옥의 유황불로 변한 눈더미들이 덮칠 즈음엔 반수 이상이 벗어난 후일 것이다. 눈사태는 대열의 중간을 넘어 후미에 가까운 부분에서 발생했다.

'하지만……'

그를 비롯한 후미에 위치한 대략 3천여 백성들은 대피할 시간이 없었다. 아니, 그를 포함한 몇몇 사제들이라면 충분히 가능하다.

"폐하! 어서 피하십시오!"

"기사! 기사들은 무얼하는 겐가! 세라스! 어서 교황 폐하를 모셔라! 어서!"

러팔로가 호위대에 호통을 치고 사제들이 재촉을 했지만 크라우치는 한쪽 귀로 흘려 버리고는 차분한 눈으로 눈사태의 진행 상태를 지켜보았다. 참다못한 호위대장 세라스가 그의 옷깃을 잡을 때에야 크라우치는 입을 열었다.

"피해라."

낮은 목소리였지만 세라스는 분명히 들었다.

"못 갑니다."

세라스는 크라우치의 고개가 돌아가는 게 한없이 더디게만 느껴졌다. 그 끝에는 깊은 심해와도 같이 바닥을 볼 수 없는 눈이 있었다.

"나는 신의 대리인 교황이다."

절로 무릎을 꿇게 만드는 위험과 감히 범접할 수 없는 기운이 뭉클 풍겨 나왔다.

"신녀와 사제들을 데리고 먼저 피하라."

그 말을 끝으로 크라우치는 공중으로 훌쩍 뛰어올랐다. 그가 향하는 곳은 눈사태가 신도들을 덮치는 중심부였다.

주춤 물러났던 세라스는 입술을 깨물었다.

"이번만큼은 폐하의 뜻을 따를 수 없습니다. 이 죄, 죽어 영혼이 되어서라도 받겠습니다."

라도스에게 호위대장 자리를 물려받은 이후에 전보다 더한 충복이 된 그였다.

세라스는 내력을 끌어올려 말안장을 찼다. 그 뒤로 호위대

30여 명이 따랐고, 크라우치를 모시는 신녀들과 시종들에게
피하라 명을 내린 러팔로까지 가세했다.

자연과 인간의 싸움이다. 러팔로는 그 끝을 짐작할 수 있었
으나 크라우치에게 등을 질 수는 없었다.

두려움과 무서움.

크라우치가 이런 감정을 느낀 건 두 번째다.

같은 하늘을 이고 살 수 없는 브리언의 악적을 만났을 때가
처음이었다.

문득 크라우치는 초생달 모양에 번뜩이는 오러 블레이드
를 직면했을 때의 기억이 생생히 떠올랐다.

쓴웃음이 흘러나온다. 벌써 10여 년 전의 이야기다. 지금
이 그때와 같다면 사정은 달랐을 것이다.

하지만 지금 찾아온 두려움이란 감정은 같은 모양새였다.

거대한 자연 앞에 홀로 발가벗은 채로 오들오들 떨고 있는
어린 양보다 못한 꼴이었다.

으드득!

마음을 다잡았다. 크라우치의 입가에 예의 미소가 걸렸다.

슬퍼도 웃고, 아파도 웃고, 평생을 미소 짓는 인형처럼 살다
보니 얼굴 근육들이 다른 표정을 기억하지 못하나 보다.

거대한 성채가 통째로 덤비는 듯하다. 그 이상으로 억겁의
세월을 유유히 견뎌온 산악이 벌떡 일어나 덮치는 기분이었다.

"후후후, 나는 크라우치다. 수억의 인간 중에 신이 선택한 단 한 사람! 결코 두렵지 않다. 너 따위가 아니라 세상의 조화를 관장했다던 드래곤 수백 마리가 몰려와도 난 꿈쩍도 하지 않는다. 난 교황이란 말이다―!"

크라우치의 찬란한 금발이 휘몰아 치켜 올라갔다. 손에서, 발에서, 얼굴에서, 드러난 피부에서 줄기줄기 빛이 뿜어져 나왔다.

"아―!"

웅장했다. 포근했다. 또한 힘이 솟아올랐다.

죽음의 공포에 떨던 신도들은 빛을 보았다. 그 빛은 죽음의 순간에 찾아든 신의 손길이다. 마치 영생의 길로 향하는 통로같이 보였다.

그러자 엄습했던 공포가, 두려움이 점차 희미해진다. 끝없이 죽음의 나락으로 추락했던 신도들의 눈동자에 환희가 물결쳤다.

주르륵 흘러내리는 눈물은 슬퍼서가 아니다. 감동이었다.

하고 싶은 말은 많았지만 목이 메여 한마디 말밖에 나오지 않았다.

"신이시여."

크라우치가 이런 신도들의 모습을 보았다면 땅을 치며 한탄했을 것이다. 그들을 살리기 위해 나섰는데, 바보처럼 머리를 조아리고 꿈쩍도 않다니.

장로 급 대여섯이 낼 만한 신성력을 발한 크라우치는 눈을 번뜩였다. 손으로 수인을 맺는 모습이 마법을 발현하는 것 같은데 주문의 영창은 없었다. 그러다 한순간 폭음 같은 시동어가 터져 나왔다.

"배리어! 아이스 스톰!"

연이은 마법의 난사였다. 눈더미가 흘러 내려오는 길목에 먼저 광범위 배리어를 쳐서 막고 눈을 얼려 버린 것이다.

쿠드드드드!

한순간 놀랍게도 수십만 톤은 나갈 것 같은 눈사태가 일시 멈추었다.

일 초, 이 초, 삼 초…….

"아이스 월!"

"아이스 스톰!"

러팔로를 비롯한 몇몇 신관들이 크라우치의 생각을 깨닫고 뒤늦게 얼음계 마법을 펼쳐 눈사태의 하단 부위를 얼렸다. 크라우치 주변에 포진한 호위기사대의 눈에 안도의 빛이 스쳐 갔다. 임시변통이지만 일단은 진행을 멈췄다.

"멍청한! 정신을 차려라! 네놈들이 정신을 놓고 있으면 폐하의 노고가 헛되지 않느냐! 어서 앞으로 움직여라! 죽을힘을 다해 달리란 말이다!"

세라스의 노성에도 신도들이 정신을 차리지 못하자 성기사들이 연신 하늘을 향해 넙쭉 절을 하고 있는 신도들을 발로 차고 검집으로 머리통을 후려 갈겼다.

"뛰어, 이놈들아! 여기서 다 죽을 작정이냐!"

"아? 앗!"

그때서야 정신을 차린 신도들이 움직이기 시작했다.

'으윽!'

배리어에 신성력을 공급하던 크라우치의 입가로 핏줄기가 흘러내렸다.

당연한 결과였다. 일시에 수천 톤의 타격력을 발하는 공격 마법을 방어하는 것이 아니다. 눈더미는 그 이상의 무게를 계속 견디어야 한다.

마법 발현을 유지하려면 계속해서 원료를 공급해 주어야 하는데, 인간의 그릇엔 한계가 있다. 크라우치는 그 한계에 도달한 것이다. 눈사태의 진행을 막은 것만으로도 이미 인간이라 볼 수 없을 정도였다.

배리어로 빠져나가던 신성력이 가뭄을 만난 우물처럼 말라가자 감히 인간 따위가 자연의 섭리를 거역한다는 듯 멈춰 있던 눈더미가 화를 내기 시작했다.

드드드! 끄끄! 크르르릉!

눈더미가 크라우치처럼 신성력이 줄어가면 다행이지만 반대로 그 무게를 더해갔다.

당장이라도 배리어가 깨져도 이상할 것 없는 순간이다.

"피, 피해라!"

크라우치가 겨우 입을 열어 외쳤지만 그를 두른 채 눈을 베기라도 하겠다는 듯이 검을 뽑아 든 성기사들이나 러팔로를 위시한 신관들은 귀를 닫아버렸는지 꿈쩍도 하지 않았다.

"어리석은……."

어리석기는 눈사태에 맞선 크라우치도 매한가지였다. 인간의 힘으로 자연에 맞선다는 것 자체가 말도 되지 않는 일이었으니까.

'훗! 우습구나. 크큭!'

"크하하하하!"

꿔꿔꿔꿔! 콰르르르릉!

크라우치가 광소를 터뜨리자마자 신호라도 되는 양 댐에 막혀 있던 물줄기가 터지듯이 눈이 쏟아져 내렸다. 조금 전이 해일이었다면 이번엔 세상이 종말을 고하는 대자연의 노여움이었다.

"하지만!"

크라우치는 굴하지 않았다.

수천의 목숨을 등에 지고 있었다. 자신이 물러서면 수천의 신도들이 허깨비처럼 사라진다. 양팔을 쭉 벌린 크라우치의 손끝이 오므라들었다.

츠츠츠츠츠!

신성력이라 할 수 없는, 성력을 바탕으로 하지만 또 다른 표현 불가능한 힘이 뿜어져 나왔다.

대지가 드드드, 하고 떨면서 주변으로 눈송이가 흩날렸다. 하늘에서 떨어지는 눈송이가 아니라 대지에 내려선 눈들이 다시금 떠오른 것이다.

크라우치를 억지로라도 붙잡아 텔레포트를 펼치려던 러팔 로는 발걸음을 멈췄다.

"이, 이런!"

그는 당황했다. 크라우치의 주변 공간이 일그러지면서 자신의 몸이 의사와는 상관없이 미지의 힘에 이끌려 떠오르려는 것이 아닌가.

크라우치는 화들짝 놀라며 그 알 수 없는 힘에 대항했다. 그리고 보았다.

"저럴 수가!"

크라우치 주변으로 반경 백 미터 공간의 모든 것들이 말 그대로 떠올랐다.

눈을 크게 뜨고 지켜보자 땅에서부터 요상한 아지랑이 같은 것들이 피어오르고 그 기운과 함께 미처 피하지 못한 사람들이며, 말이며, 짐들까지 전체가 부유 마법에 걸린 것처럼 두둥실 떠오르고 있었다.

그때 약간 허리를 숙인 채 양팔을 오므리던 크라우치가 사지를 쫙 펴며 소리쳤다.

"이움타!"

신성어다. 너무도 익숙한 라미안 교의 신성어.

신께 축복을 빌고 기도를 드릴 때마다 수없이 되풀이하는 신성어였다.

분명 러팔로는 신성어를 들었다. 그 또한 수백만 번은 되풀이했던 그 단어였다.

하지만 절대 신성 마법은 아니었다. 그럼 뭐란 말인가?

그는 생각을 이을 수 없었다. 육신이 크라우치의 힘에 휘말려 쭉 빨려 나가는 느낌에 급히 몸을 가누어야 했기 때문이다.

콰! 콰콰콰쾅!

츠츠츠츠츠!

격렬한 부딪침에 의한 충격파와 굉음이 동시에 울렸다.

"허어!"

이젠 감탄조차 나오지 않는다.

크라우치가 쏟아낸 기운이 지척까지 당도한 눈더미를 기적처럼 밀어 올리고 있었다.

어린아이들의 동화책 속에서나 나오는 광경이었다. 바다 깊은 심해에 둥근 배리어를 치고 살고 있다는 해양족 아쿠런트 족의 터전처럼 일대가 변해 버렸다.

크라우치를 중심으로 뻗어 나간 반원형의 미지의 힘이 눈더미를 밀고 올라가며 그리 만든 것이다.

하지만 마냥 기뻐하고 있을 수만은 없었다. 그 미지의 힘에 끌려 올라간, 정말 운 없는 사람들은 차치하고 교황을 보호해야 하는 임무를 싸그리 잊어버리고 스스로를 지켜야 하는 사제들, 그리고…….

"하!"

하늘이 하얗게, 아니, 검게 변하고 있었기 때문이다.

크라우치의 힘이 미치지 못하는 곳은 맹렬한 눈의 파도가 이미 휩쓸어 버린 후였다.

더불어 하늘 또한 점차 푸른 공간이 사라져 갔다. 눈의 파도가 자신들을 완전히 덮어버린 것이다.

"정말 아쿠아 룸이 되어버렸구나."

쿵쿵쿵!

무언가 막에 부딪치는 소리가 들린다. 눈에 휩쓸린 나무나 바위 등일 것이다. 그러나 여전히 이 신비한 공간의 정적은 깨지 못했다.

쭈볏쭈볏, 운 좋게 살아남은 신도들과 사제들이 점차 한 점으로 모여들고 있었다. 눈부신 광채에 휘감겨 그 모습조차 볼 수 없는 크라우치의 발아래를 향해서다.

강자 밑에 모여야 살 수 있다는 인간의 본능에 의해?

절대 아니다. 그들이 설 공간이 점점 줄어들고 있었기 때문이다. 역으로 말하면 그만큼 크라우치의 힘이 줄어들고 있다는 이야기였다.

반경 백 미터의 공간이 칠십으로, 수분이 지나자 그 반으로, 이제는 서로 몸을 바짝 붙여야 설 수 있을 만큼으로 줄어

들었다.

"크아아아악!"

가슴을 저미는 비명 소리에 군중들의 심장도 함께 무너져 내렸다. 수백 쌍의 눈동자가 한 점으로 모였다. 하늘이라기보다는 머리 위다. 크라우치가 광채에 휩싸여 오 미터여의 높이에 떠 있는 곳을 향해.

뚝뚝!

그곳에서 방울져 핏물이 떨어졌다.

"교황 폐하……."

"크라우치님……."

누가 먼저라 할 것도 없이 스르륵 무릎을 꿇고 죄스러움을 고했다.

자신들의 미천한 목숨을 살리기 위해 저 고귀한 존재가 생명의 불꽃을 태우고 있었다. 수백 번 죽어서도 갚지 못할 대죄다.

주르륵!

떨어지던 핏방울이 이제는 핏물이 되었다.

그러자 미약하나마 신성력을 보태던 사제들도 신도들처럼 차례로 무릎을 꿇어 크라우치를 경배했다.

"되었습니다, 이제 되었습니다. 당신의 속 깊은 뜻, 이 가슴에 새겼습니다. 내세에서, 다시 태어나도 신에 맹세컨대 결단코 당신의 사랑을 잊지 않겠습니다. 교황이시여! 크라우치님이시여! 이제 그만 쉬십시오. 제발 부탁드립니다.”

“교황이시여!”

신도들의 마음이 전해졌음인가. 태양처럼 빛나던 크라우치가 그 빛을 잃어갔다.

점차 찾아드는 어둠.

누구나 그 결과가 죽음이라는 것을 안다.

그러나 아무도 두려워하지 않았다. 신의 현세를 보았고, 마음을 알았으며, 사랑을 받았다.

이생의 삶, 마지막이 아니다. 기나긴 신의 찬양 속에 거쳐 가는 하나의 과정일 뿐이다.

러팔로와 세라스가 동시에 달려들어 힘없이 추락하는 크라우치를 받아 안아 들었다. 입가에 남아 있는 혈흔만 제한다면 크라우치의 얼굴은 너무나도 평온해 보였다.

그들 또한 따스한 미소를 머금었다. 동시에 온 힘을 다해 크라우치를 안았다. 이어 자신들이 낼 수 있는 최대의 힘을 끌어올렸다.

머리 위에 수십, 수백만 톤에 달하는 무게가 자신들을 짓누르기 위해 대기하고 있다는 걸 안다. 보잘것없는 인간의 힘으로 항거할 수 없다는 것도.

하지만 일말의 희망이다. 세상은 기적이 있어 아름다운 것이 아닌가. 자신들은 그 기적의 작은 단초를 제공하는 역할이었다.

서로의 마음이 전해졌음인가. 성기사들은 몸으로, 신관들은 수십 겹의 보호막을 크라우치에게 쳤다.

우르르릉—!!

천지가 개벽하는 굉음이 울리고 대지가 뒤집어지는 듯한 진동이 강타했다. 밀려드는 압력에 내장이 터져 나가고 부서진 뼈마디가 피부를 찢어발겨도 그 누구 하나 신음조차 흘리지 않았다.

"이움타!"

누구의 입에서 나온지 모르는 마지막 한마디가 수십만 톤의 눈더미 속으로 덧없는 수천의 영혼과 함께 깊숙이 묻혔다.

망연자실.

협곡 사이에 장벽을 쌓아 올려 버린 눈더미를 바라보는 라미안 교 일행의 지금 심정을 표현하기에는 이 말로도 부족하다.

천신만고 끝에 희망의 땅을 지척에 남겨두었건만. 이건 오만 대군을 맞아 끄떡없이 버텨낸 테리 성의 장벽과는 비교도 되지 않는다. 설산이다. 눈으로 만들어진 하나의 작은 산이었다.

"허어—!"

슬픔도, 아픔도 아니다. 팬톤 장로는 허탈함을 토해냈다.

순식간의 일이었다. 우르릉, 하는 것 같더니 천지가 개벽하고 수천 명의 교도를 묻어버린 어마어마한 설묘(雪墓)가 생겨났다.

후두두두둑!

눈사태는 아직 그 힘을 다하지 않았는지 여력을 뽑아냈다. 멍한 상태로 수천의 목숨을 덧없이 쓸어버린 눈더미로 향하던 일단의 신도들이 또다시 생매장이 되었다.

"저……!"

팬톤은 무슨 명령이든 내려야 했지만 머릿속이 백지장처럼 하얀 상태였다. 풀뿌리를 삶아 먹고 서로 지친 육신을 얼싸 안으며 테리 성에서도 그 긴 시간을 버텼다.

그런데 이건 뭔가?

암스트를 눈앞에 두고 이 무슨 신의 장난이란 말인가? 너무나 허탈했다.

"…장로, 팬톤 장로!"

넋이 나간 팬톤 장로는 무심결에 고개를 돌렸다. 눈이 벌겋게 충혈된 천신장 프랭크였다.

"왜?"

금방이라도 핏물이 뚝뚝 떨어질 것 같은 눈으로 프랭크가 혈광을 발했다.

"신도들을 이끌고 이 빌어먹을 협곡을 벗어나시오."

프랭크는 명령조로 말을 하고는 몸을 돌렸다. 신장과 장로 사이에 오고 갈 언행이 아니었다.

"난 신군들을 이끌고 폐하를 찾을 것이오. 그분은… 절대로 이렇게 덧없이 신의 곁으로 돌아가실 분이 아니오. 절대로!"

팬톤은 무슨 말인가를 하려는 듯 손을 뻗었으나 손끝을 떨 뿐 끝내 아무런 말도 하지 못했다. 고개를 떨군 그의 노안에서 굵은 눈물이 흘러내렸다.

"그렇지, 이렇게 가실 분이 아니지. 내 무슨 불순한 생각을 하는 것이냐. 정신을 차려야, 정신을… *끄끄끅!*"

라도스는 눈물 한 방울 흘리지 않았다. 매서운 눈으로 날지 못하는 다리를 원망스럽게 쳐다볼 뿐이었다. 그러다 한순간 검을 뽑아 들었다. 크라우치를 지키지 못한 다리를 잘라 버리려는가? 아니었다.

설산으로 성큼성큼 다가가 1미터여에 달하는 오러 블레이드를 뿜어낸 검을 내려쳤다. 눈부신 섬광이 눈더미를 갈랐지만, 비웃기라도 하는 듯 아무런 흔적조차 남지 않았다.

하지만 라도스는 전혀 개의치 않았다.

그저 미친 듯이 검을 휘두를 뿐이었다.

Chapter 2

흔들리는 마음

삑! 삑! 삐이이익!

인적 드문 거리에 호각 소리가 날카롭게 울렸다.

얼굴이 새파랗게 질린 한 사내가 뒤도 돌아보지 않고 죽어라 달린다.

그를 쫓는 병사들의 고함 소리가 날씨만큼이나 차가웠다.

"야! 이 새끼야! 멈춰! 멈추지 않으면 즉결 처분이다!"

골목길을 끼고 달리는 병사의 목소리에 탁한 쉿소리까지 묻어 나왔다.

"으헥헥! 염병할! 벌써 며칠째야. 넌 잡히면 죽었어!"

숨이 턱까지 차오른 병사는 덜렁거리던 투구가 빙글 돌아

눈앞을 가리자 투구를 땅바닥에 내팽개쳤다.

치안대뿐만 아니라 수도방위군까지 투입된 히치벅 일대 검열 겸 수색이었다. 수도 내의 거주지라면 성 내외뿐만 아니라 다리 밑 움막까지도 피해 갈 수 없었다.

왕의 특명, 연이은 암살과 대신전의 습격 사건으로 서릿발 같은 명령이 떨어졌다.

타국 및 타 지역에서 온 자, 수도 인명대장에 등록되어 있지 않은 자, 부랑자와 거지, 범죄자를 색출하여 죄과에 따라 처벌하라는 것이다.

물론 주된 목표는 정체를 알 수 없는 암살자들이다.

자국 내 백성이라도 지역 간의 이동은 관의 허가가 있어야 한다. 허가증이 없는 자들, 돈을 벌기 위해 고향을 등진 부랑민들은 때 아닌 날벼락을 맞았다.

그들은 범죄자들과 마찬가지로 필사적이었다. 잡히면 최소 추방이다. 이 엄동설한(嚴冬雪寒)에 성에서의 추방은 곧 사형선고와 다름없다.

"서라! 수상한 자다! 왼쪽 길로 갔다!"

"브룩 가(街)다! 브룩! 놓치지 마라!"

철컹! 철컹!

병사들의 뜀박질에 갑옷에서 소음이 인다. 깊게 눌러쓴 투구 사이로 잔뜩 굳은 표정이 엿보였다.

불법으로 성내에 거주하는 백성들을 병사들이 모를 리 없었다. 사정이 딱해 눈감아주고 잔돈푼을 뇌물로 받기도 했다.

찢어진 천을 몇 번을 덧댄지도 모를 허름한 옷을 입은 부랑자를 쫓는 병사들의 발걸음은 결코 가볍지 않았다. 저 빌어먹는 자들은 결코 기사들의 호위를 뚫고 귀족들을 암살할 위인이 못 된다. 헐벗고 굶주린 백성일 뿐이었다.

하지만 병사들은 나라의 녹을 먹고 산다. 명령은 명령.

"이게 다 무슨 짓거리인지… 에이, 빌어먹을!"

부랑자로밖에 보이지 않는 자를 잡아 성 밖으로 쫓아내어야 할 병사의 푸념이었다. 적병을 상대하는 게 차라리 낫다. 신관을, 교도를, 신도를, 이제는 불쌍한 백성이다.

다리에 힘이 쭉 빠진 병사는 발걸음을 늦췄다. 자신이 아니라도 쫓을 병력은 많았다.

"주인님."

"주군."

몇 번을 불러도 대답없는 공허한 부름이었다.

라미안 교 대신전에서 맥그레이를 제거한 지 일주일이 지난 날이었다.

맥그레이의 시체를 붙들고 넋이 빠져 있던 1골드를 4대 호위들이 부축하다시피 해서 돌아왔다.

목에 칼이 들어와도 아무런 반응을 보이지 않을 것 같던 1골드였는데, 그 와중에 왈카의 눈을 챙긴 건 호위들로서는 전혀 이해할 수 없는 행동이었다.

"저, 저기……."

제법 돈깨나 나갈 것 같은 고급 옷을 입은 중년인이 알로나에게 조심스레 말을 건넸다.

눈만 내놓고 온몸을 천으로 감싼 알로나의 신비스런 검은 눈동자가 번들거렸다.

"알았다."

짜증이 여실히 담긴 낮고 차가운 말투였다. 그녀를 아는 자들이라면 이쯤에서 꼬리를 말곤 하는데 중년인은 온 가족이 죽을 판이라 다급했다.

"그대들의 사정을 모르는 바는 아니나, 지금은 시간이 없습니다. 곧 우리 집으로도 병사들이 들이닥칠 겝니다. 어서 자리를 피하셔야……."

알로나는 쉬지도 않고 앵앵거리는 중년인에게 살심이 뭉클 일었으나 숨을 가다듬었다. 이자는 라미안 교의 믿을 수 있는 독실한 신도로, 크라우치가 건네준 패로 도움을 요청했을 때 흔쾌히 자신의 집을 은신처로 제공해 준 자였다.

수색은 귀족가라고 해서 비켜가진 않았다.

라미안 교 편으로 돌아선 무어 후작 일가를 데리고 부하들은 먼저 히치벅을 빠져나갔다. 이제 1골드만 나오면 되는데…….

더 이상 지체할 시간이 없었다.

삐이걱!

잔뜩 숨을 죽인 알로나가 살며시 문을 열었다. 어두컴컴한 방 안에는 온기 한 점 감돌지 않았다. 바람이 불자 창이 열려 있었는지 두툼한 커튼이 펄럭거렸다.

“저기… 요.”

공공연히 작은마님으로 인정받은 알로나도 1골드는 어려웠다. 그녀는 작게 한숨을 내쉬었다. 이럴 때 수진이 있었으면 좋았으련만, 수진은 루슬란과 함께 코르키 산에 남아 있었다.

어둠에 익숙해지자 곧 방 안의 정경이 눈에 들어왔다. 방 한편의 구석에서 커다란 형체가 보였다. 의자에 상체를 기대고 손잡이에 턱을 괴고 있는 1골드였다.

“주인님…….”

‘서방’, ‘여보’, ‘자기’ 등등의 많은 애칭으로 불렀으나 땅이 꺼질 듯 무거운 분위기에 눌려 원초적인 관계의 호칭이 튀어나왔다.

알로나가 여전히 대답없는 1골드에게 다가섰다.

“가야 해요. 부하들은 모두 떠났고 우리만 남았어요. 어서 준비를 하심이…….”

“…….”

“주인님이 물 한 모금 드시지 않고 있는 동안 이곳엔 많은 변화가 있었어요. 왕의 명으로 집집마다…….”

알로나의 말이 탁하다 못해 컬컬한 음성에 가로막혔다. 마침내 1골드가 입을 연 것이다.

"며칠이나 지났나?"

"일주일이요."

알로나가 마른침을 삼켰다. 어느 정도 짐작은 했지만 시간 가는 줄 모르고 깊은 생각에 잠길 만큼 큰일이었나 보다.

원래 계획대로라면 맥그레이를 제거하자마자 수도를 떠났어야 했다. 알로나가 지휘하는 쉐도우들이 수도를 폭풍처럼 몰아쳐 최대한 흔들고 썰물처럼 빠져나갈 즈음에 몸을 회복한 1골드가 연락도 없이 불쑥 찾아왔다. 예정에도 없는 방문이라 철수 계획에 차질을 빚었다.

"지금은 상황이 좋지 못해요."

근위기사단에 몇 겹으로 포위당했어도 도망치려 하면 잡히지 않을 자신이 있는 알로나였다.

하지만 크라우치에게 호의적인 신도들이 당할 몫까지는 그녀도 어찌할 수 없을뿐더러 만일 크라우치를 돕는 반 일족의 정체가 드러나면 그 파장은 아무도 예측할 수 없다.

"어디로… 가지?"

1골드가 던진 물음이다. 뻔한 답이 있는 질문이었으나 알로나는 바로 대답을 하지 못했다. 수도를 빠져나가서 코르키 산으로 간다는 걸 1골드가 모를 리 없다. 숨겨진 질문의 의도를 생각하려 할 때 그의 말이 이어졌다.

"진실이 진실인가? 믿는 것이 진실인가? 아니면… 가려진 거짓이 진실인가?"

전혀 알아들을 수 없는 애매모호한 말을 쏟아낸 1골드가 석상처럼 굳어진 몸을 일으켰다. 오랫동안 움직이지 않아 뼈마디가 우드득, 소리를 내며 화를 내고 근육이 비명을 토해도 그는 인상 한 번 쓰지 않았다.

저리는 다리로 성큼성큼 창가로 걸어가 커튼을 확 젖혀 차가운 공기를 듬뿍 들이마셨다. 안개 낀 것마냥 혼탁한 머리가 조금은 맑아진 기분이었다.

그래도 크라우치와 등진 맥그레이의 한마디는 뇌리 속을 떠나지 않았다.

'아버지는 자신이 죽였다고 했다. 아이들은… 크라우치… 진실은 뭔가? 죽어가면서 내뱉은 그 말이 진실인가? 내가 보고 느낀 것이 진실인가? 그자의 말… 믿음이 가지 않는다. 나와 크라우치님을 갈라놓기 위해 한 거짓말일 가능성이 높다. 하지만 그 상황, 그 눈빛은, 그 목소리는……'

1골드가 죽여주기를 바라면서 맥그레이는 기다리고 있었다. 교와 신도들에 대한 죄책감이 그리 만들었을 것이다. 여기까지는 이해할 수 있다.

그렇다면 왜 죽음을 기다린 자가 깨끗이 죽음을 맞지 않고 이간질을 시키려고 했단 말인가? 교에 대한 죄스러움과 크라우치에게 향한 원한은 다르다는 것인가?

"가야지, 가서 직접 보면 알 일이다."

좋아하는 사람에게는 좋은 모습밖에 보이지 않는다.

솔직히 1골드는 크라우치를 만난 기간이 짧아 그에 대해 잘 모른다. 이 이상야릇한 감정만큼 이성도 따를 수 있는지 확인을 하자는 욕구가 생겼다.

마음은 그깟 배교도의 망언을 싹 잊고 무한한 신뢰를 주고 있지만 이성은 확인을 하자 한다.

가서 본다. 그리고 정 개운치 않다면 대면하여 묻자.

1골드가 끄집어낸 결론이었다.

"가자!"

차가운 공기만큼이나 시원하게 말을 뱉었지만 마음은 묵직한 추를 달아놓은 것처럼 무거웠다.

뱅거는 고아였다. 그가 세상을 기억하는 첫 번째는 아름다움이었다. 눈에 들어오는 모든 사물은 물론 그를 보듬어주는 사람들까지 아름답지 않은 것이 없었다.

지금도 가끔 그때의 모습이 꿈에 나타나곤 하는데, 그럴 때마다 좋은 일이 생겼다.

한두 해 지나감에 따라 이성이 자리해 자신이 있는 곳이 신전에서 운영하는 고아원이며, 어머니라 여긴 귀부인이 신녀라는 것을 알았을 때도 슬퍼하지 않았다.

그가 좌절을 맛본 것은 일곱 살 여름으로 기억한다. 작은 마음에 품었던 꿈을 이룰 수 없다는 걸 알았기 때문이다. 신을 모실 자질이 부족했다.

그래서 교를 지키기 위해 검을 들었다. 스스로는 최선을 다했다 생각했는데, 그와 같은 처지의 사람들 중에 극소수만 오를 수 있는 성기사의 길은 너무 좁았다.

이때도 신께서 준 다른 사명이 있을 거라 자위하면서 슬퍼하지 않았다.

그가 철이 든 후 처음으로 눈물을 보인 것은 열여섯, 신전에서 나와야 할 때였다. 열여섯이면 어엿한 한 명의 성인으로 자립을 할 시기였다.

이때쯤에는 꿈보다는 현실을 보고 있었다. 주위에 뛰어난 동료들이 너무도 많아 교에 남아 있을 자리가 없다는 것도.

고아원에서 갓 나온 그는 가진 것이 없었다. 먹여주고 키워 준 교단에 자립할 때까지 보살펴 달라고도 할 수 없는 일, 배운 것이 도둑질이라 바로 군문에 발을 들였다.

백성이라면 군역은 피해 갈 수 없는 의무다. 게다가 숙식을 제공해 주고 돈도 주니 그에게는 딱 알맞은 곳이었다. 그렇게 12년의 군역을 마쳤다. 그리고 20년의 세월이 더 흐른 지금에도 군에 적을 두고 있었다.

한 여인의 지아비가 되고, 두 아이의 아버지가 되는 사이 그는 여느 일반 백성과 같아졌다. 빠듯한 녹봉으로 가정을 꾸리고 아이들을 양육하다 보니 신전을 찾는 횟수도 점점 줄어

들고 어느새 기부금 또한 뚝 끊었다.

그러다 그 일이 터졌다. 그는 망설이지 않았다. 수도방위군 조장으로 투구를 눌러쓰고 무장을 한 채 신전으로 달려갔다. 자신을 키워준 신전을 지키기 위해서가 아니다. 왕에 충성하는 직업 군인의 모습이었다.

그때부터 악몽이 시작되었다. 잠을 잘 수가 없었다. 하는 일마다 되는 일이 없었다. 마음이 편치 않으니 그럴 수밖에. 당장 군복을 벗어버리고 신군에 합류하고 싶었다. 하지만 자신만을 바라보는 가족들이 눈에 밟혔다.

이러지도 저러지도 못할 때 그들이 찾아왔다, 시커먼 복장의 사람들이. 그들의 제의에 흔쾌히 고개를 끄덕였다. 더불어 자신과도 같은 처지의 사람들을 소개까지 해주었다.

그러자 잠을 편히 잘 수 있었다. 수도에서 귀족들이 죽어나갈수록 더욱 깊은 잠을 잤고, 기분 좋은 꿈이 다시 시작되었다.

툭! 툭! 툭!

뱅거는 신경을 거스리는 소음에 인상을 와락 썼다.

"조용."

장화 뒷굽을 버릇처럼 부딪치던 부하가 성내를 둘러보며 딴청을 피웠다. 달빛마저 모습을 감춘 야심한 밤이었다. 화롯불에 의지한 채 눈을 부라리던 뱅거가 작은 한숨을 쉬었다.

"오늘도 아니 오시려나……."

수도의 하수도까지 뒤엎는 수색뿐만 아니라 동시에 군문의 말단 병사까지 일대 사찰이 시작되었다. 벌써 수백 명의 병사와 귀족들까지 숙청되었다는 소문이 자자했다.

왕은 이 일을 계기로 정적을 싸그리 제거하려고 하는 것이다. 숨겨진 비수가 언제 자신에게까지 올지 모른다. 자신은 주변인이 아닌 중심에 있었으니까. 지금과 마찬가지로 말이다.

"날이 춥구먼."

"춥기는 개뿔이… 아니, 이 자식이 어디다 대고 반말을……."

심사가 편치 않을 때 계속 신경을 건드리자 습관적으로 손을 쳐든 뱅거는 순간 석상처럼 굳었다. 어느새 등 뒤에 귀신처럼 검은 실루엣이 쳐진 것이다.

"히익!"

육중한 덩치의 사내, 아이온에서는 보기 힘든 갈색 피부의 사내였다.

"쉿!"

이고르가 흰 이를 드러내었다.

화들짝 놀란 뱅거는 빠르게 주변을 둘러보고 이고르를 성벽 구석진 곳으로 이끌었다.

"10여 분밖에 시간이 없습니다. 어서 이리로."

"저들은 믿을 만한 자들인가?"

뱅거의 부하들을 보고 한 질문이었다.

"확실한 놈들입니다."

이고르가 신호를 보내자 성벽의 일부분이 떨어져 나오며 십여 명이 그림자를 드러냈다.

그사이 뱅거는 땅바닥 한편을 빠르게 헤치고 있었다. 곧이어 한 사람이 겨우 들어갈 만한 문이 드러났다. 뱅거의 설명으로는 밀수꾼들이 뚫어놓은 곳이라 했다.

일명 '개문'이라 불리는 이런 굴들은 외진 성벽 곳곳에서 심심치 않게 발견되는데, 이는 치안당국의 골칫덩이였다.

그림자들이 지체없이 굴을 통해 빠져나가는 사이, 이고르가 뱅거에게 두툼한 전낭을 건넸다.

"자금이야. 뜻을 같이하는 세력을 모아."

"전에 주신 돈도 아직 그대로입니다. 이렇게나 많이……."

받는 손이 부끄러운지 주춤거리다 받아 열어본 전낭 속에는 눈을 멀게 하는 금화가 가득했다.

"돈은 많을수록 좋은 거니까. 그리고 어려운 일이 생기면 쿠건 백작을 찾아가도록."

"아니, 그분께서도……."

쿠건 백작은 뱅거가 쳐다볼 수도 없는 고위 귀족으로, 수도 방위군 동로 경비를 담당하는 사단장의 위치에 있었다.

천군만마를 얻은 것 같은 기분에 뱅거가 힘차게 고개를 끄덕였다. 그리고는 눈길을 이고르의 뒤로 돌렸는데 그곳에는

1골드가 서 있었다.

"신장님께 신의 가호가 함께하시길……."

뱅거는 1골드가 보인 신물을 보고 신장으로 여긴 것이다. 크라우치가 건넨 패는 최고위급 신관을 상징하는 신물이었다. 무한한 존경을 담아 1골드를 바라보고 있는 동안 하나같이 건장한 흑의인들이 모두 빠져나가고 1골드만 남아 있었다.

"신장님, 무슨 분부라도 내리실……."

그는 말을 잇지 못했다. 1골드의 신형이 흐릿해지는 듯싶더니 곧 형체가 일그러지면서 헛깨비처럼 꺼져 버렸다.

"헉!"

말단 병사가 언제 이런 모습을 보았겠는가. 무한한 존경을 담아 연신 몸을 숙일 뿐이었다.

"하긴, 저런 고귀한 분께서 쥐굴 같은 곳으로 다니실 수는 없지. 암, 그렇고 말고."

그는 자신의 선택을 후회하지 않았다.

"신이시여, 어리석은 저희들에게 힘을 주시고 길이 되어주소서……."

1골드가 히치벅에 잠입할 때처럼 빠져나갈 무렵, 수도의 야경이 한눈에 들어오는 인근 야산에 한 무리의 야행인들이 모습을 드러냈다. 하나같이 정제된 기도와 잘 벼려진 한 자루의 검을 연상케 하는 자들이었다.

"휘우."

무리 중 유일하게 얼굴을 드러낸 자가 히치벅 일대를 내려다보며 가벼운 휘파람을 불었다.

"거, 생각보다 촌구석이네. 크큭, 살아생전 이곳까지 올 줄은 생각지도 못했으니 괜한 투정인가. 재밌는 세상이야. 투실바의 심장부를 웃으면서 내려다볼 수 있다니. 그렇지 않은가?"

"그렇습니다, 요코치 대장님. 그것도 투실바 왕의 요청으로 기사들의 호위까지 받으면서 말입니다."

부관이 말을 거들자 요코치가 히치벅의 왕성 어림으로 비웃음을 날렸다.

"도와달라니 도와는주지. 크크큭, 꼭 죽여야 할 잡놈도 한 놈 있고… 교황께서도, 황제께서도, 신께서도 이 요코치를 지켜보고 계시니 어깨가 보통 무거운 게 아니구먼."

"아이온 북방을 일통할 수 있는 절호의 기회입니다. 투실바의 일만 잘 마무리되면 대장님께서는 가드들의 총수에 오르실 겁니다."

부관의 웃음진 눈을 쳐다보다 요코치가 버릇처럼 고개를 좌우로 꺾었다.

"하하하, 총수라니. 그보다 십 년 전의 빚을 청산하는 게 먼저 아니겠나?"

요코치는 11년 전, 만유에서 크라우치 일행을 습격하다 큰 피해를 당한 적이 있었다. 그 일로 브리언 교의 성기사들과 스크릿 가드를 아우르는 총수의 자리에서 한발 물러나야 했다.

그는 짐짓 겸양 섞인 말을 내뱉었으나 눈에 떠오르는 야심을 숨기지는 않았다.

교단의 무력을 대표하는 총수 자리, 성기사로서 오를 수 있는 최고의 위치이다. 그 무력 역시 만만치 않아 밀리언 연방 국방력의 3분지 1 이상으로 평가받고 있었다.

게다가 교단의 무력은 황제조차 함부로 부릴 수 없다.

아무리 신을 모시는 자라도 욕심이 나지 않을 수 없는 위치였다. 말고삐를 채며 요코치가 말했다.

"이곳 날씨도 제법 쌀쌀한데."

"고향에 비하면 아무것도 아니죠. 활동하기 딱 좋은 날씨입니다. 그런데 대장님, 그 쥐새끼들을 잡으실 겁니까? 악마의 자식 놈에게 가실 겁니까?"

브리언 교에서 악마의 자식이라 불리는 자는 이 일대에서 성자라 일컬어지는 크라우치였다.

"우선 궁에 들어가 봐야 하지 않겠나? 아마도 급한 불부터 꺼달라고 하겠지."

"이미 도망쳤을 텐데요. 아무리 저희라도 눈 한번 걸쭉하게 쏟아지면 흔적을 찾기가 쉽지 않습니다. 게다가 투실바에 잠입한 간자들의 보고로는 수도를 제집 안방 드나들 듯 휘젓고 다녔다 합니다. 심지어 기사들이 우글거리는 연회장까지 잠입했다 하니 절정의 무사가 아니면 암살 전문 훈련을 받은 자들이라 생각되어집니다."

요코치가 이를 드러내었다. 자신감 넘치는 미소였다.

"우리처럼? 그러니 우리에겐 제격의 상대가 아닌가? 자네들도 헬도르를 한두 번쯤 넘었지 않나?"

헬도르는 브리언 교에서 이승과 저승의 경계를 나타내는 강의 이름이다.

스크릿 가드는 그 대부분이 지옥과도 같은 고단한 수련을 쌓은 자들로, 인원, 구성, 수뇌부의 정체 등이 일체 비밀로 싸여 있는 집단이다.

이들은 브리언 교에서 공식적으로 처리하지 못할 사안을 처리하거나, 교단의 반역자나 포교를 방해하는 장애물을 제거하기 위해 조직되었다.

한 명, 한 명이 마나를 다루는 중급 이상의 무인들로 오직 지원자로만 구성되어 있으며, 조직의 성격상 암살자 못지않은 능력을 갖추고 있었다.

상대적으로 수는 적어도 브리언 교의 성기사단인 아이슬과 승부를 결해도 결과를 알 수 없을 만큼의 전력을 갖추고 있었다.

고개를 빳빳이 쳐든 요코치는 거만한 자세로 눈만 내려 얼굴에 붉은 기가 감도는 초로(初老)인을 바라보았다.

"흐음, 재상의 말은 이해가 가지 않소."

거침없이 히치벅에 들어선 그는 비밀리에 투실바의 재상 블레신 맥스 공작의 자택을 방문했다. 라미안 신도들이 이 일을 알았다면 광분한 백성들이 재상의 저택에 몰려들어 난리가 날 일이지만, 지금은 시대가 변했다.

"이해가 안 가기는 나도 마찬가지요."

요코치는 고개를 갸웃했다. 히치벅에서 벌어진 전반적인 사항을 듣고 있는데 예상치 못한 발언이 튀어나온 것이다.

"내가 알기로는 저 지옥 최하층부에 떨어질 마신교 놈들은 우리와 같은 가드들이 없는 걸로 알고 있소만."

요코치의 입장에서는 유일신 세트피를 모시지 않는 어떤 교단도 다 마신을 섬기는 악의 무리였다.

"전문적으로 훈련을 받은 자들이 틀림없소."

"어쌔신이란 말씀인데, 과연 그럴까? 대륙의 어떤 조직도 의뢰를 받지 않을 텐데……."

아무리 사람 목숨으로 장사를 하는 어쌔신 길드라도 후환을 생각하기 마련이다. 열에 아홉은 조안 왕가의 승리를 예측하는 마당에 라미안의 손을 거들어줄 길드는 없었다.

요코치가 입맛을 다셨다.

"악신을 섬기는 자들이 무슨 짓인들 못할까? 우리들이 알아서 하겠소. 그건 그렇고, 전황은 어찌 돌아가오?"

"우리보다 더 잘 알고 있지 않소?"

왕국의 고위급 인사라면 조안 왕의 군자금이 어디서 들어오는지 정도는 눈치를 채고 있을 것이다.

"보다시피 우리는 방금 도착했소."

"큿! 마지막 발악을 남겨두고 있소이다. 날이 풀리면 마무리짓는 거병을 할 것이오. 논에 씨를 뿌리기 전에 끝을 볼 생각이오."

"후후후, 안방이 쑥대밭이 되었는 데도?"

"투실바에는 인재가 많소이다. 바다에서 한 바가지의 물을 뜬 것 정도밖에 안 되오."

"오호라! 그럼 내가 괜히 왔나 본데……."

블레신은 울화가 치밀었지만 참을 수밖에 없었다. 공깃돌처럼 자신을 가지고 논다 해도 주도권을 잡고 있는 쪽은 상대편이었다.

"하하! 투실바의 저력을 모르는 바는 아니오. 그런데 그 불손한 놈들이 궁궐 옆에 신전까지 쓸었다면서요?"

블레신은 대신전 습격 사건의 전말을 차분한 어조로 설명했다.

"아아! 잠깐, 신전에 뛰어들어 맥그레이라는 장로를 죽인 자들이 마력을 풀풀 풍기는 자들이라니… 그게 무슨 뜻이오?"

교단의 행사에 마력을 풍기는 자들이 개입했다니?

마법사? 가끔 교화한 자들도 있긴 했으나 검을 쓰는 자들이라 했으니 제하고, 무사 중에도 사이한 악마에게 씌어 마력을 뿜어내는 자들이 있다.

하지만 그들이 단체로 뭉쳐 세력을 형성했다는 이야기는 들어본 적이 없었다. 개인적 수련 과정에서 마로 흐르는 것이기에 본인이 나서지 않는 이상 그런 자들은 찾기가 힘들다.

그럼 마족밖에 남지 않는다. 교단과 마족?

아무리 라미안 교가 벼랑 끝에 몰렸다지만 교의 존재 자체를 부정하며 마족과 손을 잡았을까? 절대 있을 수 없는 일이다.

"참고 사항이오. 대신전에 있던 신관들의 입에서 흘러나온 소리이니."

블레신은 왕이 브리언 교까지 불러들인 걸 못마땅해하고 있었다. 투실바의 역사는 4백 년이 되지 않지만 라미안 교는 근 천 년이 넘어간다.

그가 왕의 편에 선 이유는 단 하나였다.

국가의 미래, 이상을 좇는 교단보다는 현실의 정치를 선택한 것이다.

"후후후, 장로가 코앞에서 살해를 당했는 데도 겁에 질려 바지에 오줌을 지린 자들이 무슨 소리인들 못하겠소. 마신이 강림했다는 소리는 없었소?"

블레신은 울컥했지만 얼굴 신색엔 변함이 없었다. 이따위 말장난 정도로 자신을 흔들지는 못한다. 한 국가의 재상 자리가 그리 만만한 것은 아니다.

"흐음, 실례되는 질문이오만 병력은 얼마나 되오?"

"병력이라……."

"전력이라는 표현이 맞겠구려."

여전히 미소를 지우지 않은 요코치는 대답 대신 블레신을 보며 빙글빙글 웃다 한참이 지난 후에 입을 열었다.

"…쓸 만큼. 무엇을 도와드리리까?"

"전하께서 '당한 만큼 돌려주라' 는 말씀을 전하라 하셨소."

"당한 만큼? 좋소. 그럼 그만큼 돌려주면 우리에게는 무엇을 줄 것이오? 투실바가 개종(改宗)이라도 할 거랍니까?"

여전히 속을 박박 긁는 소리를 한다. 블레신은 손을 꽉 움켜쥘 뿐이었다.

"하하하! 농이요."

자리에서 일어선 요코치가 비딱하게 인사를 건네곤 몸을 돌렸다.

"우리도 개종보다는 포교를 더 좋아합니다. 썩은 살은 발라내는 게 치료하는 것보다 효과가 좋거든요."

요코치의 등을 바라보는 블레신의 눈동자가 붉게 물들며 살기를 더했다.

'씹어 먹어도 시원치 않을 놈!'

하지만 지금 손을 내미는 쪽은 자신들이었다.

"조만간 제국에서 외무부 대신이 올 것이오. 그와 협상을 하시오. 정치적인 문제는 거짓말을 입에 달고 사는 작자들끼리 논해야 하지 않겠소? 하하하!"

스스스.

지독히도 하얀 설원에 검은 나비가 춤을 추고 있었다.

'너울너울'이란 표현이 적당할 듯한데, 지금 이 존재에게 붙이기에는 어울리지 않았다. 장정 셋을 합쳐 놓은 듯한 덩치에 먹이사슬 꼭대기에 위치한 대형 몬스터와 비교해도 손색이 없는 크기의 대왕나비에게는 말이다.

어느 순간부터인가 그 움직임마저 사라졌다.

정확히는 움직이지 않는 듯 움직이는, 지극히 느린 춤이었다.

인간이 상대적으로 연약한 몸뚱이를 보호하기 위해 만든 쇳덩이를 덕지덕지 착용한 상태로 맨손으로 펼치는 춤. 눈을 부릅뜨고 보지 않는다면 아무런 기세도 풍기지 않는 그저 느린 춤에 지나지 않았다.

하지만 주변 상황은 전혀 달랐다.

조용한 설원에 일대 광풍이 몰아치고 있었던 것이다. 그 느린 손동작에 의해 설원이 몸살을 앓고, 토네이도를 만난 것처럼 휘몰아 치솟았다.

광풍을 만들어내는 진원지는 시간이 정지한 것처럼 너무

도 평온했다. 적어도 150kg은 넘을 듯한 덩치가 설원에 발자국 하나 남기지 않을 정도로.

1골드는 엷은 숨을 내쉬었다. 그리고는 마음의 눈을 내부로 돌려 관조하는 상태였다.

느릿한 춤과는 다르게 내부의 마나는 빠르게 전신을 휘돌며 축기를 거듭하고 있었다. 스왈츠 가의 마나 연공법인 행공을 더욱 발전시킨 그만의 수련법이었다.

작은 충격에도 기가 엉켜 주화입마에 빠질 수 있는 좌공과는 달리 행공은 몸의 움직임에 따라 기가 흐르기 때문에 언제든 멈춰도 아무런 부작용이 없고, 기감 또한 평상시보다 더욱 고조된다.

하지만 몸을 움직이면서 기감을 극대화시키고 마나를 받아들인다는 것은 상상을 초월하는 정신력을 필요로 한다.

대부분 마나를 행공으로 축적하는 아이온의 기사들이 특별한 존재로 대접받는 이유가 바로 이것으로, 그들이 마나를 다루기 위해서는 오랜 수련과 강한 집중력이 있어야 하는 것이다.

'으윽!'

1골드는 한순간 눈살을 찌푸렸다. 가슴에 묵직한 통증이 밀려든 것이다. 그 순간, 행공을 멈추었다.

휘이잉―!

감히 인간 따위가 자연의 흐름을 뒤튼 점이 화가 났는지 날카로운 바람이 철가면을 훑고 지나갔다.

"휴우!"

무공을 수련한 지 10년이 넘는 동안 이런 적은 처음이었다. 행공 중에 마나의 엉킴이라니, 그만큼 정신을 집중할 수 없다는 말이었다.

만약 좌공 중이었다면 마가 끼어들었을 것이다. 어쩌면 반신불수가 됐을지도 모르고.

"빌어먹을."

1골드는 자신의 모습이 미칠 듯이 웃겼다.

지금 보이는 꼬락서니가 첫사랑의 시름을 앓는 듯하지 않은가. 눈을 감으나 뜨나 크라우치의 생각이 머릿속에 가득했다.

하루 빨리 가서 확인을 해야 하는데 발걸음이 자꾸만 늦춰졌다. 은연중에 그 일이 사실이라면 어떻게 해야 할 것인가란 문제가 가슴을 짓눌렀다.

이성으로는 머리통을 댕강 잘라 버리면 그만이지만…….

치밀어 오른 짜증이 두개골을 관통해 뇌수를 후벼 팔 때 가느다란 목소리가 신경을 확 잡아끌었다.

"여, 여기……."

큰 눈을 껌벅거리는 알로나가 손수건을 내밀고 서 있었다.

"뭐?!"

"입가에 피를 닦으시라고… 요."

"피?"

1골드는 그때서야 입 안에 감도는 비릿한 혈향을 맡을 수 있었다. 행공 중에 정신을 집중할 수가 없자 얕은 내상을 입은 것이다.

뇌수를 후비던 짜증이 정수리를 뚫고 오르는 듯했다.

"이이익! 이따위 일로 마음이 심란해 내상까지 입다니!"

번민을 없애려면 그 원인을 아예 제거하면 된다.

"그따위 새끼! 죽여 버리겠어!"

뭉클 치솟는 살기, 그와 더불어 희끄무레한 검은 기운까지 흘러나왔다.

알로나는 본능적으로 몸을 떨었다. 거역할 수 없는 기운, 반 일족의 영성에 인을 박아 넣은 그 마력이다. 1골드의 경지가 높아지면서 내제된 마성이 뿜어져 나온 것이다.

눈빛을 통해 원초적인 어둠이 밀려들었다. 잔티 하나 보이지 않는 최상품의 흑진주 같은 검은 눈동자가 쏘아보자 알로나는 겁에 질려 저도 모르게 엉덩방아를 찧었다.

1골드는 그녀를 그냥 놔두지 않았다. 거칠게 알로나의 팔을 잡아챘다.

"아악! 주, 주, 주인님… 저, 저예요."

"시끄러!"

매몰차게 입을 막아버린 1골드는 그녀의 팔을 움켜잡은 채 천막으로 향했고, 알로나는 질질 끌려가는 모양새가 되었다.

이 알 수 없는 상황에 이고르를 비롯한 반 일족들이 힐끔거렸지만 누구 하나 막지는 않았다.

1골드는 천막으로 들어가자마자 알로나를 침상으로 내팽개치듯 던졌다. 잔뜩 겁에 질린 알로나의 커다란 눈망울에 눈물이 맺혔지만 그는 전혀 보이지도 않는 듯했다.

"주, 주인……."

"벗어."

"예?!"

"벗으란 말이야! 말귀를 못 알아먹어? 엘프말로 해줄까? 한 번 하자고! 날 어떻게 해달라고 흔들어대던 엉덩이를 까란 말이야! 이 빌어먹을 년아!"

알로나는 어버버대며 할 말을 잃었다. 개 끌 듯 데려온 이유가 그거였다니. 그의 여자가 되기 위해 숱한 유혹을 던질 때도 목석같던 사람이 갑자기 돌변한 것이다.

"주, 주인님. 지, 지금……."

1골드는 아무 말도 없었다. 그저 거추장스런 갑옷을 벗어버리고 성난 오거처럼 달려들어 알로나의 옷을 찢어발겼다.

"젠장! 난 남자야. 내가 왜 너 따위에, 이런 말도 안 되는… 개새끼, 죽여 버리겠어!"

손짓 한 번에 속곳까지 찢어버린 1골드는 본능적으로 오므리는 알로나의 다리를 부러뜨려 버릴 듯 젖히고는 진입했다.

"아아아악!"

250여 년 동안 지켜온 처녀성이 잔인하게 부서지는 순간이었다. 알로나는 밀려오는 눈물을 참을 수 없었다. 그녀가 원하던 첫날밤은 이런 게 아니었다. 로맨틱하거나 분위기있는 밤을 원한 것도 아니었다. 다만 아무런 애정도 없는 이런 짐승 같은 행위는 아니다.

알로나는 입가를 실룩거렸다. 마음은 한없이 슬펐지만 애써 미소 지으려 했다. 그녀의 몸 위에서 성난 짐승처럼 헐떡이는 이는 1골드다. 어찌 되었든 그는 1골드였다.

어찌 되었든…….

"크아아아악!"

짐승 같은 괴성과 여린 비명이 한동안 계속되었다.

짧고도 긴 폭풍과도 같은 시간이 흘렀다. 천막 안에는 열정의 여운 대신에 서먹한 공기가 감돌았다.

1골드는 멍한 눈으로 앉아 있었고, 알로나는 등을 돌리고 죽은 듯이 누워 있었다.

"후후후!"

비릿한 웃음이 나온다. 1골드는 정신을 놓은 것이 아니었다. 그는 자신의 행동을 모두 기억했다.

그가 한쪽 구석에 웅크리고 있는 알로나에게로 시선을 돌렸다. 가녀린 어깨가 들썩인다. 몬스터를 앞에 둔 어린 소녀처럼 사시나무 떨 듯 떨며 아직도 공포를 벗어나지 못하고 있었다.

“알로나.”

한참이 지난 후에 알로나가 몸을 돌렸다. 신이 빚은 듯한 여체의 굴곡이 한눈에 들어온다. 아찔하다. 하지만 아름다운 얼굴에 남아 있는 눈물 자국은 아련하게 다가왔다. 벌겋게 생채기를 입은 피부도…….

“이리 와.”

아무 감정도 실리지 않는 무감각한 음성이지만 평소와 다를 바 없었다.

주춤 몸을 일으킨 알로나가 이불로 알몸을 가린 채 무엇인가에 이끌리듯이 다가왔다. 그녀의 허리를 안은 1골드가 가볍게 들어 무릎에 앉혔다.

또다시 침묵의 시간이 흘렀다. 알로나에게 전해져 오던 떨림이 가라앉자 혼잣말 같은 1골드의 목소리가 흘렀다.

“좋았어.”

“…….”

“난 남자가 맞아. 너를 안는 데 전혀 싫지가 않았단 말이야. 난 변태가 아니야.”

“…….”

“훗! 문득 생각해 보니 나이가 기억나지 않는군. 한 서른 즈음인 것 같은데, 이 나이면 사랑하는 여인과 결혼도 하고 토끼 같은 자식들의 재롱에 기뻐할 나이인데… 우스운 이야기지만 난 사랑을 몰라. 아! 이런, 그란델이 있었지, 사랑한다 생각한 여인이. 지금은 잘 모르겠어. 세월 때문인지 희미하다고나 할까."

자신의 이야기를 잘 하지 않는 1골드라 알로나는 조금 전의 일도 잊은 채 1골드의 탁한 목소리에 집중했다.

"글쎄, 생각해 보면 사랑이라기보다는 살아가는 이유로 삼았던 것 같아. 지금은 어쩌면 집착일 수도 있고. 난 이 땅과 어울리는 사람이 아니어서 이 낯선 곳에서 살아갈 뚜렷한 목적이 필요했어. 사람이 산다는 건 어떤 이유가 있다고 생각하거든. 그냥 태어나 그럭저럭 살다 가는 건 좀 허무하잖아. 나 같이 목숨이 두 개인 사람은 더욱더."

아이온이라는 신세계에 그의 의지와는 상관없이 홀로 던져진 1골드였다. 죽어가던 어릴 적엔 살고자 노력했고, 이곳에 와서는 묘한 운명에 휘말려 적의를 품고 정신없이 살았다.

"물론 아버지와 그녀의 핏값은 잊지 않았어. 받을 건 받아야 하니까. 그 와중에 가슴 떨리는 사람을 만났지. 누군지 알아?"

알로나는 고개를 살며시 저었지만 1골드는 애초에 물어보지도 않았다는 듯이 말을 이었다.

"잘 빠진 남자야. 미끈한 기생오라비 같은 사람. 기생오라비를 모르나? 하여튼, 웃기게도 그 사람을 대하면 가슴이 뛰어, 사랑했다고 여긴 여인 그란델을 만났을 때보다도 더. 웃기지? 난 미치겠다. 혹 이 우락부락한 몸 안에 또 다른 내가 있는 건 아닌가 하는 생각이 들 정도로.”

“그게 무슨 말이에요?”

“남자가 남자를 사랑하는 줄 알았다고.”

“어머! 흉측해라. 남자가 남자를.”

“그런 자들이 있긴 있어. 하지만 난 아니야. 그 사람한테 성적으로 끌리는 건 절대 아니니까.”

잠시 말을 끊고 생각을 정리한 1골드가 입을 열었다.

“그래도 그 사람이 소중한 사람이긴 해. 그래서 문제지. 10여 년 동안 삶을 지탱해 준 목적과 그 사람, 이른 추측이긴 해도 선택을 해야 하니까. 아니, 어쩌면 마음속 깊은 곳에서는 이미 알고 있었는지도 몰라. 단지 인정하기 싫었을 뿐.”

“만약에 말이에요. 만약인데요. 저와 그 남자를 놓고 선택하라면요?”

1골드는 생각할 필요도 없다는 듯이 말했다.

“둘 다.”

“칫! 그런 게 어디 있어요?”

“하하, 지금은 둘 다 가질 능력이 되니까. 알로나, 네가 나를 떠날 거냐?”

“흥! 그건 모르는 일이죠.”

짐짓 토라진 알로나의 볼을 1골드가 귀엽다는 듯이 살짝 눌렀다.

“그래서 결론이 뭐예요? 알로나를 아프게 한 건 무엇 때문이고요?”

“몰라. 두서없이 길게 얘기했지만 그게 진심이야. 나도 잘 모르겠어. 아! 이것 하난 알지. 넌 내 거라는 거. 후후후.”

샐쭉한 알로나의 아름다운 얼굴을 눈동자에 담은 1골드가 말없이 입을 맞추었다.

“검에 키스하는 기분이지?”

Chapter 3

어긋난 선택

너무나 어둡다.

'누… 누… 구…….'

눈을 떴는지 감았는지조차 모르겠다.

태초의 어둠이 이러할까. 빛 한 점 찾아볼 수 없는 완벽한 어둠에 이은 정적.

그 흔한 바람 소리조차 들리지 않는다. 사방이 완전히 밀폐된 공간 속에 있는 듯했다.

'아… 아… 무도?'

살아생전 처음 있는 일이다.

크라우치는 완벽한 존재였다. 태어날 때부터 하고자 하는 일은 못하는 게 없었고, 알고자 하는 일은 다 알았다. 손짓 한 번, 눈짓 한 번으로 행하고자 하는 바를 이루었다.

범인이 상상하지도 못하는 능력을 갖춘 특출난 자들이 그의 주위에는 항상 넘치도록 많았다. 그가 슬플 땐 웃음을 주었고, 기쁠 땐 기쁨을 배가시켜 주었으며, 화가 나면 그 연유 자체를 없애주었다.

이런 기분 나쁜 상황은 정말 처음이었다.

'저, 정말… 아무도……'

입을 벌린 것 같은데, 분명 말소리는 나오는 듯한데 아무도, 그 누구도 오지 않는다. 이게 가당키나 한 말인가?

어째서? 자신이 누구인데, 자신이 부르는데 아무도 오지 않는단 말인가!

'윽!

손끝에서부터 찌릿한 느낌이 신경세포를 자극한다.

그게 시작이었다. 아주 사소한 그 자극이 도화선이 되어 온몸을 휘감았다.

춥다. 너무도 춥다. 지독한 추위다.

덜덜덜, 딱딱딱딱!

'으으으으! 떨어? 내가? 이 내가?

언제부터인가 더위도 추위도 모르고 살았다. 몸은 언제나 활동하기 좋은 최상의 상태를 유지했다. 스스로도 놀란 완벽한 육체가 깨어졌다.

추위와 함께 스멀스멀 미지의 공포가 밀려들기 시작했다.

오러 블레이드를 앞에 두었을 때와 하늘이 무너지는 듯한 눈사태… 눈사태!

그렇다. 눈사태였다.

크라우치는 이제야 마지막 기억이 떠올랐다. 신도들을 살리기 위해 자연에 도전하다가 한낱 개구리처럼 납작하게 깔려 버린 것이다.

'하하하!'

허탈한 웃음이 나온다. 그도 잠시, 또다시 이어진 암흑과도 같은 정적. 숨이 막힌다.

'죽은… 건가?'

모르겠다.

알 수 있는 건 칠흑 같은 어둠과 세상을 차단한 듯한 정적만이 자신과 함께한다는 것뿐이었다.

'왜 아무도 안 와? 왜 어둠이 계속 나를 감싸고 있는 거지? 신의 사자들은? 천사들은? 서, 설마… 지옥?'

절대 있을 수 없는 일이다. 신이 지상에 내려 보낸 대리인인 자신이 지옥에 가다니.

'나를 버린 거야?'

말도 안 되는 상상이 머리를 휘감는다.

아주 사소한 거지만 신에 대한 믿음이 흔들린 것이다.

교황이란 위치를 떠나서 한평생 신만을 바라보며 해바라

기처럼 살아온 자신이 지옥에 가는 일은 있을 수 없는 일이다. 그렇다면 뭔가?

'살아 있는 거야, 난 분명.'

당연하다. 자신이 누구인데. 신의 대리인인자 교황이며, 신의 아들이라 칭송받는 사람이 아니던가. 그러나 손끝 하나 움직일 수 없었다. 오직 느껴지는 감각이라고는 춥다는 것, 단 하나였다.

그리고 생소한 감정이 밀려왔다.

공포를 넘어선 외로움이다.

우주가 탄생한 카오스 이전의 시대, 그 아무것도 없는 태초의 어둠에 홀로 버려진 아이와 같았다.

아무런 빛도, 소리도, 냄새도, 촉감도, 그 무엇도 느낄 수 없었다.

'온다. 반드시. 내가 살아 있다면.'

크라우치는 살아 있다고 믿었다.

그 순간 쇳덩이마저 얼려 버릴 것 같던 추위가 사라졌다. 언제 그런 느낌이 들었는지조차 잊어버렸다.

오직 눈사태를 피한 신도들이 자신을 버리지 않을 것이라는 믿음과 무슨 일이 있어도 반드시 찾아올 것이라는 희망만을 남겼다.

'후! 후! 후!'

얼마의 시간이 흘렀는지 모르겠다. 생각 같아서는 수십 년은 지난 것 같은데 찰나일지도 모른다.

'이럴 리가 없는데, 분명 나를 찾고 있을 텐데 아직까지 오지 않다니. 뭣들 하는 것이냐! 이놈들!'

뭉클 분노가 치솟는다. 신도들을 살리기 위해 이 꼴이 되었건만 희생의 대가가 이거란 말인가!

인간을 비롯한 모든 생명들의 원초적인 생존 본능이 분노라는 감정으로 나타났다. 헛짓을 했다는 자괴감이 밀물처럼 밀려들었다.

하지만 한평생을 쌓아온 정체성이 있다.

신에 대한 믿음.

'이건 아니야. 이건 아니야' 하며 스스로를 탓하기를 수없이 반복했다.

'이 상황은 시험이다!'

크라우치는 믿음에 대한 신의 짓궂은 장난이라 결론을 내리며 흔들리는 마음을 추스렸다.

살았는지 죽었는지 확신이 서지 않았을 그때, 문득 정신을 차렸을 당시에 '춥다'는 감각을 느꼈음을 되새겼다. 이런 감각은 아직 생명줄을 잡고 있다는 확실히 반증이 아닌가.

그런데 지금은 추운지 더운지, 아니, 아무런 감각도 느껴지지 않았다. 확실한 기억이 있었지만 그 추위는 육체가 느낀 것이 아닌 정신적인 공황이 불러온 것이었다.

크라우치는 이를 악물었다. 아직은 포기할 때가 아니다.

죽을 때가 아니다. 할 일이 대륙의 지붕이라는 스칼라이드 산맥만큼이나 많았다.

'나는 선택된 사람이다. 수억 명 중에 오직 한 명, 신의 아들이란 말이다! 분명히 살아 있다. 이렇게 어이없게 하찮은 목숨과 바꿀 내가 아니다!'

엇나간 생각. 하지만 육체는 반응했다.

두근.

환청이었을까?

아니다. 분명 들었다. 심장의 고동 소리다.

너무도 미약한 소리지만 생명의 태동이었다.

'그럼 그렇지, 내가 누구인데' 하며 말하는 듯한 엷은 미소가 떠오른다.

크라우치는 마법사가 몸을 스캔이라도 하는 것처럼 내부에 남아 있는 모든 기운을 찾았다. 심장이 뛴다. 어딘가에 그 근원이 남아 있을 것이다.

그러기를 한참여, 세맥 곳곳에 흩어져 잠자는 마나가 느껴졌다. 환희의 기쁨이 샘솟는다.

'모으자! 비록 쥐 오줌만큼도 되지 않는 양이지만 생명의 불씨를 살릴 수 있을 것이다.'

두근! 두근—!

뛴다! 진동을 육체가 느낄 정도다.

정신이 하염없이 명령을 내린다.

‘내 몸에 흩어져 그 존재조차 잃어진 생명의 원천들이여, 심장으로, 머리로 모여라’ 하고.

두근! 두근! 두근─!

맥이 뛰는 소리가 일정해진다.

피가! 피가! 혈관을 타고 몸을 도는 소리, 피가 전해주는 영양분을 근육이 흡수하고, 뿌드득하며 팽창하는 소리들, 심장이 일정한 속도로 두근거리는 진동 소리.

느껴진다. 피부의 감각이 느껴진다.

차다. 얼음장보다 수백 배는 차다. 머리카락도, 손톱 끝도, 발도, 피부가 접한 모든 부위가 너무도 차가웠다.

크라우치는 웃었다. 빙하에 갇힌 물고기 꼴이지만 그는 웃음이 나왔다. 자신은 이리 헛되이 죽을 목숨이 아니다. 분명 신이 선택한 이유가 있는 것이다.

육체가 깨어나고 살았다는 믿음이 확고해지자 현 상태를 파악하려 했다. 보이는 것도, 들리는 것도 없다. 그렇다고 알 수 없는 것은 아니다.

오감을 무시한 제3의 눈을 떴다. 신경계의 촉수처럼 정신 감각이 뻗어 나간다.

참혹했다. 살아 있는 것이 맞느냐는 의문이 들었다. 몸 상태가 도저히 산 사람으로 보이지 않았다. 가슴이 눌려 함몰되어 갈비뼈가 내장들을 난도질한 상태였고, 뼈마디는 수천 조각으로 부서져 있었다. 조금 전에 들었던 그 소리들이 환청으로 여겨질 정도로. 몸 상태로는 환청이 맞을 것이다.

하지만 사고를 할 수 있다는 것으로 보아 완전히 죽은 것은 아니라 생각했다. 절망의 나락으로 추락하는 정신을 일깨웠다. 포기하지 말자며 스스로를 다독거리고 살자는 의지를 더욱 불태웠다.

주변이 선명한 초상화처럼 그려진다. 꽉 들어찬 공간 속이다. 꼬치 속에 갇힌 애벌레 꼴이다.

좀 더, 좀 더 감각과 신경을 집중했다.

'응?!'

정신이 번쩍 들었다. 미약한 기운들이 사방에 널려 있었다. 그중 단연 뛰어난 것은…….

'등잔 밑이 어두웠구나.'

가슴 위였다. 잔잔한 호수 같은 기운과 미친 황소같이 날뛰는 패기있는 기운이 느껴졌다.

크라우치는 또 한 번 놀랐다.

'살아 있다?'

분명 살아 있는 생명의 기운이었다. 그것도 너무나 익숙한 기운. 몸을 맞대고 있는 이는 러팔로 장로와 호위대장 세라스이고, 가까운 주변에는 사제들이 널려 있었다. 대부분 신의 품으로 돌아갔으나 몇몇은 살아 있었다. 그러나 애석하게도 너무 미약해 곧 꺼져 버릴 초와 같았다.

'다행이다. 나 말고도 산 사람이 있었어.'

기쁨도 잠시. 떨쳐 버렸다고 생각한 절망이 다시 밀려왔다. 있는 힘을 다해 감각을 넓혀보아도 기력이 쇠해서인지 18층 지옥 최하층에 떨어진 것처럼 이곳을 벗어날 수가 없었다.

절망과 사투를 벌이는 사이, 시간은 늘 그렇듯이 속절없이 흘러갔다.

이제는 생각하는 것조차 힘이 들었다. 살고자 하는 의욕도 점점 퇴색해 가고, 그저 쉬고만 싶다. 사는 동안 즐거운 일도 별반 없었는데 살아서 뭐 하나 하는 생각도 들고, 힘들게 살아봤자 어깨에 짊어진 짐이 너무도 고달팠다.

'그냥 쉴까? 할 만큼 했는데… 신의 품은 사랑만이 가득한 세상인데… 그래, 올라가자. 올라가서 신의 옆에서 쉬자. 살 방법도 보이지 않고……!'

애써 외면했지만 아까부터 신경은 가슴 쪽에 가 있었다. 미약한 생명의 빛을 향해 말이다.

스멀스멀 살고자 하는 욕망이 고개를 쳐든다. 저 기운을 내 것으로 하면 살 수 있지 않을까 하는 생각이 든다. 크라우치는 세차게 고개를 저었다.

'천신장이 우릴 찾고 있을 게 확실해. 조금만 기다리면 모두 살지도 몰라. 내가 저 기운을 갖는다고 살 수 있다고 확신할 수도 없는데… 가질 수 있을까?'

그는 모르고 있었지만 그가 떠올린 사념에서 어느새 도덕적 관념은 자취를 감추고 있었다.

‘아니지, 아니야. 조금만 지나면 그냥 헛되이 사라질 빛이 아닌가. 사제들은 내가 자신들을 대신한다면 기뻐할 거야. 그렇지 않을까?

생명력을 옮기는 일만으로도 차라리 죽는 게 편할 것 같은 무서운 신벌을 받았다. 그 행위를 수차례 반복하며 익숙해진 현재도 아주 특별한 일이 아니면 진정 행하고 싶지 않았다.

하물며 타인을 살리기 위해서가 아니라 사욕을 위해 능력을 쓴다면, 찾아들 신벌은 상상을 불허할 것이다.

그 와중에도 정신의 일각은 꽃을 찾아가는 꿀벌마냥 꿀샘을 향해 본능적으로 다가가고 있었다.

‘헉!’

그때 아주 미약하나마 시원한, 달콤한 기운이 쏴— 하고 전신을 스쳐 갔다. 무시해도 될 정도의 아주 작은 기운이 그도 모르는 사이 들어오자 멈추었다고 확신해도 될 상태였던 심장이 매섭게 뛰었다.

그러자 덩달아 머릿속이 아수라장이 되었다.

생명 존중의 교리, 타인에 대한 사랑과 자비, 사회의 통상적인 도덕적 기준이 생존 본능과 섞여 뒤죽박죽이 되었다.

스르르륵!

정신은 그렇다 하더라도 육체는 달랐다. 한번 맛본 꿀단지를 잊지 않고 있었던 것이다.

생명력이 구멍 난 댐처럼 감칠맛 나게 넘치다 어느 순간 둑 자체가 무너져 내렸다.

그 스스로도 의식 한편으로 수긍을 했는지도 모른다.

'이런 것이었나? 다른 자들을 살릴 때는 무시무시한 고통만 주시더니, 지금은… 너무나도 상쾌하다. 아아아! 다시 태어나는 기분이야. 이대로… 이대로……'

생명력을 수차례 옮기면서도 흡수한다는 생각은 전혀 해 보지 않았다. 그 행위는 오직 병자의 치료 행위일 뿐이었다, 조금 전까지는.

수초도 지나지 않았다.

으드득!

조각난 뼈들이 서로를 잡아당기며 자석처럼 달라붙었고, 이탈한 자리를 찾아 스스로 움직이고 있었다.

찢기고 헤진 살도 마찬가지였다. 흑마법사들이 속성 식물을 소환한 것 이상으로 세포들이 무섭게 분열하며 새살을 돋우고 피부를 되살렸다.

이어진 힘찬 심장의 박동, 해저 터널을 뚫은 것마냥 역동하는 진홍색 혈액이 혈관을 무섭게 질주한다.

두근, 두근, 두근! 쿵떡! 쿵떡! 쿵―!

크라우치는 더할 수 없이 황홀한 절정을 느끼며 무의식 저편으로 떠나 버렸다. 그 순간 그의 몸에서 뻗어 나간 수백, 수천의 촉수들이 눈 속을 헤집고 다녔다.

비교적 큰 기운들은 쉽게 찾을 수 있었다. 교황을 살려보자는 마음 하나로 몸을 던진 자들이 그의 위에 수없이 많이 매몰되어 있었으니까.

축수들은 가차없었다.

아직 자연으로 돌아가지 못하고 육체에 남아 있는 생명의 잔재들을 찾아 썩은 고기를 갈구하는 하이에나처럼 무섭게 달려들었다.

파파—팍! 까깡! 파삭!

"에잇! 염병할!"

부러진 창대를 집어 던진 기사가 험한 욕설을 내뱉었다. 작은 설산을 파헤치던 기사는 위장복이라도 입은 것처럼 백의 갑옷을 입은 성기사였다.

흉갑 한복판에 양각된 눈, 왈카의 검이다.

상당한 미남 축에 속하는 그 기사는 오만 인상을 쓰고 약간은 놀란 듯 힐끔거리는 병사들을 잡아먹을 듯 노려보았다.

"뭘 쳐다봐!"

병사들이 고개를 팍 숙이자 치밀어 오른 짜증을 해소할 거리가 없어진 기사는 창대를 대신한 물건을 찾아 두리번거렸다. 여기저기 부러진 농기구와 병장기들이 널려 있을 뿐 성한 건 찾아볼 수가 없었다.

"미치겠군."

눈사태가 일어난 지 반나절 만에 설산은 얼음산이 되어버렸다. 신도들이 지니고 있던 목재 농기구로는 주먹만 한 구멍조차 팔 수 없었다.

투실바는 약소국이다. 귀한 철재 농기구를 가진 자가 많지 않았다. 기껏 가진 것이라곤 창과 도끼 등의 병장기인데, 그것 가지고는 구조 작업의 능률이 오르지 않았다.

"휴우—!"

길게 한숨을 뱉은 기사는 검을 뽑아 들었다. 불과 1시간 전에 신성력을 소진했으나 다른 방도가 없었다. 검에 성력을 불어넣어 잘라내는 수밖에.

검신에 두 손가락을 얹어 축복을 빌며 신의 선택을 받은 증거인 신성력을 북돋았다. 우웅거리며 반투명한 검신을 덮었어야 할 오러가 보이지 않는다.

그대신 가슴 한복판에 통증이 일었다. 목구멍에서는 비릿한 혈향까지 올라왔다. 3일에 걸친 구조 작업 동안 이미 한계를 넘어선 것이다.

"크흑! 젠장할! 신의 품으로 돌아가기밖에 더하겠어. 죽기 아니면 까무러치기다!"

첫날은 슬픔이 가득했다. 둘째 날은 대상 없는 분노가 대신했고, 오늘은 자포자기한 심정이었다.

연이은 2대 교황이 변고를 맞았다. 현 교황인 크라우치를 포기하면 서열상 다음 대 교황으로 즉위할 사람은 팬톤 장로었다.

하지만 그를 따르는 신도들은 그리 많지 않다. 교단이 절대 절명의 위기에 처한 상태에서 장악력이 약한 교황이 등극한다면 앞날은 불을 보듯 뻔하다.

차라리 암담한 미래를 보지 못하고 눈 속에 잠든 신도들이 나을지도 모른다.

벌써 탈진해 나자빠져도 하등 이상할 것 없는 신관들과 성기사들이 피를 토하며 눈을 파내는 것도 다 그와 같은 마음에서였다.

이 빌어먹을 설산 아래에는 교단의 미래가 잠들어 있는 것이다. 만약 살아 있다면…….

"에잇! 히야얍!"

잔뜩 기합을 토해내며 검을 내질렀지만 빙벽 같은 눈더미 속에 검신은 반밖에 박히지 않았다. 첫날은 성큼성큼 잘라냈었다. 지금은 마음과 같이 암담했다.

기사의 얼굴이 일그러지려는 찰나,

"뭐, 뭐야?!"

미세하지만 분명 진동을 느꼈다. 어안이 벙벙한 기사는 빠르게 정신을 차리고 집중했으나 조금 전의 느낌은 신기루처럼 사라졌다.

그는 피식 웃었다. 자신이 한칼에 산을 가른다는 그랜드 마스터가 아닌 이상 칼질 한 번에 이 성벽 수십 개는 붙여놓은 듯한 설산이 몸을 떨리는 없었다.

고개를 살살 저으며 검을 뽑아 들고 이번엔 횡으로 내려쳤다. 검신이 눈더미를 잘라내지 못하고 중간에 걸렸다. 참담한 기분에 미간에 그는 주름을 만들며 신성력을 끌어올렸다.

드드드드!

"으힉!"

이번엔 산천이 떨 정도로 확실한 진동이었다.

화들짝 놀라 검을 놓고 물러선 기사는 고개를 바짝 쳐들었다. 또다시 눈사태가 일어난 것인가?

아니다. 협곡 양변의 산 정상은 멀쩡했다.

드드드드득!

아래다. 다리에서부터 전해지는 진동이었다. 설마 지진?

투실바에서 지진이 났다는 소리는 한 번도 들어본 적이 없었다.

그를 비롯한 눈더미를 파내던 모든 병사들이 두려움이 가득한 표정으로 주춤주춤 물러날 때, 진동 또한 심해져 설산이 들썩일 정도로 커졌다.

"물러서라! 모든 병사들은 협곡 입구를 향해 몸을 피해라! 장로님들! 신장님들! 우리가 뒤를 맡……."

물러나는 병사들과는 달리 설산으로 향하던 천신장 프랭크는 말을 잇지 못했다. 눈더미가 병아리가 알에서 깨어나듯 쩍쩍 갈라지며 그 껍질을 벗고 있었던 것이다.

설산이 깨어진다.

쩌저적, 하며 빙산처럼 변한 외벽에 거미줄이 생기고 진동이 점차 그 틈을 벌렸다.

파확! 하는 소리가 난 것 같았다. 프랭크는 그렇게 느꼈다. 갈라진 틈으로 미약하게 흐르던 빛이 한순간 눈이 부실 정도로 빛을 더했다.

"어, 어, 어!"

점차 입을 크게 벌리던 프랭크가 털썩 무릎을 꿇었다.

그뿐만이 아니다. 구조 작업에 동원되었던 모두가 마치 약속이라도 한 것처럼 한순간에 몸을 조아리고 신의 기적에 기쁨의 눈물을 흘렸다.

사람 한 명이 지나갈 정도로 갈라진 설산의 틈에서 알몸의 한 사내가 걸어나오고 있었다. 눈부신 광휘가 사라지자 그 사내의 얼굴이 보였다. 꿈속에서도 그리던 얼굴, 크라우치였다.

크라우치가 신화의 한 단편처럼 알에서 깨어난 것이다.

암스트는 처참했다.

한때의 번영을 자랑하며 대리석으로 쌓아 올린 성벽은 본래의 색을 찾아볼 수 없을 만큼 시커멓게 그을려 있었고, 철옹성을 자랑했던 이름이 무색할 만큼 곳곳이 무너져 있었다.

"휴우!"

말머리를 세운 프랭크는 한숨을 쉬었다. 고대하던 암스트

입성이었다. 테리 성에 갇혀 있을 때도 암스트가 주요 격전장인 것은 알았다. 성 밖까지 길게 늘어선 환영 인파를 기대한 건 아니다.

자신들의 입성이 암스트 교구 전력에 보탬이 되고, 자신들은 새 희망을 품기를 원했다. 그런데 여기저기 전쟁의 참화가 남아 있는 암스트의 꼴이나 패잔병보다 못한 자신들이나 다를 바가 없었다.

"휴우."

게다가 교의 희망인 크라우치는 기적적으로 살아난 후론 숨만 쉬는 인형이 되었다. 눈사태 이후 그 누구도 아름다운 크라우치의 음성을 들을 수 없었고, 따스한 미소도 마찬가지였다.

두두두두두!

산등성이를 내려올 때 암스트에서 일단의 기마대가 달려나왔다. 이제나저제나 입성을 기다리던 암스트 교구의 인사들이었다.

프랭크는 힐끔 크라우치를 보았다가 고개를 젓고는 앞서 그들을 맞았다. 서로의 사정을 뻔히 알지만 형식적인 인사가 오가고 말머리를 같이했다.

"교황 폐하와는 성내에서 정식으로 인사를 나누시지요."

긴 수염을 쓰다듬은 암스트 임시 교구장 주드로가 고개를 주억거렸다. 그도 눈사태 소식을 이미 들었다. 암스트를 방어

하며 일만 가까이 전사자가 나왔지만, 일시에 이천이 어이없게 함몰당했으니 그 충격은 말이 아닐 것이다.

주드로는 젊은 교황의 치하 따위를 바라는 사람이 아니었다. 암스트는 교의 발생지이면서 은퇴한 사제들이 여생을 정리하는 곳이기도 했다. 그는 일선에서 물러난 사제로, 전 교구장이 방어전에서 전사를 하여 현 직책을 맡고 있었다.

"폐하를 보필하여 예까지 오느라 수고가 많았소, 천신장."

마른 얼굴에 날카로운 턱 선을 가져 강팍해 보이는 인상이었으나 말투는 봄날의 햇살처럼 부드러웠다.

"아닙니다. 당연한 제 소임입니다. 저희보다는 주드로님의 노고가 크시다 들었습니다. 저희들이 미력하여 어르신들께 죄스러울 따름입니다."

"허허, 왜 이리 신께서 부르시지 않나 했더니 아직 할 일이 더 남아 있어서 그랬던가 보오. 아무짝에도 쓸모없는 노구를 쓰시려면 좀 더 좋은 일로 부려주시지……."

뒷말을 흐리며 피난민들의 행렬을 살펴본 주드로가 고개를 저었다.

"아직도 추위가 물러가려면 긴 시간이 필요한데."

암스트의 상황도 좋은 편은 아니었다. 봄에 내전이 발발해서 지난 농사를 망쳤다. 저장해 놓은 곡식이라고 해봤자 영지민들이 먹기에도 충분하지 않았다. 거기에 칠천에 가까운 인원이 늘었으니 올겨울을 지내기가 빠듯할 것이다. 게다가 성내도 마찬가지지만 이들의 행색도 병자들이 태반으로 보였다.

암스트 곳곳에서 노래처럼 들리는 백성들의 신음에 가슴이 갈기갈기 찢겨졌건만, 여전히 그의 노안엔 아련한 슬픔이 묻어 나왔다.

그 슬픈 노랫소리는 크라우치도 들었다. 격한 충격으로 마음을 닫았지만 귀까지 막지는 않았다.

고성에 어울리지 않게 새로 설치한 성문을 넘어서자마자 그는 일행에서 이탈해 한곳으로 다가갔다. 엉성하게 나무로 만들어진 막사로, 전쟁의 포화가 지나갔지만 아직도 진한 피비린내가 풍겨 나오는 곳이었다.

"교황 폐하!"

크라우치를 쫓아가는 프랭크를 주드로가 붙잡았다. 그러면서 말리지 말라는 듯이 고개를 저었다. 인생의 수많은 곡절을 넘은 주드로는 알 수 있었다. 크라우치는 혼자 살아남았다는 죄책감에 시달리고 있을 것이다. 지금은 그가 하고 싶은 대로 놔두는 게 좋다.

병상은 만원이었다. 병상이라고 부를 것도 없는, 천 조각 하나만이 깔린 곳이었으나 그곳도 빈자리가 없어 맨바닥에도 발 디딜 틈 없이 병자들로 가득했다.

전장에서 부상당한 병사들뿐만이 아니었다. 병 주고 약 준다는 식으로, 추위가 전장에서 발생하는 전염병을 막아주고는 있으나 사지 중 어느 한곳 동상을 입지 않은 자가 없었고, 이름 모를 병이 든 백성들도 많았다.

다 전쟁과 빈곤 탓이었다.

크라우치는 환자들이 멍한 시선으로 자신을 쳐다보든 말든, 사제들이 뛰어와 송구스런 표정으로 발을 동동 굴리든 말든 전혀 개의치 않았다.

찌이익!

그의 손에 더럽기 짝이 없는 바지가 찢겨져 나갔다.

"교황 폐하!"

시체 썩는 듯한 악취가 확 풍겼다. 크라우치는 눈썹 하나 까딱하지 않고 환부를 물로 씻어냈다. 제대로 치료받지 못해 발목부터 시작한 병균이 퍼져 허벅지까지 썩어 있었다. 대부분의 의사들은 다리 절단을 결정했을 정도의 상처였다.

"힐링!"

무지한 백성들조차 느낄 정도의 거대한 신성력이 뿜어져 나왔다. 그리곤 순식간에 죽어가던 다리 조직에 생명력이 살아나 피가 돌기 시작하고 피부가 살아났다.

크라우치는 아무 말도 없이 경건하게 신께 경배를 하고 다른 환자를 찾았다.

"힐링, 힐링, 힐링……."

연신 치료 마법을 외우는 크라우치의 얼굴에 땀방울이 맺했다. 상기된 볼을 타고 흐르는 땀이 턱 끝에 매달려 떨어져도 그는 멈추지 않았다.

크라우치는 기적적인 부활을 한 이후에 몸을 추스를 겨를도 없이 암스트의 병자와 눈사태에서 부상당한 신도들을 돌보았다. 눈만 뜨면 부상자들이 있는 곳에서 하루 종일 시간을 보냈을 정도였다.

그저 간호만 하는 것이 아니다. 탈진해 쓰러져도 다시 기력을 회복하면 부상자 치료에 신성력을 쏟아 부었다. 설묘에 매장당한 2천여의 신도들이 자신의 탓인 듯이 말이다.

"폐하, 이만 들어가셔야 합니다."

참다못한 팬톤이 나섰다. 얼이 빠져 뒷수습을 제대로 하지 못했으니 그도 죄인이었다. 부상자들을 이끌고 먼저 암스트로 왔어도 그는 치료할 생각을 하지 못했다.

크라우치가 신의 불가사의한 기적으로 살아나 제일 먼저 한 일이 환자를 돌보는 것이었다. 팬톤은 부끄러워 고개를 들 수가 없었다.

하지만 이건 아니었다. 몸 상태가 정상이 아닌 크라우치가 혼자만 살아남았다는 죄책감에 휩싸여 스스로 몸을 망치고 있었다.

"비키시오."

치료 주문 외에 처음으로 한 말이 비키라는 것이라니.

크라우치는 팬톤을 쳐다보지도 않고 환자의 환부를 살피

기에 여념이 없었다. 장로들이 수시로 돌아가며 그를 설득해도 이들의 치료만이 삶의 목표인 양 크라우치는 강한 집착을 보였다. 열흘 새 몸무게도 훌쩍 줄어 그 고운 얼굴이 푸석해진 것 같았다.

크라우치는 환자들 사이를 옮겨가며 걷다 비틀했지만 사제들의 부축을 마다하고 다시금 환자의 환부를 돌보았다.

팬톤은 한숨을 내쉬었다. 그의 고집을 꺾을 수가 없었다. 말리는 것보다 차라리 환자를 한 명이라도 더 줄이는 편이 빠를 것 같았다.

"신력을 다루는 모든 이들은 환자를 치료해라. 기사든 수련 신관이든 신녀든 상관없다."

어쩔 수 없다는 듯 명령을 내리곤 팬톤 또한 환자를 돌보기 시작했다. 장로 급 고위 신관들이 일반 백성을 돌보는 일은 예전 같으면 상상도 할 수 없는 일이었다.

교황은 왕족이 아니면 손을 쓰지도 않았고, 장로들은 최상위 귀족이 애걸복걸을 해야 치료를 해줄 정도였다. 하물며 평민이라면 재물을 산처럼 쌓은 이들이 아니면 신관의 손 한 번 잡아볼 수 없었다.

가끔 신전을 전면 개방하고 일반 백성들을 돌봐주는 일이 있긴 했어도 이는 정말 아주 특별한 행사였다.

지금은 교황이 직접 나서 신도의 피고름을 짜고 있다. 수련 신관들이라고 해서 가만히 있을 수는 없었다.

1골드가 크라우치의 사고 소식을 들은 건 수도 히치벅을 떠난 지 일주일 만이었고, 암스트까지 보름을 남겨둔 지점에 서였다.

알로나와 겁탈에 가까운 관계를 갖고 정체성을 확인했으나 마음은 급해졌다. 크라우치가 죽음으로써 진실을 묻힌다는 점보다는 그의 안위가 더욱 걱정되었다.

"후우! 어쩔 수 없음인가?"

그렇게 자위했다. 숱하게 고민을 했지만 아직 이 묘한 감정을 정의하지 못한 상태였다.

게다가 그의 급한 마음을 붙잡는 불청객도 찾아들었다.

"꼬리가 붙어?"

이고르가 눈빛을 날카롭게 빛냈다.

"꽤 은밀한 자들입니다만 저희들의 눈을 피할 수는 없습니다. 어떻게 할까요?"

"수는 얼마나 되나?"

"파악한 자들은 한 시간이면 처리할 수 있습니다만, 그자들이 전부가 아닙니다. 지나온 길마다 교묘하게 표식을 남기고 있습니다."

"흐음."

대부분의 쉐도우들은 돌려보내고 1골드와 남은 반 일족이라고 해봤자 호위까지 포함해 열다섯이 전부였다. 그런데 아직 적의 전력을 파악하지 못한 상태다.

"꼬리만 잘라. 알로나, 한 놈을 잡아서 그놈들의 정체와 표식을 파악하고 길을 틀어놓아라."

사고 소식을 접하지 않았으면 한바탕 판을 벌려 기분 전환을 했을 것이다.

"전력으로 암스트로 향한다."

알로나 등이 명령을 받고 떠나자 1골드는 지체없이 발길을 재촉했다.

잔뜩 성이 난 얼굴로 그녀가 돌아온 건 3일이 지난 후였다. 다섯이 떠났는데 돌아온 건 셋인 것으로 보아 그 이유를 알 수 있었다.

"부탁이 있어요. 암스트는 나중에 가면 안 되나요?"

1골드가 입을 다물고 있자 그녀가 말을 이었다.

"저놈들을 이대로 놔두고 갈 수는 없어요. 루슬란을 불러야 돼요."

"그 정도인가?"

"겨우 스물을 처리하는 데 둘이 죽었어요. 우리 일족 두 명의 목숨이면 인간은 적어도 이천이 죗값을 치러야 해요. 그런데 백밖에 되지 않아요."

"백 명? 내가 있는 데도 루슬란까지 필요한 건가?"

"자기를 못 믿어서가 아니라 다른 희생이 생기지 않으려면 나머지 일족이 필요해요. 그자들 속에 내가 다가가지 못할 정도의 기운을 가진 인간이 있었어요.”

1골드는 호승심이 들었다. 알로나가 상대하기 벅차하는 그 자는 적어도 소드 마스터 급이다. 은신술에 탁월한 능력을 보유한 다크 엘프들을 상대해서 피해를 입혔다 하니 만만히 볼 자들이 아니었다.

“그자는 요코치라 불리는 브리언 교의 시크릿 가드 대장이라고 했어요. 우리를 죽여 달라는 왕가의 사주를 받았다는 말도 했고요.”

신성 투실바 왕국에서 브리언 교라 하니 이상하긴 했지만 알로나에게 심령을 제압당한 상태로 털어놓은 정보라면 틀리지 않을 것이다.

“이 빚은 기억할 것이다.”

“싫어요.”

“그자들을 상대하기 전에 먼저 확인할 일이 있어. 지금은 그 일이 더 중요해. 가족의 헛된 피를 더 흘리고 싶지 않아. 그렇게 알도록.”

몸을 돌린 1골드가 물었다.

“꼬리가 붙지는 않았겠지?”

“몰라요!”

설원을 빠르게 가로지르는 십여 명의 인영들이 있었다. 탈진한 말을 풀어주고 경공만으로 달려 구 일 만에 목적한 곳에 당도했다. 반 일족 전사들은 물론 1골드마저 지칠 정도로 강행군이었다.

맨델스존 협곡의 입구.

크라우치가 사고를 당한 곳이고, 무사히 구조됐다는 소식도 들었다. 무사하다고 하니 급한 마음은 사라졌지만 거침없이 달려온 지금까지와는 달리 1골드는 주저했다.

시커멓게 아가리를 벌린 협곡 건너에 있는 진실에 닿기가 두려워서다. 하지만 가지 않을 수도 없는 일.

"가자."

2천이 매장된 설묘를 넘어 협곡을 통과한 일행은 암스트가 내려다보이는 산등성이에서 멈춰 섰다. 1골드는 얼마 전 이곳을 통과한 천신장 프랭크처럼 한숨을 지었다.

도시 자체에서 거슬리는 기운이 피어오르고 있어서였다. 마력이 기반인 다크 엘프들과 상반되는 기운, 신력이다.

반 일족은 상반된 기운에 주눅들기는커녕 오히려 투지를 불살랐다. 보통 마법사들은 사제들 앞에서는 신이 마를 제압한다는 속설처럼 한 수 접고 들어가기 마련인데, 순수한 마력을 기반으로 하는 다크 엘프는 그들과 달랐다.

"혼자 간다."

알로나는 예상이라도 했다는 듯 순순히 따랐다. 신관들이 잔뜩 모여 있는 곳에 마신을 섬기는 다크 엘프들이 갈 수는 없는 노릇이다. 그들은 서로 상극이기 때문이다.

1골드가 다크 엘프를 거느리고 가면 크라우치를 만나기도 전에 일대 접전을 치러야 할 것이다.

먼저 작별을 고한 알로나는 반 일족을 데리고 산등성이 너머로 사라졌다.

"너희들도 알로나와 행동을 같이해라."

4대 호위들에게 내리는 명령이다. 그러나 아무런 대답도 들려오지 않았다.

피식, 웃음 지은 1골드가 좌측의 한 지점에 시선을 맞추었다. 주변 환경과 전혀 다르지 않은 곳이다. 단지 미약하게 솟은 눈덩이들이 쌓여 있다는 점이 다를 뿐이었다.

"자신있느냐?"

"주인님께 폐를 끼치지 않겠습니다."

일반 다크 엘프들과 다름없는 육중한 체구의 홉이 모습을 드러냈다. 완곡한 표현이었지만 신관들에게 자신들을 감출 수 있다는 자신감의 표출이었다.

1골드가 고개를 신뢰의 눈빛을 보내곤 발을 떼었다. 항상 같이 지내다 보니 그들이 없으면 꼭 신체의 일부분이 떨어져 나간 것처럼 허전한 면이 있었다.

"무슨 일이 생기면 그 즉시 너희는 빠져나가도록. 그리고 반 일족과 나와의 계약은 그 시점으로 종료한다. 너희는 남아 있는 일족들을 모두 데리고 시네르아로 돌아가서 다시는 그 곳을 벗어나지 말라."

여전히 대답은 없었다. 1골드의 말에 내포된 의미를 모르는 바는 아니다. 하지만 절대 그렇게 되지는 않을 것이다.

1골드는 한눈에 암스트를 담았다. 눈이 도시의 생기까지 잠기게 만들었는지 주변은 고요했지만, 그 안에는 무시 못할 거력이 꿈틀대고 있음을 본능으로 느낄 수 있었다.

Chapter 4

본질과 말초 사이

시간을 되돌리고 싶었다.

할 수만 있다면 크라우치는 모든 걸 잊고 싶었다. 도저히 가만히 침상에 누워 있을 수가 없었다. 육신이 지쳐 잠들어야지만 편한 밤을 보낼 수 있었다. 꿈속에서도 그들이 찾아왔기 때문이다, 자신이 지금 살아 있는 이유가 된 그들이.

그는 모든 걸 기억했다.

가슴 위에 드래곤이 똬리를 틀고 앉아 있는 듯한 눈더미 속에서도 살아남을 수 있었던 이유를 말이다.

함몰 직전, 러팔로와 세라스 등의 사제들이 생명을 도외시하고 자신을 보호했기 때문에 한가닥 숨이 남을 수 있었다.

그런데 목숨 빚을 진 자신은 그들에게 그 짓을 해버렸다.

한 인간으로서, 신을 모시는 사람으로서 도저히 할 수 없는 그 짓을 해버렸다.

존귀한 생명의 저울질이며, 강탈이다.

버러지 같은 한 목숨을 살리고자, 그들보다 내가 귀하다는 말도 안 되는 기준으로 스스로를 합리화시켰다. 이성이라기보다는 생명 보존의 본능이라 할 수 있지만, 그것은 단지 변명일 뿐이다.

솔직히 살고 싶었다. 그들이 죽더라도 자신만은 살고 싶었다. 살 수 있는 능력을 가지고 있는데 왜? 하지만 밀려드는 죄책감에선 벗어날 수 없었다.

특별한 능력이라 생각해 왔던 것이 저주받은 능력임을 알아버린 것이다.

인간이 인간의 생명을 좌지우지할 수 있는 능력. 물건처럼 이리저리 옮길 수도 있고 빼앗아 취할 수도 있다.

이것은 단순한 죄책감이 아니다. 그보다 더 중요한 문제가 그를 괴롭혔다.

이 능력이 정말 신의 축복인가, 아니면 악마의 장난인가?

정체성과 가치관의 기준이 되는 성전 틸트에서는 생명력을 만물에게 부여할 수 있는 존재는 창조주 카뮤뿐이라고 했다.

그런데 한낱 인간이 그런 능력을 가지고 있다니, 지금껏 자신을 지탱해 준 모든 신념들이 송두리째 흔들리는 기분이었다.

여기에 또 다른 의문이 밀려들었다. 이건 죄책감과는 전혀 다른 성질의 것이었다. 얼토당토않은 의문이지만 마음 한편으로는 이런 생각도 들었다

'정말 내가 신의 자식이 아닐까? 어쩌면 화신이 아닐까?

크라우치는 마음이 허해지니 생기는 쓸데없는 잡념이라 치부했다. 이런 잡념을 털어버리려 오직 환자 치료에 심혈을 기울였다.

그러던 어느날, 그는 사제가 전하는 말에 자신도 모르게 주저앉았다.

"교황 폐하, 골드님이 찾아오셨습니다."

반가운 마음에 울컥하는 감정이 밀려왔지만 생각과 다른 몸의 반응이었다. 1골드와 친밀하게 된 이유가 떠오른 것이다.

'그, 그렇구나. 내가 그의 친인들을 죽인 원흉이야.'

크라우치는 샤벨 시에서의 악적 혈인이 자신이었다는 걸 불현듯 깨달았다.

무리한 신력 소모로 생명력이 고갈된 상태에서 의식을 잃은 연후에 눈사태 속에서와 같은 결과를 만들어냈을 것이다. 제 한 몸 살고자 미친 듯이 타인의 생명을 갈구하고 다닌 결과물이었다.

놀란 사제들이 크라우치를 부축하려 했으나 뿌리치고 몸을 세웠다.

"난 괜찮아."

그 모습을 보다 인상을 찌푸린 팬톤 장로가 방문 소식을 전한 사제에게 말했다.

"폐하의 몸이 불편하시니 다음날 보자고 해라."

"아니오. 지금 볼 것이오. 내가 나가리다."

크라우치는 마음을 굳힌 듯 부축하려는 손들을 털어내고는 부상 병동을 나섰다. 시간을 끌면 자신의 마음속에 똬리를 튼 작은 악마가 무슨 짓을 할지 모른다는 생각이 들었기 때문이다.

"흠."

여러 전장을 돌아다녀 본 경험이 있는 1골드도 암스트의 참상에는 눈살을 찌푸릴 수밖에 없었다. 외관에서 풍기는 포근한 기운과는 다르게 입구에서부터 멀쩡한 사람보다 병색이 완연한 사람들이 더 많았는데 그들로부터 심한 악취가 풍겨왔다.

마실 물조차 얼어버려 백성들이 오랫동안 씻지 못한 데다 전쟁의 참상이 맞물려져 빚어낸 결과였다.

그러나 몸을 기댈 수 있는 곳이라면 어디든 가리지 않고 힘없이 늘어져 있는 그들이었지만 눈빛만은 살아 있었다. 아마도 그들 사이를 분주히 오가는 사제들 때문일 것이다.

얼핏 보아도 신관이라기보다는 기사로 보이는 자들마저 검을 놓고 환자들을 돌보고 있었다.

1골드는 묻지 않아도 크라우치의 소식을 들을 수 있었다. 삼삼오오 모인 군중들 사이에서 흘러나오는 이야기의 대부분은 그를 향한 칭송이었다.

까마득히 높은 사람들과는 다르게 몸을 사리지 않고 천한 노예까지 돌본다는 둥 신성력이 고갈되어 환자를 볼 수 없는 경우가 허다하자 의술을 배우고 있다는 둥의 이야기였다.

1골드는 과연 크라우치답다고 생각했다. 그가 알고 늘 떠올리던 모습 그대로를 비춰주고 있었다. 전장 속의 성자, 마음 한편이 따뜻해진다.

그는 크라우치의 이야기를 더 듣고 싶었지만 군중들의 쑥덕거림은 곧 사라졌다. 어느샌가 그들의 시선이 자신을 향해 있었다.

검은색 일색의 철가면을 쓴 거한이 그에 비해 아이 같은 병사들의 호위인지 경계인지 모를 상태로 서 있자 자연스레 하나둘 시선이 모여들었다.

묵묵히 소식을 전하러 간 전령을 기다리는 사이, 만만치 않은 기세를 풍기는 무리가 먼저 1골드를 맞이했다. 대부분은 안면이 있는 자들로, 라미안 교의 수뇌부들이었다.

환대도, 그렇다고 적대도 하지 않는 느낌이었는데 그들이 돌변한 건 한순간이었다. 최고 연장자로 보이는 노인이 발길을 멈추고 눈을 가늘게 좁히더니 기세를 끌어올렸다.

"발칙한!"

벼락같이 터지는 일성에 1골드는 혀를 찼고, 기다렸다는 듯이 라도스가 검을 뽑았다. 거쳐야 할 과정이다.

"악마의 종자들! 모습을 드러내라!"

주드로의 이어진 호통에 1골드는 예상이라도 했다는 듯이 별 반응이 없었다. 전부가 애송이라면 몰라도 교단의 한복판에서, 아무리 은신술이 뛰어나다고는 하나 상반된 기운을 가진 자들을 놓칠 리 만무했다.

"쯧쯧, 자만하지 말라 했거늘."

종족의 고고한 자존심에 다크 엘프들은 인간들을 경시하는 경향이 있었다. 개개인의 능력으로 보면 비교가 안 되지만 수적으로 월등한 인간들 중에는 특별난 자들이 있었다.

"정녕 하늘의 무서움을 모르는구나. 신을 기만한 죄, 그 무게가 가볍지 않을 것이다! 만물을 관장하시는 신께 고하노니……."

주드로가 빠르게 주문의 영창에 들어가자 1골드가 손을 들어 저지했다.

"노인장, 진정하시오. 내 수하들이외다."

1골드의 말에 주드로는 주문을 멈추었다. 인간으로 보이지 않는 덩치에 철가면의 사내, 요즘 교내에서 화제의 중심에 있는 인물이다. 1골드를 알기에 공격하지는 않았으나 언제라도 마법을 발현할 수 있게 수인을 풀지 않았다.

"나오너라."

말과 동시에 희뿌연 그림자가 땅에서 솟듯이 생겨나며 그의 주위를 포진했다. 밀림에서나 쓰는 만도를 세워 든 흑의인들로 한 명의 여인과 세 사내, 그들은 치렁치렁한 로브를 두르지 않았다는 점만 흑마법사와 다를 뿐 풀풀 풍기는 마력은 신장들까지 긴장하게 만들었다.

갈색 피부에 하나같이 눈에 확 띄는 절세의 미모, 주드로는 몸을 부르르 떨었다. 스칼라이드 산맥을 등 뒤에 이고 사는 그라 매년 몬스터들과 악전고투를 벌였기에 마의 종자, 그 정체를 한눈에 알아볼 수 있었다.

"너희들은 다크……."

"교구장! 내 손님이오. 더 이상의 실례는 내가 좌시하지 않겠소."

주드로의 입을 막아버리는 부드러우나 단호한 음성이었다. 뒤를 돌아보니 반가움에 상기된 크라우치가 빠른 걸음으로 다가오고 있었다.

"하지만 폐하, 저들은……."

싸늘한 눈빛. 주드로를 도와 나선 라도스는 입술을 깨물었다. 저런 차가운 눈은 크라우치를 모신 이후 처음 본다. 게다가 그런 눈빛이 자신을 향해 있다니.

두 사내의 만남에 주변은 숨을 죽였고, 긴장이 흐르던 상황은 일변했다.

서로를 탐색하듯 오가는 정감 어린 눈빛 사이로 눈치없는 작자가 끼어들었다.

"검을 주시지요?"

크라우치를 따라온 그는 갓 기사의 서를 받은 자로, 지금 상황이 어떻게 돌아가는지도 모르고 자신의 책무를 다할 뿐이었다.

교황을 대면하는 자리에는 그 누구도 무기를 착용할 수 없다. 1골드는 서슴없이 무장을 풀어 병사에게 건넸다. 병사 한 명이 낑낑거리고 받아 간 대검과 소검, 철궁에 암기들까지, 한 사람이 휴대했다고 믿기 힘들 만큼의 많은 양의 무기들이 쏟아져 나왔다.

크라우치가 먼저 1골드에게 다가갔다. 사제들은 크라우치를 제지하려 했으나 무언중에 피어오르는 기세에 뒤로 물러서야만 했다.

고개를 들어 차가운 빛을 발하는 철가면을 응시한 크라우치가 입을 열었다.

"넌… 좋아 보인다. 내 몰골이 말이 아니지?"

테리 성에서 험한 수성전을 벌이면서도 티끌 한 점 없이 깨끗한 옷만 입던 그였는데, 지금은 사제복에 핏물이 딱지가 되어 덕지덕지 붙어 있었다.

"그 어느 때보다도 더 좋아 보이십니다."

"그런가? 후후후, 너에게 할 말이 많다. 들어가자."

1골드는 고개를 끄덕이고는 허리춤에서 보자기에 쌓인 무언가를 꺼내 건넸다.

"잃어버리신 물건입니다. 오랜만에 주인의 품을 찾아서인지 이 녀석도 좋아하는군요."

그의 말처럼 둥근 보자기는 살아 있는 생물처럼 옅게 떨고 있었다.

"고마워."

크라우치는 보자기를 건네받고는 몸을 돌려 아직도 검을 빼 들고 있는 라도스에게 내밀었다.

"이게 뭔지 알겠소? 성물이라오. 그대들이 막 교에 들어왔을 때는 만질 수조차 없었던 왈카의 눈 말이오."

그의 시선이 경악에 찬 눈을 하고 있는 사제들을 차례차례 스치고 지나갔다.

"내재된 신성이 눈에 들어 교에 들어온 그대들조차 준비되지 않은 이에겐 허락하지 않았던 성물을 우습게도 저 우악한 이교도는 먼 길을 몸에 지니고 왔구려. 이게 무슨 의미이겠소? 사리가 깊은 분들이라 그 뜻을 헤아릴 거라 생각하오. 그러니 이제 그만 검을 거두어주시겠소?"

장로들은 입은 있으나 할 말을 잃었고, 신장과 기사들은 빼든 검이 무색할 지경이었다.

저 불가사의한 거인이 데려온 수하들은 분명 마족이었다. 그런데 모순되게도 마족의 주인은 교의 역사와 함께한 성물을 들고 왔다. 이해 불가한 일이다.

변함이 없었다.

서로를 바라보는 눈빛에는 잔잔한 애정이 스며들어 있었고, 대하는 행동 하나하나에도 상대를 배려하는 몸짓이 녹아 있었다.

"날씨가 많이 추워졌지? 이곳까지 찾아오느라 고생했어. 찾아다 준 성물도 고맙고."

"어떻게 된 일인지 궁금하지 않으십니까?"

"물으면 대답은 해줄 수 있나?"

"……."

"성물이 자네를 거부하지 않은 이유를 평생을 모셔온 나도 모르고, 저 밖에 어미 잃은 병아리 처지가 된 노인네들조차도 모르는데 네가 알 리가 없지. 당연히."

"신의 뜻입니까?"

크라우치가 눈을 조금 크게 뜨더니 풀썩 웃었다.

"하하, 사람 무안하게 내가 할 말을 먼저 해버리네. 신의 뜻이네."

손수 차를 끓여 내민 크라우치가 대화를 이어갔다.

"그동안 고생이 많았어. 작은 인연 하나로 너를 너무 부려

먹은 것 같아.”

“아닙니다. 고생은요? 저보다 크라우치님이 더 고생하셨습니다.”

워낙 전설 속에나 나올 신족 같은 풍모여서 그 빛이 발하지 않았지만 1골드의 눈에는 그가 고생한 흔적이 역력히 보이는 듯했다.

“네가 활약한 소식은 늘 듣고 있었어. 고마워, 나를 위해서 그렇게까지 애써주어서. 네 덕에 나와 신도들이 여기까지 올 수 있었던 것이야. 이 고마움을 어떻게 보답해야 할지 모르겠어.”

가벼운 인사로 답례를 대신한 1골드가 말했다.

“오면서 사고 소식을 들었습니다. 심려가 크실 줄 압니다. 신도들이 크라우치님을 많이 걱정하고 있습니다. 몸을 보중하십시오.”

이후로도 긴 시간 동안 신변잡기에 가까운 가벼운 이야기가 오갔다. 이미 차가 식어 고유의 향이 사라졌어도 마음속에 묵직히 가라앉은 역린은 꺼내지 못했다.

잡다한 이야깃거리도 떨어지고, 어느 순간부터는 서로의 얼굴만 바라보고 있었다. 그러다 거의 동시에 입을 열었다.

“저기…….”

“크라우치님…….”

지금까지의 행태가 마음에 안 들었는지 1골드가 눈빛을 굳히고는 먼저 운을 떼었다.

"제가 먼저 이야기를 하겠습니다."

"아니, 내 얘기를 먼저 들어줘. 중요한 일이야."

"……."

1골드가 입을 다물자 크라우치가 크게 숨을 들이쉬고는 마른 입 안에 쓴 찻물을 들이켰다.

"후우, 어디서부터 시작해야 하나. 나는… 선택받은 사람이었어. 어릴 적부터 하고자 하는 일은 못하는 일이 없었고, 하나를 배우면 열을 알았지. 남들이 뼈를 깎는 고통 속에서 성취하는 일들을 나는 너무도 쉽게 얻었어. 내 나이 열 살 때 장로들만큼의 성력을 얻었다 말하면 이해하기 쉬울 것 같군."

아무리 교황을 친조부로 두고 있어서 영재교육을 받았다고는 하나 크라우치의 성취는 교의 역사상 단연 독보적인 것이었다. 그런 연유로 어린 성자라 불리었다.

"낯간지러운 이야기지만 내가 가진 특별난 여러 능력 중에서도 탁월할 건 치유술이었어. 13살 때부터는 왕국의 주요 인사의 치유를 내가 도맡아 했을 정도였지. 후후, 처음 죽어가는 목숨을 살리고자 마음먹은 것도 그때 즈음이었어. 어미 없이 자란 나에게 젓을 먹이고 돌봐주던 유모가 보이지 않더군. 아무도 치료할 수 없는 죽을병에 걸려 내 곁에서 떨어뜨려 놓았다고 하더군."

1골드는 그의 이야기에 수긍했다. 과학이 고도로 발단된 현대 의학으로도 정복하지 못한 불치병이 있다. 자신도 그중 하나였고. 그러니 이곳에서는 원인조차 모르는 불치병들이 더욱 많을 것이고, 해명되지 않은 병마를 가진 유모를 크라우치와 함께하게 할 수는 없었을 것이다.

"그 사실을 들은 날 밤에 난 유모를 찾아갔어. 그녀는 이미 내가 알던 모습이 아니었지. 풍만했던 몸은 뼈마디가 보일 정도로 말랐고, 머리에는 머리카락 한 올 없었으니까 말이야. 조금 창피한 말이지만 난 유모의 가슴에서 잠들기를 좋아했어. 너무 편안했거든."

유모의 모습을 그리는 듯 크라우치의 얼굴에 아련한 그리움이 떠올랐다 사라졌다.

"그래서 슬펐어, 다시는 그녀 품에서 잠들 수가 없다는 사실이. 그날 처음으로 실컷 울어보았어. 그녀의 마른 손을 잡고 밤새 울고 하늘에 기도를 드렸지. 제발 그녀를 데려가지 말아달라고, 내 곁에 남게 해달라고. 다음날 정신을 차려보니 내 처소더군. 어떻게 된 일이냐고 물었더니 나를 찾은 사제들이 내가 너무 감정이 복받쳐 기절했다고 하더군."

아마도 크라우치가 숨겨진 능력을 발견한 날이 그날이었을 것이다.

"그날부터 유모를 볼 수 없었어."

예상이 빗나가자 1골드는 고개를 갸웃했지만 입을 열진 않았다.

"유모가 가족을 모두 데리고 떠났다고 하더군. 날 볼 면목이 없다는 말을 남기고. 그때는 믿었지만 지금은 믿지 않아. 후우—!"

떠올리기 싫은 기억인 탓에 감정이 복받친 크라우치는 신심을 추스르고는 말을 이었다.

"한 두어 달이나 지났을까, 할아버님께서 놀라운 말씀을 꺼내시더군. 내가 죽을 운명인 사람도 살릴 수 있다고 말이야. 아마 유모는 살았던 것 같아. 그렇지 않았으면 그런 말을 꺼낼 이유가 없으니. 그렇지만, 아마도… 아니지, 아니야. 이러면 말이 섞이는군."

복잡한 심사를 대면하듯 얼굴 표정이 순식간에 변했다.

"후우, 그 이후부터 진실한 어린 성자란 칭송을 받았지. 모든 치유술사들이 포기한 생명을 살리기 시작했으니까. 하지만 모르는 것도 많았어. 왜 그 많은 장로들과 성기사들이 나를 호위해야 하는지."

1골드는 이 대목에서 소리 나게 침을 삼켰다. 어떻게 알았는지는 모르겠으나 크라우치는 자신의 마음을 읽은 듯이 묻고자 하는 바를 꺼내고 있었다. 잔뜩 힘이 들어간 손에 땀이 차올랐다.

"그 이유는 얼마 전까지도 몰랐어. 아니, 영원히 모르면 좋을 뻔했어. 후후후, 언젯적인가 책에서 본 내용이 떠오르는군. 아마 마법사들의 이론을 토대로 쓴 책 같아. 거기에 이런 말이 있더군. 마나 불변의 법칙이라고."

1골드도 알고 있는 내용이었다. 우주에 존재하는 마나는 그 형태만 변할 뿐 그 속에 내포된 마나는 변하지 않는다는 이론이다.

파이어 볼을 만들어낸 마나가 그대로 다시 아이스 애로우가 될 수 있다는 뜻이다. 불과 얼음은 정반대의 성질을 나타내지만 그 근본이 되는 마나는 불변이고, 그 양 또한 쓴다고 해서 줄어드는 게 아니라는 것이다.

마법은 자연의 마나를 빌려 시전자인 마법사의 의지를 구현하는 것이다. 그 의지를 행한 마나는 다시금 자연의 품으로 돌아간다.

"나에게 부여된, 부여란 단어가 어울릴지 지금은 모르겠지만, 여하튼 내가 가진 생명력을 다루는 능력도 비슷하나 봐. 하긴 없는 걸 내가 창조하는 것은 아니니까. 다른 무언가에서 가져와 주는 것이었지."

말을 멈춘 크라우치가 처연한 눈빛으로 1골드를 보았다.

"부탁 하나 해도 될까?"

"……."

"너라면 그리 어려운 부탁은 아닐 거야. 그래도 안 되겠나?"

"말씀… 하십시오."

"나를 죽여줘."

1골드의 눈동자가 급격히 흔들릴 정도로 충격적인 말이었다. 죽여 달라니.

"너무 힘들어. 이 고통에서 벗어날 수가 없어. 내 안에… 내 안에 악마가 있어. 그 녀석을 떨쳐 버릴 수가 없어. 벗어날 방법은 죽음밖에 없어."

그 말을 끝으로 죽음과도 같은 침묵이 흘렀다.

심한 고뇌로 한순간에 10년은 늙어버린 것 같은 크라우치가 어렵게 떨어지지 않는 입을 열었다.

"너는 날 죽여야 해."

"……."

"왜냐고도 묻지 않는군. 죽여주지도 않고. 그냥 내 부탁을 들어줄 수는 없어? 크큭, 그렇겠지. 그럴 거야. 하지만 골드, 네가 살아가는 목표가… 나야. 이유가 되었지? 이 나야, 나란 말이야. 알겠어? 내가 그 빌어먹을 놈이란 말이야!"

절규에 가까운 비명이었다, 문밖에 서 있던 긴장한 기사들이 검을 뽑아 들고 들어올 정도로. 하지만 둘은 서로의 눈만을 바라보고 있었다.

긴장한 채 들어온 기사들은 상황 파악을 할 수 없어 우물거리다 크라우치의 손짓을 받고는 물러났다.

"이제 죽여줄 수 있어?"

"…어떻게?"

어떻게 죽여 달란 소리가 아닌 것은 크라우치도 안다. 가슴

을 짓누른 묵직한 바위를 내려놓은 크라우치가 홀가분하게
말했다.

"지금 내 안에는 2천 명의 원혼이 숨쉬고 있어. 이렇게 번
듯하게 살아난 이유가 그것이란 말이야. 나를… 나를 살리고
자 목숨을 버린 수하의 생명을 빼앗고, 그 가여운 신도들의
눈물을 훔쳐서 숨을 쉬고 있어. 내가… 큭! 이 크라우치가."

버릇처럼 엷은 미소를 지은 크라우치의 하얀 볼 위로 맑은
눈물이 흘러내렸다.

"난 괴물이야. 몬스터야. 내가 마족이야. 내가 네 아버지와
그 어린, 연약한 생명을 빼앗은 죽일 놈이란 말이야. 망할! 이
제 알아들었어?! 내가 살려고 그런 빌어먹을 짓을! 크허어억!"

격한 감정 표현으로 가슴을 부여잡은 크라우치가 거칠게
숨을 쉬었다. 그는 정말 살고 싶지 않았다. 형제와 같던 세라
스의 미약한 숨을 빼앗은 것도 자신이고, 자신을 업어 키우다
시피 한 러팔로의 주름진 눈꺼풀을 영원히 감게 만든 것 또한
자신이었다.

그뿐이던가. 피를 갈구하는 악마가 되어 눈더미에 갇힌 불
쌍한 신도들의 마지막 기운마저 모두 흡수했다. 이건 인간이
할 짓이 아니다.

그러나 1골드는 아무것도 할 수 없었다.

뇌리에서 수백 발의 파이어 볼이 일시에 터진 듯했다. 충격
적인 정보를 받은 뇌세포들이 저마다 각각의 전류를 방출한

다. 들어온 정보는 단 하나인데, 천재 소리를 듣던 뇌가 우습게도 과부하가 걸려 버렸다.

두근—!

심장도 다르지 않다. 뇌만큼이나 격렬하게 반응한다. 일생일대의 숙적을 눈앞에 둔 것처럼 최고조의 성능을 발휘해 피를 뿜어내며 신체의 각 기관에 동력을 전달한다. 어서, 어서 움직여 하고자 하는 바를 행하라며 재촉한다.

하지만 더없이 충만한 기운을 받은 근육들은, 신체 조직들은 죽어버린 세포마냥 꿈쩍도 하지 않았다. 이 얼마나 앞뒤가 맞지 않는 이율배반(二律背反)적인 상황인가!

신체는 최고조의 상태에 이르렀지만 강력한 속박 마법에 걸린 것처럼 움직일 수가 없었다.

'죽여라! 죽여야 한다! 지금껏 피를 말리는 고통 속에서 살아온 이유가 눈앞에 있다. 무얼 망설이는 것이냐! 목을 쳐라! 심장을 꺼내 씹어 먹어라!'

의식 한편에서 강렬한 유혹이 쏟아졌다.

"으으으으!"

감정이 고조될 대로 고조되어 가슴을 부여잡고 오열하는 크라우치. 1골드도 더하면 더했지 그보다 덜하지는 않았다. 벼락을 맞은 사람처럼 몸에 난 터럭이란 터럭은 모두 곤두섰으며, 중풍 맞은 노인마냥 온몸을 부들부들 떨었다.

그러나 의지가 육체를 넘어섰다.

‘죽여 버리자. 저 한 줌도 되지 않는 모가지를 쳐버리면 끝이다. 지난 세월 동안 받은 고통이 끝나는 것이다. 이 미쳐 버린 하늘도 더 이상은 날 괴롭히지 못한다!’

웬만한 장정 허벅지만 한 팔뚝에 불끈 튀어나온 굵은 혈관이 꿈틀거린다.

등 뒤에 비스듬히 사선으로 나와 있는 검병을 잡고 매일 수천 번씩 반복적으로 해온 아주 간단한 동작, 횡베기를 하면 끝난다.

“끄으으윽!”

이미 피부 속으로 뱀이 지나가는 자국처럼 불거진 핏줄이 더욱 터질 듯 돋아나고 온 기력을 팔에 쏟아 부었지만 팔은 의지를 거부한 채 움직이지 않았다. 팔에만 수백 배에 달하는 중력이 가해진 것마냥 엄청난 압력이 짓누르며 하늘이 팔에게 무슨 짓을 하려 하냐며 호통을 치는 듯하다.

세상이 느려졌다. 1골드의 시간이 정지했다.

그리고 곧장 그의 몸 주위로 강대한 마나의 파장이 퍼져 나갔다.

드드득—!

팔뿐만이 아니라 전신의 근육들이 고통에 괴로운 비명을 지른다. 온몸이 칼로 난도질당하는 듯하다. 수만 마리의 개미 떼가 살을 파 먹고 뼈를 갉는 듯한 고통이 밀려왔다.

툭! 투두두툭!

근육들이 찢겨져 나가고 살이 터져 나간다.

세상이 점차 붉게 물들어 갔다. 눈동자의 미세 혈관까지 터졌나 보다. 그 붉은 세상 속에 맑은 한 점이 비춰졌다.

웃음이 나온다. 너무도 맑았다. 갓 세상에 태어난 순수한 어린아이의 눈동자처럼. 그 빛이 크라우치의 깊고 푸른 눈동자였다. 저런 눈으로 사욕을 채우기 위해 그런 악행을 저지를 수 있을까?

아닐 것이다. 그도 자신처럼 피할 수 없는 어떤 인과의 고리에 의해 가혹한 형벌을 받은 것이리라. 저들은 신벌이라 부르는 그것을.

조금 전까지 보았지 아니했던가, 듣지 아니했던가.

저 이의 성품과 선행을 말이다. 자신의 몸을 돌보지 않고 피를 토하며 사람들을 구제하던 모습을.

무언가 잘못된 것이다. 크게 잘못된 것이다.

하지만… 난 저 이를, 저 사람을, 저 불쌍하리만치 착한 성자를 죽여야 한다. 그게 내 삶의 존재이자 이유였고, 살아가는 목적이었으니까.

터져 나간 살점을 대신해 새 살이 돋아난다. 찢어진 근육들은 더욱 튼튼하게 자리했다.

1골드는 내부의 변화를 인지하지 못했다. 극심한 심적 공황 상태 때문에 다른 곳에 신경 쓸 정신이 없었다.

바람 빠진 풍선처럼 내부가 마나의 공백 상태가 되자 본능적으로 원천진기가 솟아나며 단전에서 미약한 내력을 생성하고는 갑작스럽게 이상한 움직임을 보였다.

회전을 한다고나 할까. 내기가 단전에 있다는 것을 신체에 알리려는 듯한 행동처럼 보였지만 그 행위는 몸속에 내재된 마나들을 끌어모으는 결과를 낳았다.

끄그극!

막 무덤에서 일어난 시체처럼 1골드는 일어섰다. 팔을 짓누르던 중력을 털어내고 속박 마법에 걸린 육체를 의지로 떨쳐 냈다.

겨우겨우 검을 잡으려 했으나 잡히는 건 허공뿐이었다. 무장해제 당한 것을 잊은 것이다. 하지만 손에는 검이 있었다. 회색빛에서 칠흑으로 색을 덧씌운 오러 블레이드가.

1골드는 그가 그토록 찾아 헤매던 혈인이 된 상태였다. 극도로 치솟은 내부 압력에 기혈이며 혈관이 엉망이 되어 주화입마에 빠진 것이다. 범인이었다면 벌써 기절을 해도 수백 번은 했을 상태이지만 단련된 육체가 더욱 처참한 결과를 만들어냈다.

그가 입을 열었다. 뒤틀린 내부를 보라는 듯 목구멍 속에서도 지독한 악취가 풍겼지만 그는 후각마저 잃은 듯했다.

"그… 그만… 끝냅시다."

이번엔 크라우치가 웃었다. 수천 평의 화원에서 일시에 꽃들이 만개하는 듯 너무도 환한 웃음이었다. 그는 한 점의 가식도 없이 진심으로 기뻤다.

그래도 웃고 있지만, 웃음 뒤에는 차마 이루 말할 수 없는 슬픔이 담겨 있었다.

수없이 많은 밤을 뜬눈으로 지새게 만들던 어깨의 무거운 짐도 내려놓을 수 있고, 심장을 후벼 파는 고통으로부터도 해방이다. 만약 죽어서 자신의 죄업으로 운명을 달리한 사람들을 만날 수 있다면 영혼을 받쳐서라도 사과를 할 것이다.

"정말… 고마워. 후세에는 네가 형으로 만났으면 좋을 것 같아. 난 항상 너처럼 듬직한 형이 있었으면 좋겠다고 생각했었거든."

1골드의 모습을 뇌리 속 깊이 각인한 크라우치가 눈을 감았다.

"후우, 이만 끝내줘."

꿈틀!

그때 1골드의 몸이 감전당한 것처럼 퍼득였다. 냉막하게 일자로 그어진 철가면의 입 부근에서 시커멓게 죽은피가 흘러내린 것도 그때였다.

1골드는 자신의 목숨이 위험한 상황인 것을 알고 있었다. 혹시나 하는 마음을 가지고는 있었지만 진실을 알게 되자 생각을 훨씬 상회하는 충격을 받았다.

분노와 슬픔으로 점철된 묘한 기분이 정신이 수용할 수 있는 한계치를 넘어 신체에까지 타격을 주었다.

1골드가 뿜어낸 어마어마한 마나의 폭풍으로 암스트의 본성은 지진을 만난 듯 몸살을 앓고 있는 상태였다. 그들의 주변으로 수백의 성기사들이 검을 뽑아 든 채 방으로 난입을 시도하고, 신관들 또한 마법을 캐스팅한 상태로 신성력을 쏟아부었으나 1골드와 크라우치가 만들어낸 그들만의 공간에는 조금도 침범할 수 없었다.

1골드는 격한 감정의 변화로, 크라우치는 타인에게 방해받고 싶지 않아 뿜어낸 그들의 기운이 일종의 막을 형성한 것이다.

최상급의 소드 마스터와 그를 능가하는 크라우치의 초인적인 능력은 그 위력이 대단해 모두들 발만 동동 구를 뿐 아무도 다가설 수 없었다.

1골드도 크라우치처럼 눈을 감았다. 팽팽히 고조된 감각은 눈을 감고도 크라우치를 볼 수 있었다. 크라우치의 기운은 입좌를 행하는 고승처럼 평온했다. 죽음을 기다리는 순교자의 자태다.

1골드는 어금니를 깨물었다. 너무 강한 힘에 이빨이 깨지고 잇몸이 터져 버렸다. 의지와는 상반되게 굳어가는 팔에 온몸의 기력을 쏟아 부었다.

"크아아아악!"

비명과도 같은 괴성이 터지며 1골드는 평생껏 가장 힘든 일검을 날렸다. 목표는 정확하게 머릿속에 그려진 크라우치의 정수리였다. 검로대로만 진행되면 저 아름다운 사내는 일도양단이 될 것이다. 검로대로만……

쾅! 콰콰콰쾅!

눈사태가 일어났을 당시를 떠올릴 만큼의 굉음이 터졌다. 천 년을 이어온 고성이 무너질 듯 흔들렸으며, 교황의 방답게 넓은 방 안은 때 아닌 폭풍이 휩쓸고 지나갔다.

성벽 한편이 폭죽처럼 터져 나갔다. 마나의 광풍에 방을 중심으로 고성에 거미줄 같은 금이 가기 시작했다. 놀라운 광경이다. 도저히 인간이 펼쳐 낸 힘이라고 상상도 할 수 없을 정도였다.

크라우치를 구하기 위해 무진 애를 쓰던 사제들은 충격의 여파로 낙엽처럼 날아가 복도 구석구석에 구겨진 종이쪼가리 꼴이 되어버렸다.

"크허어억!"

"교황 폐하!! 크흐흐흑!"

목매어 부르는 사제들의 진심에 대한 하늘의 보답인가. 곧 허무러질 듯 몸살을 앓던 본성이 안정을 되찾았다. 또한 피부를 짓눌러 오던 어마어마한 기운도 씻은 듯이 사라졌다.

"이 악마 새끼! 죽여 버린다!"

누가 먼저랄 것도 없이 분분히 몸을 날렸다. 성내를 청소하는 시종까지도 빗자루를 들었다. 눈앞에서, 그것도 교의 심장부에서 마음에는 차지 않으나 작은 믿음을 갖고 있던 자가 교황을 해하다니!

1골드와 크라우치만의 공간은 일검 후에 사라진 상태였다. 흩뿌려진 먼지들을 헤치며 기사들이 달려들었다. 동시에 복도 끝에서부터 비명이 울렸다.

복도를 가득 메운 사제들을 닥치는 대로 베어넘기며 전진하는 홉 일행이었다. 1골드가 크라우치와 독대를 하는 시간에 성기사들에 의해 대전에 감금되어 있다시피 하던 그들이 달려온 것이다.

"크아악!"

훌쩍 뛰어올라 한 기사의 머리통을 차버린 홉이 복도를 가득 메운 인파를 가르기라도 하려는 듯이 뭉툭한 만도 끝을 앞으로 쭉 내밀었다. 도끝에 맺힌 검은 기운이 방울져 맺혔다. 방울은 곧 빛살이 되어 날았다.

도파가 닿지도 않았는데 성기사의 주변에서 파지직, 하는 부딪침이 일었다. 서로가 가진 상극의 기운이 먼저 반응한 것이다.

선이 마를 제압한다는 속설은 그들 사이에 통하지 않았다. 사제들에게서 피어나는 빛이 어둠에 묻혀 버렸다. 살육의 본능에 휩싸인 다크 엘프의 검은 눈동자를 대한 사제들은 저도 모르게 뒷걸음질쳤다. 그들에 맞선 십여 명의 성기사가 순식간에 생을 달리했다.

한순간도 긴장의 끈을 놓지 않고 이제나저제나 때를 기다리던 주드로의 일성에 의해 사제들은 악적을 앞에 두고 물러선 실태를 깨달았다.

"신의 권능으로 만악을 소멸시킨다! 신의 창!"

주드로의 손에서 피어오른 기운이 허공을 접었다. 불꽃 형상으로 마력이 이글거리는 홉의 정면에 도착했을 때에는 불투명한 창의 형태로 변해 있었다.

순백의 빛과 짙은 어둠이 강렬한 충동을 일으켰다.

주드로의 얼굴이 굳어졌다. 어둠이 빛을 가르고 있었다. 은퇴했다고는 하나 그는 6써클 유저다.

신성 마법은 천부적인 신성을 가지고 태어나지 않으면 배우기도 힘들어 일반적인 마법사들에 비해 같은 써클이라면 한 수 위로 평가한다. 신력이 마력을 누르기 때문이었다.

하지만 눈앞의 결과는 달랐다. 신력에 맞선 마력이 전혀 위축되지 않았다.

"흥! 마종이란 말이렸다!"

천생이 마력으로 태어난 종자들이니 인간 마법사와는 다른 것이다.

주드로는 현 상황을 도외시한 채 최고조의 신성력을 끌어올렸다.

"당신의 사랑과 희생으로 만백성을 구원하시는 영원불멸의 카뮤시여! 미천한 종이 건하노니⋯⋯."

"멈춰라!"

고함과 비명이 난무하는 격전장을 일시에 멈추게 만드는 고요한 음성이다. 회심의 일격을 준비하던 주드로조차 영창을 멈출 정도였다. 파괴의 본능에 눈을 번들거리던 다크 엘프들조차 도를 세웠다.

일부는 자신의 귀를 의심하며 귀를 후벼 팠으나 절대 잊을 수 없는 음성이다.

1골드는 희미하게 웃고 있었다. 처음 생명체에게 검을 날리던 모습이 생각나서였다. 쿠억쿠억거리던 돼지였다. 유진의 양자 된 축하 파티에 쓸 놈이었으나 그놈의 눈이 너무 슬퍼 보여 죽일 수가 없었다. 아름드리나무도 성큼성큼 잘라 버리던 대검은 애꿎은 땅을 후벼 팠다.

지금도 다르지 않았다. 내면에 그려진 크라우치의 정수리를 정확히 쪼겠다. 다크 엘프의 환상 마법 속에서도 목표를 양단하던 검이 실패할 일은 없었다. 마음이 허상을 그리지 않았다면…….

"왜… 내 부탁을 들어주지 않았어?"

크라우치가 슬픈 표정으로 쳐다본다.

"쿠억!"

1골드는 대답 대신 울컥 한 움큼의 시커먼 피를 토해내었다. 황급히 다가선 크라우치가 그를 안았다.

"이게… 무슨… 어떻게… 네가 왜?"

멀쩡했다. 믿음직한 덩치도, 강렬한 눈빛도, 타인을 압도하는 기운도. 그런데 이 모습은 독에 중독되어 죽어가는 꼴이 아닌가. 그의 귓가에 작은 목소리가 들렸다.

"나는… 죽였습니다. 그놈을……."

"흐흑!"

"참 멍청한 놈이지요… 클클클… 한때는 천재란 소리도 들었는데… 제풀에 제가 죽는 꼴이라니… 인생은 덧없다 하더니 그런가 봅니다그려."

크라우치는 자신보다 두 배도 넘는 덩치를 안고 눈물만 흘렸다. 어떻게 검을 날렸는지 주위는 일진광풍을 만난 듯 풍비박산(風飛雹散)이 났으나 자신은 옷깃 하나 다치지 않았다.

"사세요. 저 대신… 저 빌어먹을 하늘은 당신을 선택했습니다."

"나는… 나는……."

"크크큭! 이 세상에… 천사표 인간은 없습니다. 저는 죽어 필히 지옥에 갈 겁니다. 당신은 나 같은 놈보다 백배는 낫습니다. 다… 잊으십시오. 저도 잊었… 습니다. 윽!"

그 순간 비어버린 내부를 채우려는 듯 맹렬하게 회전하며 신체에 축적된 마나를 끌어모으던 내력이 무섭게 심장 쪽으로 솟구쳐 올랐다.

콰콰쾅! 펑!

"우에엑!"

"골드! 골드, 이놈아!"

1골드의 육중한 몸이 부축한 크라우치를 밀쳐 버릴 정도로 크게 펄떡였다.

1골드는 피를 쏟는 와중에도 그저 웃음만 나왔다. 벌써 두 번이나 경험해 본 일이었다.

'참, 이놈의 인생도 기구하다. 세 번의 죽음이라니. 그런데, 이제는 정말 죽는 걸까? 심장이 터져 버린 것 같으니 죽을 것이야. 쓰벌! 이렇게 죽는 것도 나쁘지 않아. 이제 미련도 없고… 죽으면 곤님을 뵐 수 있을까?

선계를 포기하고 그를 위해 죽어준 곤이었다. 1골드는 문득 그가 보고 싶어졌다. 그리고는 내력을 제어하던 본능마저 놓아버렸다. 죽음을 의미있게 맞을 준비가 된 것이다.

미쳐 날뛰는 내력은 심장에서 그치지 않았다. 자신을 막고 있던 심장을 부숴 버릴 듯하더니 제 세상을 만난 것처럼 광포한 점령군처럼 몸 안을 이리저리 우르르 몰려다니며 닥치는 대로 쓸어버렸다.

그놈은 한 지역을 초토화시킬 때마다 그 세를 불려갔다. 미약하게나마 저항하던 세력마저 한입에 삼켜 버리고 점점 거대해져 통제 불능 상태가 되었다.

계속 피를 게워내며 정신을 잃어가는 와중에 1골드는 이상함을 느꼈다. 시간이 지날수록 커져 가는 미친 내력이 단전과 부서졌다 생각한 심장 어림을 반복적으로 드나드는 것이다. 그때마다 뼈가 녹아내리고 피가 쪼그라드는 극심한 고통을 느꼈지만 말이다.

그러다 한순간, 원하는 만큼 세를 불린 것인지 그놈이 심장을 치고 올라와 머리 꼭대기로 향했다.

'끝이군.'

몸속에서 뿌드득, 하는 끔찍한 소리가 연이어 들리더니 몸이 무섭게 사지를 떨며 전신 근육들이 팽창하기를 반복했다.

혈관을 도는 피가 끓어올랐고, 너무 곤두선 신경 때문에 쓰러진 그를 안고 있는 크라우치의 피부 접촉 부위가 바늘로 콕콕 쑤시는 듯한 고통이 일었다. 땅을 대고 있는 신체마저 욱신거릴 정도였다.

콰콰쾅!

귀청이 떨려져 나가는 어마어마한 소리가 들린 것 같은데, 1골드는 반대로 아무 소리도 듣지 못했다. 그저 하늘이 무너지는 기분이었고, 몸은 땅 밑으로 꺼지는 듯했다.

"이놈아!!"

'시끄러워!'

그 생각을 끝으로 세상이 온통 하얗게 변했다. 순간 1골드는 곤을 보았고, 친부모를 보았으며, 그란델과 유진을 보았다. 그리고는 만족한 미소를 지으며 정신을 잃었다.

황급히 1골드를 일으켜 세우려던 크라우치는 마음과는 다르게 훌쩍 뒤로 물러나야만 했다.

죽은 자도 살리는 그가 물러나야 할 이유가 전혀 없었지만,

1골드를 중심으로 무섭게 세상을 빨아들이는 홀이 생성되자 본능적으로 피한 것이다.

"이건!"

실로 강력한 마나의 파장이었고, 세상을 뒤집어 버릴 듯한 폭풍이었다.

크라우치는 굳은 얼굴로 숨을 들이켰다. 원인은 달랐으나 눈더미 속에서 체험한 변화였다. 의외의 감동이 밀려든다. 골드는 자신과 같다.

몸을 돌린 그는 문이라고 부르기에는 무색한 공간을 막아 섰다. 그리고는 사제들이라도 다가오면 죽여 버리겠다는 식으로 서릿발 같은 음성을 토했다.

"아무도 들어올 수 없다."

이 순간 크라우치에게 1골드보다 중요한 건 없었다.

Chapter 5

맑은 날의 오후

깊은 밤, 세상은 쥐 죽은 듯 조용했다.

크라우치는 방문을 소리 나지 않게 살며시 열었다. 은빛 파도가 잔잔하게 흐르는 넓은 방 안은 잠든 세상만큼이나 고요했다. 익숙한 듯하면서도 낯선 방은 수도 히치벅에 있는 대신 전의 교황전과 그 구조가 똑같았다.

지금 그가 주인방을 들어가는 하인처럼 행동하는 이 방은, 응당 그가 써야 하는 곳이다. 하지만 침대 두 개를 붙여놓은 듯한 크기의 널따란 침대에는 비교적 어울리는 덩치가 누워 있었다. 1골드였다.

크라우치는 방문을 조심스레 닫고는 침대에 다가가 앉아

이불 끝자락을 젖히고 손을 집어넣어 거칠고 투박한 1골드의 손을 잡았다.

그리고는 달빛을 받아 은은한 광택을 뽐내는 철가면을 하염없이 바라보았다.

"으음!"

엷은 신음 소리가 들린다. 동시에 환한 미소가 피어올랐다. 당장이라도 깨우고 싶었지만 기다렸다. 1초가 한 시간 같은 지루한 시간이 흐르고 휑하게 뚫린 철가면의 눈구멍에 검푸른 눈동자가 자리를 찾아들었다.

잠시 흔들리던 눈동자는 본능적으로 정이 듬뿍 담긴 시선을 좇았다. 한순간 흔들리던 시선이 초점을 맞추었다. 1골드의 메마른 음성이 울렸다.

"크흑! 이 장면, 낯설지 않습니다."

무슨 말부터 건네야 하나 하며 머릿속에서 무수히 연습을 했던 크라우치는 1골드의 음성에 준비했던 대사들을 모두 잊었다. 1골드가 잠깐 외출하고 돌아온 것처럼 가볍게 말을 건넨 것이다.

"…그러게. 11년에서 한 달하고 26일이 모자라."

"얼굴만 잘생긴 게 아니라 머리도 좋으십니다. 별걸 다 기억하시네요."

힘이 없었으나 또렷한 말소리로 보아 몸 상태는 괜찮아 보였다.

"내 생각엔 너도 대단한 미남일 거야. 몸도 좋은데 얼굴까지 미남이니 신이 질투를 하셔서 철가면을 씌워놓았을걸."

"훗! 웃기지 마십시오. 가슴이 쑤십니다."

그 말을 끝으로 잠시 침묵이 이어졌다. 서로 하고자 하는 말들은 많았지만 무슨 말을 먼저 꺼내야 할지 몰랐다. 먼저 입을 연 것은 1골드였다.

"여긴……."

"신전이야."

본성의 일부가 무너져 지휘부를 신전으로 옮겼다.

"오래 걸렸네요. 이곳까지."

"시간은 아무것도 아니지. 이곳에 오기 위해 3천의 목숨을 눈밭에 버려야 했으니까."

길에서 객사한 신도가 천이요, 눈사태로 함몰된 인원이 2천이 넘었다. 어이없는 개죽음이다.

간만에 눈을 뜬지라 1골드는 안구가 뻣뻣해져서 눈을 감아야 했다. 그리고는 정신을 잃기 전의 광경을 그렸다. 미친 듯이 날뛰는 내력으로 속이 엉망이 되고 급기야 머리까지 침식당하던 상황이었다.

무심결에 내력을 돌려보았다. 단전이 허전한 듯했어도 내력의 움직임은 한결 빨랐다.

'커졌군.'

담담하게 반응했지만 단전은 몰라볼 정도로 커져 있었다.

거의 곱절은 확장된 것 같았다. 전과 같으면 일취월장한 성취에 한껏 고무되어야 했을 상황이지만, 1골드는 남의 일을 들은 것처럼 무심했다.

"으응?"

"왜? 어디가 안 좋은 거야?"

근 일주일 만에 정신을 차린 상황이라 크라우치는 놀라 1골드의 상태를 살폈다.

"아니, 그게… 어떻게 된 것이냐?"

크라우치는 손에 집중된 신성력을 풀어버리고는 1골드의 시선을 따라 벽면의 한구석을 보았다.

"임무를 수행하고 있습니다."

무뚝뚝한 홉의 전언이었다. 생각지도 못한 일이다. 다크 엘프가 버젓이 신전에 들어와 있다니.

1골드가 설명해 달라는 듯이 크라우치를 쳐다보았다.

"저들과 우리는 상극일 텐데, 충성스런 부하들이더군. 무모하게 왈카의 검들이 포위한 곳으로 달려들 정도로. 좋은 부하들을 두었어."

1골드는 대충 짐작할 수 있었다.

마력을 바탕해서 마족이라 불리는 다크 엘프가 마를 멸하는 신력을 기반으로 하는 신관들이 우글우글한 곳에 뛰어든다는 건 자살 행위나 다름없었다.

하지만 호위들은 눈썹 하나 까딱하지 않고 사제들을 베어

넘겼다.

"멍청한… 고맙습니다."

"고맙기는, 네 부하들이잖아."

그 일로 연일 장로들과 신장들이 크라우치를 괴롭혔지만 뜻을 굽히지 않았다. 마족이라 해도 1골드의 부하였고, 의도한 살인이 아니었으니. 어찌 되었든 결과적으로는 도움도 받았다.

마족에게 죽임을 당하면 천국에 갈 수 없다고 하는데, 크라우치는 다른 생각이 있었다. 다크 엘프들에 의해 죽은 사제들을 위해 진혼제를 치러 저주를 풀어줄 생각이었다.

1골드가 다시금 흡이 은신하고 있는 곳을 향했다.

"돌아가."

"……."

"몸을 추스르는 대로 따라갈 테니까."

"전 임무를 수행할 뿐입니다."

1골드는 할 말을 잃었다. 영의 속박으로 절대 명령을 어기지 못하는 반 일족이 두 번이나 거역한 것이다. 갑자기 찾아든 변화로 인해 그들과의 관계에 어떤 변화가 생긴 것인가? 아직은 알 수가 없는 일이었다.

"크라우치님, 혹 저 녀석들이 폐를 끼치지는 않았습니까?"

크라우치는 미소로 답을 대신했다. 이미 서로가 알고 있는 일이었다.

"곤란하시겠군요."

"하하, 이래 보여도 난 교황이야. 대답이 되었나?"

무슨 일이 있어도 막아주겠단다. 건네는 말속엔 사랑과 신뢰가 가득했다.

"피곤하군요."

"아아! 이런 내 정신 좀 보게. 난 이만 갈 테니 푹 쉬어. 내일 다시 볼 수 있으면 좋겠어. 진심으로."

크라우치는 1골드가 정신을 차리면 떠날 것 같아 가지 말라는 말을 한 것이다. 그 의미를 알아차렸는지 1골드가 미약하게 고개를 끄덕였다.

하루면 다시 일어날 것 같던 1골드의 잠은 상당히 오랫동안 계속되었다.

1골드는 혈인이라는 심적 억압을 털어냄으로써 벽을 넘어섰다. 주화입마와 깨달음이 동시에 찾아온 것이다.

급격한 신체의 재구성과 극한점을 넘었던 감정선이 안정적으로 돌아오는 데는 사흘이라는 시간이 필요했다.

크라우치는 자리를 털고 일어선 그를 바로 만나보지 못했다. 어지간해서는 몸을 드러내지 않는 호위들이 에티우스 밀림에서 몬스터들의 침범을 막았던 결계까지 펼친 채 방문 앞을 지킨 것이다.

방 안에서 1골드는 깊은 명상에 빠져 내부를 관조하고 자신의 삶을 되돌아보고 있었다.

고귀한 피 값을 받아내기 위해 살았던 세월이 조금은 허무하게 끝이 났다. 차마 크라우치를 죽일 수 없었다. 그에 대한 호의를 한참 넘어선 낯선 감정 때문이기도 했고, 크라우치가 보여준 성자의 풍모가 망설임을 가중했다.

1골드는 자신도 모르게 양부와 그란델의 목숨보다 크라우치를 더 귀하게 여기는지도 모른다. 꼭 친부모를 죽인 원수가 자신을 키워준 부모란 사실을 안 것처럼 감정 정립이 잘 되지 않았다. 하지만 이제는 다 털어냈다.

스스로의 죄를 고백하던 크라우치의 모습에서는 한 톨의 가식도 찾아볼 수 없었다. 극심한 죄책감에 죽기를 바라는 그 모습 그대로였다.

1골드는 생각했다. 크라우치도 모르는 일이었을 것이라고. 그리고 그 생각은 맞았다. 정신을 잃은 사이에 벌어진 일이었으니.

그래도 죽이려 했고, 죽였다.

눈감고도 파리 다리를 자를 수 있는 검이 혈인을 죽였다.

크라우치는 살았다.

1골드는 진정으로 원수를 죽이려는 마음으로 검을 내려쳤다. 검은 혈인을 죽였으나 크라우치는 살렸다. 크라우치가 살아 있는 건 자신의 뜻이 아니다.

그의 마음에서는 크라우치의 또 다른 모습이었던 혈인은

죽었다.

천사의 마음씨를 가졌던 그란델도, 엄하지만 속 깊은 정을 가진 유진도 하늘에서 다 이해할 거라 생각했다. 그들의 용서를 받아 마음속의 악마를 없애고 새롭게 태어난 크라우치는 세상을 위해 더 큰일을 할 수 있을 것이다. 그들의 이름을 가슴에 묻은 채로.

"후우우."

수도의 대신전과 그 부속 건물의 구조마저 똑같은 암스트 신전의 기사 수련장이었다.

오랜만에 병상에서 털고 일어나 가볍게 굳은 몸을 푼 1골드는 검을 비스듬히 든 채 서 있었다. 더할 수 없이 몸도 마음도 개운한 상태였다.

1골드가 눈동자만 돌렸다. 수련장 한편 바위에 엉덩이를 걸치고 있는 크라우치가 보인다. 눈길을 알아챘는지 손까지 흔들며 엉덩이를 털고 일어섰다. 근엄한 교황의 숨겨진 모습이었다.

"멋있는데."

조금은 방정맞게 총총걸음으로 다가온 크라우치가 말했다.

"난 태어날 때부터 멋있었습니다."

"……."

어이없는 말에 잠시 정신을 놓쳤던 크라우치가 피식 웃었
다. 지난 일로 서로 간에 서먹한 감정을 없애고자 부단히 수
다를 떨고 가벼운 농담을 던진 건 그의 몫이었다.

이제는 1골드도 가벼운 농을 던진다.

"잘 모르겠어?"

"무엇을요?"

"뭐긴, 너 말이지. 많이 변한 듯하면서도 전과 다름없는 것
같기도 하고, 오히려 예전보다 풍기는 기운이 미약해져서 아
직 몸이 다 낫지 않은 것도 같고. 종잡을 수가 없는걸."

"궁금하십니까?"

"응."

"무사에게 경지를 묻는 건 실례인데도요."

"에이, 우리 사이에 무슨. 실례는 화장실에서 하는 거야.
하하하."

썰렁한 농담에 대꾸없이 몸을 돌린 1골드가 늘어뜨린 검을
중단세로 올렸다. 무슨 재질인지 옅은 광채가 감도는 거무스
름한 검신에 빛이 어리는가 싶더니, 묵빛 광채가 점점 커지면
서 사방으로 뻗어 나갔다.

크라우치는 침을 삼켰다. 잘못했으면 목숨을 잃을 뻔했던
요코치의 오러 블레이드와는 비교도 할 수 없는 강렬한 빛이
었다. 그리고 그 안에 숨겨진 무시무시한 힘을 그는 느낄 수
있었다.

그렇게 2미터여에 이르도록 형성된 검은 오러 블레이드는 뇌전 같기도하고 길게 늘어진 유선의 구 같기도 했다. 그러다 한순간 후웁, 하는 기합 소리와 함께 검이 허공을 수직으로 베고 지나갔다.

"와우!"

크라우치의 감탄성과 함께 그가 조금 전까지 앉아 있던 바위를 오러 블레이드가 관통하고 지나갔다. 검신을 감싸던 블레이드가 순식간에 늘어난 것이 아니면 오러를 날린 것이다.

"어라?"

크라우치는 고개를 갸웃했다. 그가 예상한 결과는 이게 아니었다. 바위가 굉음과 함께 산산이 부서져야 하지 않은가? 그런데 이건 별 소음도 없었고, 바위도 멀쩡했다.

어떻게 된 일이냐고 물으려는 찰나에 바위가 서서히 반으로 갈라지면서 허연 속살을 드러냈다. 과장스럽게 입을 떡 벌린 크라우치는 절단면이 유리와 같이 매끈한 것을 보고는 고개를 끄덕였다.

이건 일반적인 소드 마스터들과는 그 궤를 달리 하는 것이다. 자신이 무사는 아니지만 듣고 본 것은 많았다. 아무리 낮게 잡아도 이 믿음직한 덩치는 소드 마스터라 불리는 기사들보다는 최소 한 단계 이상은 위인 것 같았다.

"짜식! 멋있는걸."

"날 때부터 멋있었습니다."

크라우치는 웃었다. 일평생 미소를 달고 산 그였지만 가식 없는 웃음은 1골드를 만나고부터 더 많이 짓게 되었다.

기분 좋은 웃음 소리가 규칙적인 발자국 소리에 밀려났다. 사각 방패를 등에 짊어지고 투구를 옆구리에 낀 채 전장에 나가는 무장 상태로 신장들이 연무장에 들어섰다. 12명 모두가 함께였다.

"무슨 일인가?"

굳은 결심이 서린 듯 비장함마저 감도는 신장들에게 크라우치가 물었다.

"골드 경에게 용건이 있어 왔습니다."

일행보다 한 발 앞으로 나선 천신장 프랭크였다.

"무슨 용건인가? 골드의 일은 나를 통하라 했을 텐데?"

"그때는 병상에 누워 있을 때입니다. 지금은 사정이 다릅니다. 골드 경은 수하를 거느린 수장으로서 그자들의 행동에 책임을 질 수 있는 상태입니다."

프랭크가 1골드에게로 시선을 돌렸다. 씹어 죽여도 시원치 않을 다크 엘프들이 그의 뒤에 시립해 있는 상태였다.

"그렇지 않습니까, 골드 경?"

1골드가 대답을 하기도 전에 홉이 어느새 중앙으로 나가 있었다.

"와라! 인간. 죽여주마!"

기세를 끌어올린 홉의 긴 머리가 펄럭였다. 고블린보다도 못한 하찮은 인간이 지금 주인을 능멸하고 있었다.

"그만! 감히 내 앞에서 뭣들 하는 짓이냐! 이 내가 눈에 들어오지도 않느냔 말이냐! 모두 물러서라!"

"아닙니다, 크라우치님. 한 번은 짚고 넘어가야 할 문제입니다. 제 아이들이 앞뒤 구분없이 실수한 일이니 제 책임입니다. 홉, 들어와라."

말과 동시에 홉이 귀신같은 움직임으로 원래 자리에 돌아왔다. 1골드가 신장들을 쭉 둘러보았다.

"이 아이들이 폐를 끼쳤다 들었소. 무엇을 원하오. 말해보시오."

거슬리는 말투에도 아랑곳없이 프랭크는 검첨을 아래로 하며 검병을 두 손으로 붙잡은 정중한 자세를 취했다.

"신을 모시는 사람이나 우리도 검을 든 무사요. 그대의 실력이 출중하다는 말은 들었소. 가르침을 청하오."

"결투요, 비무요? 검에는 눈이 없다오."

"건방진!"

발끈한 신장들이 분분히 검을 빼 들었다. 프랭크가 그들을 제지하고 말을 이었다.

"좋은 말이오. 검은 눈이 없지. 방자한 말처럼 그 실력을 가지고 있는지 어디 한번 봅시다."

"이 일의 결과에 대해……."

"묻지 않겠소. 또한 기사들의 순교도 이것으로 매듭을 짓겠소."

프랭크가 투구를 눌러썼다. 등에 멘 방패를 왼 팔목에 착용하고 롱 소드를 뽑았다.

"준비하시오."

1골드는 갑옷을 착용하지 않은 평상복 차림으로 대검 한 자루만 들고 있었다. 무장을 하라는 말이었다.

"됐소. 오시오."

"흥! 건방진 자! 죽을 때도 건방이 하늘을 찌르는지 내 지켜볼 것이다. 이얍!"

쒜에엑! 파팟!

프랭크가 가장 자신하는 검법은 물 흐르듯이 자연스럽게 이어지는 연환 공격이었다. 세월의 노고와 오랜 전장 경험이 녹아 있는 그의 롱 소드는 빈틈을 찾아볼 수 없이 사위를 점했다. 속도도 만만치 않아 눈 깜짝할 사이에 검신이 1골드의 코앞까지 와 있었다.

신장들은 주먹을 불끈 쥐었다. 프랭크의 공격에 손끝 하나 움직이지 못하니 소문처럼 대단한 자는 아니라 여긴 것이다. 그들은 1골드와 다크 엘프들에게 집중하느라 연병장 한편에서 하얀 속살을 드러낸 채 쩍 벌어진 바위를 보지 못했다.

검은 정확하게 1골드의 콧등을 갈랐다. 일검의 완벽한 승리로 보였으나 프랭크는 잔뜩 긴장한 채 방패를 들어 재빨리 가슴 위를 보호했다. 잔영을 벤 것이다.

콰앙!

팔에 전해지는 묵직한 통증과 함께 몸이 훌쩍 떠올라 세 발자국이나 뒷걸음질쳤다.

"이제 시작하죠."

1골드의 발아래에서 파편이 일었다. 폭발적인 속도다. 찰나의 시간에 공간이 사라지고 칙칙한 빛살이 일었다.

싸아악!

검신 같지도 않은 넓은 검면이 종이 한 장 차이로 얼굴을 스쳐 갔다. 방패만을 의존해 고개를 젖히지 않았으면 방패와 함께 얼굴이 저며졌으리라.

프랭크는 등골을 타고 차가운 전율이 흐르는 걸 느꼈다.

1골드의 대검은 검 자체만으로도 베인 것보다 더 섬뜩했고, 커다란 공포를 일으켰다.

상대에 대한 감상에 젖어 있을 때가 아니었다. 연이어지는 1골드의 검 앞에 자신의 연환 공격 따위는 어린애 장난같이 느껴졌다.

피할 틈도 없이 조여오는 번뜩이는 빛살 하나하나에 육신을 갈기갈기 찢어버릴 것 같은 기세가 담겨 있었다.

"이야압!"

천신장이다. 라미안의 무력을 대표하는 프랭크였다. 이대로 썩은 나뭇토막처럼 뻣뻣하게 굳은 채 목을 내밀 수는 없었다. 검로를 볼 수 없자 방패를 몸을 축으로 회전하는 바퀴처럼 돌렸다.

그러면서 공격의 중심을 향해 오러 블레이드를 내질렀다.

터엉!

검과 검이 부딪쳤다.

오러 블레이드를 일으킨 공격이었는데 속 빈 깡통을 때린 것 마냥 텅! 소리가 일었다.

프랭크는 좌절감이 일었다. 자신의 기세를 별 무리 없이 흡수할 정도로 상대는 자신을 넘어서 있었다.

검이 맞닿는 순간에 자신의 오러를 해소하고 상대적으로 월등한 힘이 밀려들었다. 당연한 수순처럼 손아귀가 찢어진 듯 극심한 고통이 밀려온다.

"후! 아직 시작도 안 했어."

"이이!"

시싯!

안력으로 따라잡을 수 없이 빠르던 검이 이제는 아주 느리게 다가왔다. 코흘리개 어린아이도 저보다는 나을 것이다. 하지만 느리고 힘이 없어 보이나 숨겨진 막대한 거력을 프랭크는 느꼈다.

콰앙!

"크윽!"

두 번째의 부딪침. 검과 검이 아닌, 검을 방패와 검이 맞받아쳐졌다. 롱 소드만으로 막을 수 없을 것 같자 검 뒤로 방패를 덧대었다.

그 결과, 프랭크는 3미터여를 날아가 나뒹굴었다.

일검조차 성공하지 못했다. 변명거리도 없는 완벽한 패배였다. 쏟아질 듯 들어오는 파란 하늘이 이리 원망스러울 수가 없었다.

땅! 따다다당!

죽고 싶은 마음을 부채질하는 소음이 들렸다. 기사로서 수치스럽게도 놓쳐 버린 방패와 검이 한심한 몰골을 알리는 소리였다.

숨고 싶은 하늘마저 철가면이 가렸다.

"이걸로 아이들의 빚은 갚은 거요."

프랭크에게는 1골드의 비웃음으로 들렸다.

대꾸도 할 수 없었고, 몸을 움직이지도 못했다. 찢어진 손아귀에서 피를 게워내고 있지만 치료할 생각도 못했다.

그의 머릿속은 텅 빈 하얀 세상으로 변했다. 적어도 투실바내에서는 그 누구에게도 뒤지지 않는 최고라 자부했었다.

단 두 번이었다.

첫 번째 부딪침에 공포를 느꼈고, 두 번째에는 무참하게 무너졌다. 몸과 함께 지금은 마음도 무너졌다.

1골드는 덤벼볼 자가 더 있으면 상대해 주겠다는 듯이 다시 중앙으로 나와 서 있었다.

남은 신장들은 정신을 차리지 못했다. 소드 마스터인 프랭크라면 최소한 지지는 않을 거라 생각했다. 그런데 결과는 어른과 아이의 싸움이었다.

"허어—! 신장들은 무엇하는가! 어서 천신장을 모시지 않고."

크라우치의 호통에 정신을 차린 신장들이 프랭크에게 뛰어갔다. 신장의 부축으로 몸을 일으킨 프랭크는 간단히 먼지를 털어내고는 터벅터벅 연무장을 떠났다.

이 사태에 교에 풍파를 몰고 온 1골드를 처리하자고 단단히 마음먹고 온 신장들은 어찌할 바를 몰라 했다. 그때 크라우치의 음성이 주의를 끌었다.

"한 가지 궁금한 게 있는데, 나에게 보여줬던 그 기술은 천신장에게 쓰지 않더구나. 저 바위를 깨끗하게 잘라 버린 것 말이야."

그제야 신장들의 눈길이 잘려진 바위로 쏠렸다.

"흐음……!"

누구라 할 것 없이 모두 침음성을 흘렸다. 그들도 바위를 부술 수는 있다. 하지만 저렇게 유리처럼 매끈하게 잘라내지는 못한다.

"확인할 게 하나 더 있는데… 이 자리에서 한 번만 더 보여 줄 수 있나?"

1골드는 내심 쓴웃음을 지었다. 크라우치의 의도를 알아챈 것이다. 확연한 무력의 차이를 신장들에게 보여주어 1골드 일행 때문에 이는 잡음을 잠재울 속셈이었다.

1골드는 프랭크처럼 검첨을 바닥으로 향하게 하는 간단한 예를 취한 후 검을 세웠다. 예의 칠흑 같은 순수한 어두운 기운이 일어 잘 정제된 오러 블레이드를 형성했다.

그 모습을 본 신장들의 눈이 더 할 수 없이 커졌다. 외관으로 보이는 블레이드의 모습은 자신들의 검인 스킬라에 일으키는 오러와 다름없었으나 내포된 속성은 하늘과 땅 차이었다.

그들은 신성 마법에 의한 눈속임이다. 소드 마스터의 오러도 엉킨 실타래가 검의 모양을 한 것으로, 1골드의 오러처럼 뇌전 같은 빛덩이는 만들어내지 못한다.

"설마… 그랜드 마스터?!"

그 순간 그 1골드의 검이 목표한 나무를 향해 찔러 들어갔다. 그러자 검끝에서 빛이 화살처럼 뻗어 나가며 작은 구멍을 뚫었다. 어찌 보면 검이 쭉 늘어나며 검신의 너비가 얇아진 모양이었다.

파삭!

그때 미세한 소음이 들렸다. 신장들은 그 차이를 간과했으나 크라우치는 놓치지 않았다.

과장되게 박수까지 치며 다가온 크라우치가 눈을 빛냈다.

"이거야! 내가 보고 싶었던 것이."

그랜드 마스터란 소리를 무의식적으로 뱉어낸 라도스가 1골드에 대한 적개심을 잊고 물었다.

"무엇을 말씀이십니까?"

크라우치가 한심하다는 듯이 오히려 되물었다.

"모르겠나? 이 차이를?"

"소인이 미천하여……."

"검속이 음속을 넘어섰네."

라도스는 눈만 껌벅거렸다.

"쯧쯧쯧, 눈이 있어도 보지 못하고, 귀가 있어도 듣지를 못하는구나! 번개를 떠올려 보라. 번개가 친 다음에 뇌성이 울린다."

"아!"

정말 미세한 차이였으나 분명 나무에 구멍이 먼저 뚫리고 격타음이 울렸다. 그때서야 말뜻을 헤아린 몇몇 신장들은 경악에 찬 눈으로 1골드를 바라보았다. 1골드의 검은 소리보다 더 빠른 것이다.

라도스는 땅이 꺼지는 기분이었다. 소드 마스터에 올랐다고는 하나 프랭크의 경지도 넘지 못했는데, 초음속의 검을… 백 번을 죽었다 깨어나도 막지 못할 것이다.

그도 프랭크처럼 어깨를 쭉 늘어뜨린 채 몸을 돌렸다. 하늘 위에 하늘이 있었고, 오늘 그걸 직접 본 것이다. 1골드는 분명 소드 마스터 열 명이 덤벼들어도 승부를 결할 수 없다는 그랜드 마스터이다.

"무안하게 왜 그러셨습니까?"

넘을 수 없는 벽을 느끼고 신장들이 물러가자 1골드가 질책하듯 말했다.

"내가 뭘? 저들도 자신들이 서 있는 위치를 아는 게 좋아. 기사들이나 귀족들은 특권 의식에 젖어 있어 발전이 더디단 말이야. 좋은 자극이 되었을 거야. 직접 하늘 꼭대기에 닿아 있는 강자를 만났으니."

"후후, 저도 몰랐던 점을 한눈에 간파하신 크라우치님이 더 대단하십니다."

확실히 보았으니 그 미세한 차이를 알았을 것이다. 보았다면 피할 수도 있다. 겉보기에는 기도만 올리는 신관처럼 보여도 경지를 가늠할 수 없는 강자였다.

"골드, 사람마다 독특한 색을 가지고 있다는 걸 알어?"

"색이요?"

1골드의 전신을 감상한 크라우치가 재밌다는 듯 말했다.

"너는 참 묘한 색을 풍겨. 어찌 보면 투명한 듯하면서도 은은한 검은빛이 감돌거든."

"오러를 말씀하시는 겁니까?"

"오러?"

"으음, 보이지는 않지만 육신에서는 오러를 방출합니다.

제가 배운 무술에서는 이를 마나의 육체라고 표현하지요."

눈을 동그랗게 뜬 크라우치가 반색했다.

"호오! 너도 그 마나의 육체를 볼 수 있어?"

"크라우치님은 정말 그게 보이십니까?"

"응. 협곡 일이 있고 나서부터지만, 사람을 상대할 때 상대방을 더 알고자 집중을 하면서 보이기 시작했어. 응, 뭐랄까. 처음에는 투명한 막같이 보이기 시작하더니 점차 그 색이 눈에 들어오더라. 여기를 한번 볼까."

그러면서 주위를 훑었다. 연병장 구석에서 그들을 힐끔거리는 기사들이 눈에 띄었다.

"저들은… 형제처럼 모두 비슷한 색을 내지. 아마도 같은 수련을 쌓아서 그럴 거라 생각해. 다른 게 있다면 색의 농도 정도? 진하기도 하고 흐리기도 하고. 내 생각에는 양도 많고 진한 색을 지닌 이가 일신의 능력이 뛰어난 자들이야. 신장들을 보면 알 수 있거든. 그들은 천연색에 가까워. 아! 너만 빼고."

"성기사들이 가진 색이 모두 같습니까?"

"그건 아니야. 조금씩 차이가 있긴 해."

곰곰이 생각에 잠긴 크라우치가 놀라운 것을 발견했다는 듯 손뼉까지 치며 말을 이었다.

"아! 병자들은 그 색이 변질된 곳이 있고 또… 풍기는, 에이, 네 말대로 오러라고 부르자. 그 오러의 양에 비해 일신의 재주가 미약한 자들도 있어.”

“오! 그 자들은 지닌바 능력을 다 활용하지 못하는 거군요.”

“그게 아니면 스스로도 깨우치지 못하는 것이겠지.”

“그럼 저는 어떻습니까?”

1골드를 향해 어깨를 으쓱인 크라우치가 혀를 찼다.

“칫! 넌 특별한 놈이야. 알 듯하면서도 모르겠거든. 어떨 때는 눈이 시릴 정도로 강렬한 빛을 내기도 하고, 어떨 때는 길가는 농부만큼 미약하기도 해.”

“크큭, 크라우치님은 스토커입니까? 하루 종일 저만 바라보고 있으신 듯합니다.”

“…….”

검을 갈무리한 1골드가 발을 떼었다.

“어쨌든 좋은 재주를 가지셨습니다. 인재를 다루는 일이 가장 어렵다고 하던데, 그 재주를 잘만 활용하면 쓸 일이 많겠습니다.”

1골드는 크라우치에게 생긴 능력이 호기심을 자극하긴 했으나 대수롭지 않게 넘겼다. 고수가 하수의 경지를 알아보는 식으로 초인적인 경지에 올라서자 자연스레 생긴 능력이라 여긴 것이다.

자신도 무인들을 보면 대략 상대방의 경지를 파악할 수 있었다. 강자를 만나면 이성보다는 몸이 먼저 반응한다는 점이 다르지만.

10여 년 전 샤벨 시에서 있었던 일은 1골드와 크라우치에게는 거론하지 않는 불문율이 되어 있었다. 말은 하지 않았지만 사랑과 신뢰에서 파생된 용서라는 단어로 기억 속에서 사라져 간다는 걸 그들은 알았다.

그 대신 타인이 끼어들기 힘든 긴밀한 유대가 형성되었다. 잠을 자는 시간을 제하고는 항상 둘이었다. 밥을 먹을 때도, 병자를 돌볼 때도, 수련을 할 때도 함께였다.

"거참!"

"왜 또오!"

장난끼가 다분한 신경질적인 반응이었다. 1골드는 혀를 끌끌 차며 크라우치를 밀쳤다.

"하나를 배우면 열을 안다더니 다 거짓말이구만."

"이놈이!"

"몇 번을 말해야 알겠습니까? 신경을 연결할 때는 여자를 애무하듯 세심한 주의를 기울여야 한다고. 이것 보십시오. 이 신경은 이곳이 아니지 않습니까?"

크라우치는 1골드가 지적한 신경을 유심히 살폈다.

"어? 이상하네. 내 분명 확인을 했는데……."

"에잉! 손재주는 영 아닌가 봅니다. 접합술에서는 미세한 손끝의 감각이 중요한데."

1골드가 끊어진 팔목의 바른 신경을 찾아 그 끝을 연결하고 마법을 일으켰다.

"힐링!"

1골드와 크라우치는 아이온 의학계에 일대 획을 긋는 손목 접합술을 집도하고 있었다.

접합술을 받는 환자는 다크 엘프에게 손목이 잘린 성기사로, 다시는 검을 들 수 없는 처지에 놓여 있었다. 마법으로 잘린 신체 일부분을 붙일 수 있어도 정상적인 기능을 회복시키기는 불가능했다.

이 소식을 들은 1골드가 나섰다.

불치병인 조로증 치료법을 스스로 찾기 위해 방대한 의학 지식을 쌓았으나 당연 수술도 처음이었고, 필요한 수술 기기도 전무했다.

대신에 그에겐 2㎞ 떨어져 있는 사람의 얼굴도 볼 수 있는 초인적인 능력과 과학으로 설명할 수 없는 마법이 있었다.

성기사들의 시체와 함께 눈 속에 파묻힌 손목을 찾아 정화를 하고 본격적인 수술에 돌입했다. 절단된 동맥, 정맥, 신경을 찾아 마법을 통해 연결하면서 세포를 복원하고 뼈를 고정하며 근육을 봉합했다.

괴사된 피부는 이식할 필요도 없었다. 순식간에 새 살을 돋게 하는 마법이 있었으니까.

밑져야 본전이라는 마음으로 나선 1골드는 물론 수술에 참여한 크라우치나 신관, 의사, 약제사들은 의학의 새로운 지평을 보았으며 신의(神醫)를 만났다.

이때부터 1골드는 위생의 개념부터 시작해서 의학의 신지식을 풀기 시작했다.

인체 해부도조차 없는 이 시대에 그의 지식은 사람들을 경악시키기에 충분했다. 일부 신관들은 1골드가 인간을 마법 실험의 실험체로 사용하는 네크로맨서가 아니냐는 의심을 품었다.

그만큼 1골드는 인체에 대해 그들의 입장에서 모르는 게 없을 정도로 해박했다.

1골드가 숨겨진 능력을 발휘하자 크라우치는 신이 났다. 눈더미 속에서 변화하는 자신의 모습을 보여 인체의 신비에 대해 많은 의구심을 가졌었는데 해소할 방법이 생긴 것이다.

1골드는 무능력한 과거의 병자에서 이제는 병자를 살릴 수는 기쁨에, 크라우치는 배움의 기쁨에 죽이 맞아 밤을 잊고 환자를 돌봤다.

크라우치와 붙어 다니며 의사 노릇을 한 지 한 달이 넘어가자 무서워 근처에도 오지 못하던 아이들조차 1골드를 반겼다. 우탕가에서 그란델의 이름을 따 만든 고아원을 운영하던 경험이 있기에 1골드는 아이들과 금방 친해졌다.

아이들로부터 시작해 점차 백성들로부터 신망을 얻었고, 다크 엘프를 거느리고 있는 사실을 알고 있는 사제들조차 그에게 호의적인 반응을 보이기 시작했다. 그들은 어깨 너머로 보는 신지식을 배우고 싶어 안달이 나 있는 상태였다.

왈카의 검들은 프랭크를 단 이 검에 패퇴시켰다는 소식을 듣고는 분노했다가 1골드가 그랜드 마스터일지도 모른다는 소문에 경외심을 가졌다.

거기에 선입관을 흔드는 선행이 거듭되고 1골드를 그림자처럼 따르는 다크 엘프들이 없는 듯 지내며, 게다가 크라우치가 친동생처럼 대하고 있어 반감을 가지고 있어도 무력으로도 어찌할 수 없는 상대이니 그냥 인정하자는 식이 되었다.

개중에는 1골드가 연무장에 나오면 슬금슬금 다가와 검을 펼치는 기사도 있었다.

그런 기사들의 마음을 알았는지 1골드도 가끔 지나가는 투로 한마디씩 던지다가 나중에는 기사의 열의를 알고는 검을 지도해 주었다. 더 높은 경지를 바라는 기사들에게 있어 그의 말 한마디의 지도는 한줄기 빛과 같았다.

이렇게 라미안 교와 가까워지기 시작할 즈음 암스트는 또 다른 문제에 봉착했다.

"요새 아이들이 늘었습니다."

자정이 넘긴 시각, 크라우치에게 인체에 흐르는 마나에 대해 강론을 펼치던 1골드가 불쑥 말했다.

"알고 있어. 여기 이 발바닥 중심에 있는 용천혈에서 대지의 기운을, 정수리는 태양의 기운을 받아들인다는 거지?"

"순환을 하는 것이죠. 낡은 것은 버리고 새로운 게 대신합니다. 육체에 들어와 생기를 북돋은 마나는 자연으로 돌아가고, 그 자리를 새로운 마나가 대신하는 것입니다. 자석 주변에 쇳가루를 뿌려놓은 형태와 비슷하게 흐르는데 마나의 육체가 육체를 타원형으로 순환하는 모양입니다. 대지는 음차원의 마나로 유지되고, 태양은 양의 마나입니다."

"음!"

"찾아오는 아이들이 대부분 영양실조로 인해 황달기가 있습니다. 식량 배급을 더 늘려야 하지 않겠습니까?"

"이야기를 꺼내보았는데 식량 사정이 여의치가 않은 모양이야. 인근 영지에서 조달을 하려 해도 그곳 사정도 좋은 편은 아니고, 식량을 구했다 해도 삼 일이 멀다 하고 눈이 쏟아지니 운반하는 일도 만만치 않고, 휴우!"

"자체 조달할 방법은 없습니까? 수렵을 해서라도 말입니다."

"네가 급한가 보구나. 저 산을 덮은 눈 속에서 사냥을 할 생각을 하다니. 뭐, 간혹 토끼 몇 마리는 잡을 수 있겠지. 하지만 겨울은 몬스터들에게도 똑같은 배고픔을 주지. 인가까지 내려오는 놈들이야. 먹을 만한 짐승들이 남아 있겠나? 아마 토끼보다 오크가 더 많을걸?"

"오크라도 잡아먹을까요?"

눈을 껌벅거린 크라우치가 피식 웃었다.

"후후, 트롤을 잡아먹었다더니 이번엔 오크냐?"

"농담이 아닙니다. 우탕가의 원주민들은 오크를 사냥하기도 합니다. 돼지고기보다 더 맛있다고 하던데……."

"몸이 근질거리나 보지? 알았어. 내 회의석상에서 말할게. 이번엔 신장들과 장로들까지 함께 상대해야 할 거야. 아무리 너라도 24명을 상대하기는 벅찰 텐데."

마력이 흘러나온다며 시체마저도 태워 버리라고 권고하는 교단이었다. 몬스터의 대명사인 오크를 먹는다니 상상도 할 수 없는 일이다.

"몸이 찌부둥할 때 말씀드리겠습니다. 그럼 얼음낚시를 할 만한 곳은 있습니까?"

"얼음낚시? 얼음에 구멍을 뚫고 낚시질하는 거? 그걸로 얼마나 잡으려고? 아마 근방은 물고기도 씨가 말랐을걸?"

"잡는 건 제가 알아서 할 테니 큰 강 같은 곳은 없습니까?"

"흐음, 산맥 바로 아래에 꽤 큼지막한 호수가 하나 있다고 하더라. 날이 풀리면 몰라도 지금은 산맥에서 내려온 몬스터들이 번번이 출몰해서 물고기 몇 마리 잡으러 간다는 건 좀 그런데."

"하하, 제가 달랑 몇 마리 잡으러 가겠습니까? 그물을 던져서 싹싹 긁어 와야지요."

"그물? 호수를 덮은 얼음 두께가 1m는 될 텐데?"

어깨를 세운 1골드가 종이에 무언가를 그리며 말했다.

"제가 멋있기만 한 놈이 아닙니다. 제법 샤프하기도 하지요. 물고기만 있으면 수레 몇십 대는 금방 채울 겁니다."

"녀석. 근데 뭐 해?"

"그물이 꽤나 묵직할 텐데 끌어 올릴 만한 도구를 만들어야지요."

1골드가 그리는 모양을 얼핏 본 크라우치가 고개를 끄덕였다. 성문을 여닫는 도르래와 비슷한 모양이었다.

"성내에 그물을 다 모으라 하십시오. 수렵에 능숙한 어부도 한 오십 명은 필요하구요."

"검들을 모두 움직여야겠네."

"병사들보다는 훨씬 낫지요. 아아! 이런!"

"왜?"

"마누라를 눈 속에 버려두었습니다."

1골드는 크라우치와의 해후로 알로나를 까맣게 잊고 있었다.

'흥! 나쁜놈.'

이런 환청이 들리는 듯했다.

통통통!

두세 보의 거리를 벌린 이십여 명의 기사들이 한 줄로 쭉 늘어서서 바닥에 구멍을 뚫고 있었다. 산과 평지가 만나는 지점에 생성된 호수로, 온통 눈에 덮여 있어 땅과 구별이 되지 않았다.

기사들 뒤에는 송구스러운 표정을 한 어부들이 어찌할 바를 모르고 서 있었는데, 이런 하찮은 일을 기사들이 한다는 건 상상도 할 수 없는 일이었기 때문이다.

기사와 어부, 언뜻 보아도 덩치가 어부들의 두 배였고 영양 상태 또한 비교조차 할 수 없다.

‘힘센 놈이 해야지’ 라고 한 1골드의 한마디에 크라우치가 ‘당연하지’ 라 대꾸하자 모든 이야기는 끝이 났다.

오백을 유지하던 왈카의 검들 중에서 전쟁을 통한 손실과 각 지부에 흩어진 인원을 제한 3백 명 중에서 성의 방어 인원 백 명을 제하고 2백 명이 총동원되었다.

중소 영지 하나쯤은 밥 먹는 시간 동안 함락시킬 수 있는 막강한 전력이었다.

거의 1㎞에 달하는 그물이 구멍을 통해 사라졌다. 처음 그물을 넣은 곳의 다음 구멍으로 갈고리를 넣어 물속에 들어온 그물을 건지고, 또 다음 구멍에서 그물을 잡아 쭉쭉 펴는 방식으로 두께가 1m가 조금 안 되는 얼음 밑으로 넓게 펼쳐졌다.

어부들의 얼굴이 상기되었다. 얼음 안으로 이렇게 그물을 펼치는 방식은 그들도 처음 본 것이다.

어떻게 이런 생각을 했냐고 묻고 싶은 크라우치였으나 지금은 물을 수가 없었다. 설원에 버렸다던 마누라가 도끼눈을 뜨고 1골드의 옆에 붙어 있었다.

"……."

"저한테 하실 말씀 없으세요? 겨우 한 달이네요, 절 버린 것이. 별로 춥지 않은 날씨에 잘 있었어요. 저는!"

"……."

이른 새벽에 성을 나서면서 알로나를 만났을 때부터 시작된 투정은 정오에 가까워질 때까지도 그치지 않았다.

"심심해서 검날도 잘 세워놨죠. 저치들과 한바탕 벌일 작정이었으니까요. 아마 수백 번은 성벽을 넘었을걸요. 생각으로는!"

"……."

"제리미가 어디까지 갔는지 모르겠네요. 빨리 갔으면 아마 지금쯤 루슬란을 만났을지도 모르겠다. 수진 언니가 엄청 열받았을 텐데."

귀를 막아버린 것 같던 1골드의 눈동자가 흔들렸다.

"…무슨 말을 전했지?"

"호호호, 이제야 말문이 트이셨네요. 별말 없었어요. 신관 나부랭이들이 주인님께 해를 끼쳤을 것 같다고. 보고 싶으니 얼른 오라고, 아! 칸야님께도 소식을 넣으라고 했네요. 오호호호호! 봄멜님이라면 아마 암스트를 불바다로 만드실걸요?"

"휴우! 왜 시키지도 않은 짓을?"

"흥! 지금 누구한테 화를 내는 거예요? 소식 하나 없던 사람이 누구인데! 죽었는지 살았는지, 알려야 할 것 아니에요!

밖에서 기다리는 사람은 속이 타 다 녹아버렸는데! 고작 만나서 한다는 말이 별일 없었냐니! 그게 할 말이에요? 지금 몇 시예요? 7시간 동안 '그래, 응, 왜' 이게 자기가 한 말의 전부예요. 한 달 동안이나 소식도 없던 사람이 한다는 말이 고작 이것밖에 없어요?! 그리고……."

잔뜩 독이 오른 알로나가 고개를 확 돌렸다. 불똥이 호위들에게 옮겨갔다.

"흡님! 지젤님! 이반님! 베라, 너! 네년이 제일 나빠! 친구라고 하나 있는 년이 밖에서 기다리는 나, 아니, 우리를 싹 잊고 따뜻한 곳에서 잘 먹고 잘살았다, 이거지? 네가 안드레이님의 부인이 되려고 하다가 실연당해서 울고불고 한 걸……."

"험험험!"

"……."

"아… 이건 미안. 어쨌든!"

이어진 걸쭉한 욕설에 1골드는 혀를 찼다. 수진과 오래 붙어 있다 보니 배운 건 욕설밖에 없는 듯했다. 잔소리가 점점 빨라지고 그 강도가 더해가 머리가 어질거릴 때 1골드의 풀린 눈에 생기가 찾아들었다. 너무도 익숙한 기운, 그놈들이 오늘처럼 반가운 날이 없었다.

"몬스터다!"

말과 동시에 기다리기라도 했다는 듯이 몸을 날렸다.

"어디 가욧! 이리 못 와욧―!"

"허참! 대단한 부인을 얻었구나."

진정 어린 감탄이었다.

"쩝! 그러게 말입니다. 어쩌다 보니……."

"저런 기술은 나도 배우고 싶은데."

막 동태가 되어버린 그레이트 오크 무리를 보고 한 말이었다.

알로나는 오크 무리를 예술적인 자세로 얼려 버렸다. 가랑이를 쫙 벌린 오크 동상에, 해학적인 웃음을 짓고 있는 동상, 제 도끼에 이마가 찍힌 동상까지 얼음마녀란 닉네임을 유감없이 발휘해 오크들에게 화풀이를 했다.

사시사철 후덥지근한 밀림에서 살면서도 얼음마녀라 불린 그녀인지라 영하 20도까지 내려가는 암스트는 실력을 발휘하기에는 환상적인 조건이었다.

거인의 수하라는 십여 명의 흑의인들에 의해 오크 일당이 일방적인 학살을 당하자 불안감에 힐끗거리던 어부들은 딴 세상의 일이라는 듯 그물을 끌어 올리는 일에 몰두했다.

그들과는 반대로 한 치도 눈을 못 떼는 인물들이 있었다.

"잔인하군요."

"글쎄, 효과적이란 표현이 더 어울릴 듯싶은데."

라도스의 감상과는 다르게 그리엄은 순순히 받아들였다.

"일체 군더더기가 없는 검이야. 단칼에 확실히 숨통을 끊

어놓는군. 달리 생각하면 깨끗하게 빠른 죽음을 전해주는 전
도사들 같네. 반드시 죽여야 한다면 저 방법도 나쁠 것 같지
않군."

"죽음도 예와 격식을 갖추어주어야 합니다. 그 대상이 마
물들이라도 말입니다."

"좋은 말이긴 하네만, 때와 장소에 따라서일세. 보게나, 몬
스터란 말을 듣자마자 공포에 질려 도망치려 하던 어부들이
간간이 들려오는 괴성에도 아랑곳없이 물질을 하지 않나?"

"이백이나 되는 우리들을 믿는 것이겠지요."

"후후, 단 한 마리도 뒤로 흘리지 않는 십여 명의 무위를 믿
는 것은 아니고?"

"마족입니다."

"지금은… 용병일세, 골드님이 거느린. 아! 골드님은 인간
이네만."

"전… 받아들일 수 없습니다."

라도스는 전장에서 물러나 크라우치와 나란히 어깨를 맞
대고 있는 1골드를 잡아먹을 듯 노려보았다.

"후후, 눈에 힘 빼게. 아직 눈빛만으로 사람을 죽인다는 소
리는 들어보지 못했으니, 그랜드 마스터란 소릴 한 건 자네
야."

"흥! 괜한 소리였습니다."

"어쨌든, 그 말 덕에 살얼음판을 걷고 있긴 하지만 동행을

하게 된 것이 아니겠나? 요즘 밑에 아이들이 골드님 앞에서 검을 한 번이라도 더 보이기 위해 안달이라는 소리는 못 들어 봤나?"

"기회를 보고 있습니다. 한번 날을 잡아 혼쭐을 내줄 작정 입니다."

"놔두게나. 아이들이 하나라도 얻어온다면 다 교의 것이 아니겠나? 비록 동도는 아닐지라도 무에는 정도가 없네. 어쩌면 우린 대륙 최강자를 다투는 거물을 우리편으로 만든 것일지도 모르네. 다 교황 폐하의 복이 아니겠나?"

라도스는 도저히 호응할 수 없다는 듯이 몸을 돌렸다.

"복이 될지 모르겠습니다만, 저자가 교에 화를 불러올 것이라는 건 확실합니다. 두고 보십시오."

"쯧쯧, 젊은 사람이 그리 융통성이 없어서야……."

기분이 상한 라도스와는 다르게 성으로 복귀하는 행렬은 기쁨이 넘쳤다. 별 피해 없이 몬스터를 퇴치했다는 이유보다는 설원에 깊숙이 그 존재감을 남기는 수레바퀴 자국 때문이었다.

그날의 어로 수확량은 무려 마차로 30대 분량이었다. 몬스터 때문에 인간들의 손길이 미치지 못하는 곳이라 씨가 굵은 민물고기들이 풍부했던 것이다. 한두어 번만 더 노고를 들인다면 겨울을 배고프지 않게 넘기기 충분한 양이었다.

Chapter 6

각자의 하늘

라미안 역사상 두 번째로 고난과 비통이라는 두 글자로 수식될 한 해가 지나가고 새해가 밝았다.

모든 이의 마음속에는 희망을 그리고 있었으나 여전히 무심한 하늘은 눈을 감고 귀를 막았는지 새해 첫날부터 쏟아진 폭설은 1월 중순이 되어서도 그치지 않았다.

단층 가옥은 눈에 파묻혀 버릴 정도라서 육상 교통이 끊긴 것은 당연한 일로 자연의 산야에 익숙한 다크 엘프들조차도 바깥출입을 삼갔고, 백 년 가까이 투실바에 살아온 주드로도 근 50년 만에 처음 보는 폭설이라고 혀를 내둘렀다.

폭설은 북부 지방에만 그치지 않았다. 스칼라이드 산맥에서부터 시작된 폭설은 중부로 내려가 투실바 전 지역을 마비시켜 버렸다. 도시들을 연결하는 모든 도로가 두절 상태가 되어 왕국이 깊은 겨울잠에 빠진 듯했다.

왕국이 잠을 잔다고 모두가 잘 수 없는 노릇이다. 미래에 대한 신념과 열정으로 활활 타오르는 한 아름다운 사내는 더욱 그러했다.

철커덩! 철커덩!

북녘 칼바람이 창을 두드리는 소리에 잠시 끊겼던 대화가 이어졌다.

"그렇습니까?"

"그렇지. 라미안이, 카뮤님이 바라시는 세상은 사랑으로 가득 찬 완벽한 세상이라네."

"글쎄요. 제 생각에는 수많은 인간 군상이 살고 있는 세상에서 완벽을 추구하기는 쉽지 않을 텐데요. 아무리 훌륭한 성군이 다스리는 태평성대라 하더라도 햇볕이 강하면 음영이 짙다는 말처럼, 그림자는 늘 있기 마련이 아니겠습니까?"

어딘지 모르게 현기가 묻어나는 말에 크라우치의 미소가 짙어졌다.

"참나, 알다가도 모르겠다. 겉모습만 보면 영락없는 산적인데 말하는 건 은거한 현자를 대하는 듯하니, 겉만 봐서는 알 수가 없단 말은 꼭 너를 두고 만들어진 말 같다. 후후후, 그도 그래. 어떤 세상이라도 모든 인간의 마음을 충족시킬 수는 없는 노릇이지. 그렇다고 가만히 있기만 할 수는 없잖아. 변화를 바란다면 그만한 희생이 따라야 하겠지.”

“한 가지 묻겠습니다. 그 완벽이라는 기준이 대체 무엇입니까? 설마 인간 세상을 신화 속에서나 등장하는 천국처럼 만든다는 말씀은 아니겠지요?”

“뭐, 간단한 질문이네. 성전 틸트를 따라 사는 것. 가령 흉악한 범죄를 저지르지 말고, 서로를 위하며, 삶을 영위하는 데 있어 헛되이 살지 말라는 것 등등 그냥 삶의 보편적인 가치가 존중되는 세상이라 보면 맞겠네. 신의 가르침은 어렵고 특별한 것이 아니야.”

귀족들의 태생 자체가 일반 평민들과는 다르다고 생각하는 자들이 많았다. 소수로 다수를 다스리기 위해 오랜 시간 차별성을 강조하다 보니 그리 통념처럼 굳어버린 것이다.

이 점은 신관도 마찬가지였다. 신비한 능력을 보유한 데다 신이 인간계에 의사를 전달하는 창구 역할도 한다. 신관의 입에서 나오는 소리는 무지몽매한 백성들에게는 곧 하늘의 목소리로 들릴지도 모른다.

“우리도 문제가 많다는 거 알아. 뜬구름 잡는 식으로 설교를 하면서 개도를 하려 하지. 뭔 소리인지 알아듣지도 못하는 백성들이 많기도 하고, 그들이 원하는 건 눈앞에서 벌어지는 기적이야. 이런 점은 차차 고쳐 나가야 할 일이고……”

전쟁통에 얻은 교훈이었다. 백성들과의 사이에 벽을 없애니 가려진 것들이 보이기 시작했다.

"결국 단순하게도 보편적인 가치를 지키고 살다 보면 세상은 풍요롭고 사랑이 넘치는 천국에 가까워진다는 게 내 생각이야. 뭐, 그분이 만드신 천국과는 비교할 수 없겠지만 신의 형태를 빗대어 인간을 만드신 것처럼 인간도 천국과 비슷한 세상을 만들 수 있지 않나 싶어."

1골드는 수긍했다. 그렇다고 크라우치의 생각에 전적으로 동의하는 것은 아니다. 좋은 말이긴 하다. 현실이 아닌 이상이라는 점이 문제지만.

복잡한 인간 사회에서 이상만을 추구할 수는 없다. 그 이상을 추구하는 성직자들도 서로의 이해관계에 따라 피를 보기도 하지 않던가.

문득 1골드는 교의 역사는 피로 점철된 길이라는 어느 학자의 말이 떠올랐다. 그리고는 작금에 닥친 상황과 대비시켜 보았다. 많이 누그러졌다고는 해도 신관들에게는 자신과 다크 엘프들은 이방인이며, 궁극적으로는 적으로 규정된 존재들이다.

"무슨 생각을 하고 있어?"

"순백이 머금은 핏빛을 보고 있습니다."

많은 피가 흐를 것이다. 누구의 피인지는 직면해 봐야 알 수 있겠지만.

"이상향을 찾아 떠나는 여정이 쉽지만은 않겠지."

"변혁은 피를 부른다란 말씀입니까?"

"순탄한 길은 없다는 거. 각고의 노력없이 얻은 결과는 빛이 바라기도 하고, 소중함을 모르는 법이지. 조물주께서 선과 악을 만드신 이유이기도 하고. 악이 있으므로 선의 고귀함을 느끼는 것이니까."

크라우치가 흘러내린 머리카락을 쓸어 올렸다. 오똑한 콧날 위로 신념이 가득한 눈빛이 드러났다

"나와 함께 같은 꿈을 꿔보지 않을 텐가?"

"꿈입니까, 목표입니까?"

"글쎄, 꿈이면서 목표겠지. 목표를 하나씩 이루다 보면 언젠가 꿈에 가까이 가 있지 않을까?"

"그만큼 어렵고 큰 목표란 걸 아신다는 거죠?"

"알지. 너무 잘 알아서 문제이긴 한데, 너와 함께라면 그 어려운 길도 한결 쉬워질 수 있을 것 같아. 나 혼자만의 생각일까?"

1골드는 바로 답하지 못했다. 자신도 크라우치처럼 자신의 등만을 바라보는 사람들이 있었다.

"한 가지 더 묻겠습니다. 크라우치님과 제가 같은 하늘을 보고 있다고 생각하십니까?"

크라우치의 자존심을 건드리는 질문이었다. 응당 그래야만 한다. 그가 파란 하늘을 보고 있으면 남들도 그래야 했고, 당연히 그랬다. 게다가 그 하늘은 신이 보여주시는 하늘이다.

"글쎄, 너라면 다를 수도 있겠지. 비록 지금은 다를 수도 있지만, 너와 내가 함께한다면 곧 같은 하늘이 될 것 같다는 생각이 들어."

"대단한 자신감입니다. 행여 어긋나면 어찌하려고요?"

"난 교황이잖아, 신의 대리인이고. 내 눈이 틀렸다면 그도 신의 뜻으로 여기고 겸허하게 받아들여야 나와 어울리지 않겠어?"

1골드는 속으로 혀를 내둘렀다. 잘하면 내 탓이요, 잘 못하면 남의 탓이 아니라 무조건 신의 뜻이란다.

'알 수가 없어. 내 성정이랑 잘 맞지도 않은 것 같은데… 왜 이런 사람을 좋아하는지. 설마… 신의 뜻? 크크큭, 그새 물들었어.'

이래도 저래도 미워할 수 없는 사람이다.

"신성왕국의 부활을 생각하십니까?"

"첫걸음이지. 일단은 거기부터. 그리고 신께서 사랑하시는 인간들이 서로를 존중하는 사회를 만들 거야. 신도들이 지금처럼 참담한 현실에 직면하지 않도록."

낮은 목소리지만 결연한 의지가 묻어나는 말이었다.

"함께할 거지?"

순순히 고개가 끄덕여지는 열정이 전해졌다. 이성도 내 마음과 같다며 부채질한다.

그런데 마성이 뇌를 자극했다. 타인의 뜻에 따르는, 그것밖에 안 되는 놈이냐고 묻는다. 스스로의 그림을 그리라고.

"힘이 되어줄 거라 믿어. 아무리 어렵고 힘든 길이라도 너만은 끝까지 나와 함께할 거라고."

1골드의 마음이 움직였다. 덧칠을 하면 되는 것이다. 옆에서 지켜보다 잘못된 점을 고치면 되는 것이다.

"잘 보셨습니다. 전 날 때부터 멋있었을 뿐만 아니라 힘도 셌습니다. 한때 하프 오거라 불리기도 했지요."

"하하하! 내 잠시 잊었어. 난 또 현자를 앞에 두고 있는 줄 알았지 뭐야."

1골드는 자신이 선택한 자이니만치 지켜보자고 마음먹었다. 과연 친인들의 목숨 값보다 더한 가치가 있는지를 말이다. 어쩌면 크라우치는 진정 신이 선택한 사람일지도 모른다. 부처나 예수처럼 이 세상에 보내진 성자일지도 모르니까 말이다.

누구의 뜻인지는 아직도 명확하지 않았지만, 이 사람을 용서하고 살리라 했으니 그 결과를 지켜볼 책임이 있었다. 만약 선택이 틀렸다면… 그때도 늦지 않다.

"이제 끝난 건가요?"

길고도 짧은 1골드의 이야기를 들은 알로나가 물었다.

"끝이 곧 시작이야. 인간은 욕심이 끝이 없어서 만족을 모르는 종자거든. 그토록 원하던 소망을 이룬 다음에도 스스로에게 두 개, 세 개의 목표를 부여해."

“훗! 그럼 다음 목표 중의 하나에 이 철가면을 벗는 걸 넣어
주세요.”

“왜? 보기 싫어?”

알로나가 탄탄한 1골드의 가슴에 얼굴을 묻었다.

“검에 키스하는 기분은 별로거든요.”

“크큭, 알았어. 다음부터 키스는 수진하고만 할게.”

“뭐예욧!”

“난 마음이 바다처럼 넓은 사내라서 내 여자 말은 잘 들어
주는 편이야. 뭐, 수진이 싫다면 갈리나도 괜찮고.”

“흥!”

짐짓 토라진 듯 몸을 돌리던 알로나가 깜짝 놀랐다. 1골드
가 침대에서 벌떡 일어선 것이다. 설마 투정에 화를… 아니었
다.

1골드가 그가 침대 옆에 놓인 탁자를 향해 손을 뻗었다. 몇
달째 소식이 없는 통신구가 빛을 발하고 있었다.

―…들리냐? 이놈아! 들리냐고?

심한 잡음이 섞여 있었지만 너무도 반가운 목소리여서 갈
리나도 반색을 했다. 봄멜이다.

“스승님!”

―허! 그 자식, 안 죽고 살아 있었구만. 어디야, 이놈아!

“암스트입니다.”

봄멜은 반 일족의 리더인 하바로프크까지 대동한 채 인슈

리아 항에 도착해 있었고, 코르키 산에 머물던 루슬란과 다크 엘프, 용병단은 북상 중에 폭설로 인해 발이 묶인 상태라 했다.

1골드는 간략한 현재 상황을 설명했다.

"…그래서 그렇게 됐습니다."

—내가 갈까? 아니, 가야겠다. 너, 거기 꼼짝 말고 있어.

"아닙니다. 제가 그리로 가겠습니다. 안 그래도 제국에 가려고 했습니다. 폭설이 그치는 대로 출발할 테니 인슈리아에 계십시오."

몇 마디 더 나누고 통신구에서 빛이 사라지자 1골드는 구슬을 손바닥에서 굴렸다.

"마법도 만능은 아니군. 날씨에 영향을 받네."

동면을 취한 개구리가 깨어날 때쯤에 대반격을 준비하는 라미안 교도들은 밤을 잊은 채 칼을 갈았다.

구심점인 크라우치가 아군 진영에 복귀를 했다고는 하나, 아직 전력은 5대 1 정도로 절대 열세였다. 집단과 집단의 싸움을 단순한 숫자 놀이라 해도 크게 틀린 말은 아니다.

아무리 죽음을 두려워하지 않는 신념과 신앙으로 무장한 신군이라 해도 다섯 개의 검을 동시에 막을 순 없는 노릇이라 라미안은 길고 추운 겨울 동안 해결책을 마련해야 했다.

휘이이잉—!

세상이 얼어붙은 창밖과는 달리 회의석상에선 열띤 논쟁이 벌어지고 있었다.

"현재의 전력으로 전장을 나누는 건 무리입니다. 소리렌의 베르디 후작님과 엘리도의 무어 후작님 부대를 하나로 통합하고 우리도 합류하는 것이 최선입니다."

신장들은 자신들끼리 논의가 있었는지 프랭크의 의견에 토를 달리 않았다.

"안 되오."

반대를 표한 것은 팬톤이었다.

"암스트를 버릴 수는 없소이다. 이곳이 어떤 곳이오? 교의 천 년 역사가 살아 숨쉬는 성지요, 성지. 암스트의 방어 병력은 그대로 남겨두어야 하오."

"어린아이의 손길이라도 두 눈 딱 감고 받아들여야 하는 게 현재 우리가 처한 상황이오, 팬톤 장로. 현실을 보세요, 현실을. 병력을 나누었다간 각개격파를 당할……."

"암스트는 지금까지도 잘 버텨왔소."

"몇 번을 말해야 알아듣겠소? 현 상황이 다르지 않습니까? 수성이 아니라 우리가 공세를 취해야 합니다. 수적 열세인 상황에서 이것저것 다 생각하다가는……."

'죽도 밥도 되지 않지.'

회의석상 한편에 자리한 1골드는 묵묵히 듣고만 있었다. 그가 나설 자리도 아니고, 의견을 표할 위치도 아니었다. 공식적으로 교단의 의뢰를 받은 용병단장의 신분으로 인정을 받았다 해도 중대사에 의견을 낼 수는 없었다.

"흐음."

크라우치의 신음성에 열정을 넘어 격렬하게 치닫던 회의장이 차분히 가라앉았다.

"골드 경의 생각은 어떻소?"

라미안 교의 대회의실, 교단의 지도자 급 인사 30여 명이 한 명도 빠짐없이 1골드를 주시했다.

수석 장로 직에 새로 임명된 주드로를 위시해 장로 직의 빈자리를 채운 12명의 장로와 천신장 프랭크와 12신장들, 암스트의 시장과 원로들, 그리고 이제 교황의 풍모가 물씬 풍겨나는 크라우치였다.

좌중은 숨을 죽였다. 크라우치와 1골드의 친분이 보통을 넘어섰다는 걸 이제는 모두 안다.

"제 생각은… '한번에 끝내야 한다' 입니다."

"한번에? 그럼 프랭크 신장의 의견과 같다는 뜻이군."

신장들이 그 말에 기세등등하게 고개를 세웠다.

"왕국군도 같은 생각을 하고 있을 겁니다. 지금쯤이면 라미안의 저력에 놀라 뭐 마려운 강아지처럼 끙끙거리고 있을지도 모르지요."

그러면서 좌중을 훑어보았다. 이방인이 최고 회의석상에서 발언을 하자 못마땅한 기색이 역력하던 자들도 교단을 칭찬하는 발언에 몇은 표정을 풀었다.

하지만 여전히 못마땅한 눈초리가 쏠렸으나 1골드는 싹 무시했다. 그가 여기 있는 이유는 오직 하나뿐이었으니까.

그 이유가 입을 열었다.

"투실바는 약소국이지. 장기전은 그도 원치 않을 거야. 우리가 힘을 집중하면 그자도 그리할 테고, 결국 대회전 한 번으로 끝을 보자는 식이 되겠군. 그리하면 백성들의 고통도 줄어들 테고, 그렇지 않습니까?"

"저는 백성들 생각까지는 하지 못했습니다만, 폐하의 말씀을 들어보니 그런 결과를 초래할 것 같습니다."

"좋소. 신장과 골드 경의 뜻을 받아들여 대회전 쪽으로 결정하기로 하고… 이제 문제는 승리로군요. 다섯 배가 넘는 강적을 상대로 말이오."

하면서 시선을 돌렸으나 그와 눈을 맞추는 자는 없었다. 딱히 전쟁에서 이길 묘안이 생각나지 않아서였다.

"승리의 요건은 여러 가지가 있습니다."

꺼질 듯 가라앉은 석상에 탁한 음성이 낭랑히 울렸다. 1골드의 발언이 이어졌다.

"전력, 후방 지원, 병사의 사기, 지형 조건 등등 여러 요건이 있습니다. 그중 우리, 험험, 우리라 표현하겠습니다. 우리에게 유리한 건 병사들의 사기, 단 한 가지라 생각합니다."

누가 먼저랄 것도 없이 고개를 끄덕였다. 신앙으로 무장한 신군의 사기를 따를 군대는 대륙 어디에도 없다.

"지금 다시 정세를 판단하고 필승의 전략을 세운다는 건 무의미합니다."

"흥! 그렇다면 우리는 지금 쓸데없는 짓을 하고 있단 말이오?!"

라도스가 쏘아붙였으나 그에 아랑곳없이 1골드는 말을 이었다.

"전쟁을 통해 적들도 우리를 알 만큼은 알고, 저들도 할 만큼은 다 합니다. 사람들은 누구나 비슷한 생각을 하는데, 게다가 여러분과 그들은 같은 투실바 인입니다. 하늘이 놀랄 희대의 전략을 세우지 않는 한은 필패! 입니다."

"그래서 어쩌자는 것이오. 당신은 하늘이 놀라 뒤집어질 전략이 있다는 말이오?"

"라도스 신장, 말을 자제하라!"

"죄송합니다, 교황 폐하."

"괜찮습니다. 내가 그런 경천동지할 능력이 있다는 말은 아니오. 단지 적들이 모르는 변수를 두자는 것일뿐. 아아! 오해하지 마시오. 그 변수는 내 수하들이 아니오. 몇만이 충돌하는 전장에서 몇백은 한 줌에 불과하니……"

시선을 크라우치에게 향한 1골드가 말을 이었다.

"고대부터 소수가 다수를 이길 적엔 적보다 월등한 무력을 갖춘 경우가 많았습니다."

　프랭크가 흥미가 동한 얼굴을 하고 있다가 그럼 그렇지, 하는 김이 빠진 표정으로 던지듯이 말했다.

"지금 당장은 병사들 개개인의 능력치를 올릴 시간도, 방법도 없소이다."

"전력 상승이 개개인의 능력치만을 말하는 것은 아니지요. 그대신 무기를 개량하면 되는 것 아니오?"

"무기를?"

"폐하, 다행히도 저는 솜씨 좋은 장인들을 많이 알고 있습니다."

"질 좋은 무기 한 가지만으로 전세를 역전할 수 있을까? 또 있다 쳐도 무기를 만들 시간도, 돈도 없는데?"

"후후, 백 미터를 날아가는 화살이 사거리가 그 두 배가 되면 이야기가 달라지지요. 5연발 크로스 보우가 10연발이 되고 그 장전 속도가 2배, 3배 빨라진다면…….'

"한 명이 다섯을 대신할 수도 있겠군."

"때에 따라선 그 이상도 가능합니다. 크로스 보우 같은 경우는 새로 만들 필요도 없습니다. 몇 가지 장치를 손보고 설치하면 연속 발사가 가능합니다. 아! 그리고 저는 부자입니다. 자금은 연이율 5%로 교단에 싸게 빌려드릴 수 있지요."

　지구에서 미사일 개발에 중추적인 역할을 했다. 시간만 충분히 주어진다면 소총도 만들 자신이 있었다. 단순한 반월형인 활에 탄력을 더해 사거리를 늘리고 크로스 보우의 연사 속도를 증가시키는 일은 그리 어렵지 않았다.

단지 지금까지는 만들 필요성을 느끼지 못했을 뿐이다.

"용병대장, 당신의 말에는 어폐가 있소이다."

미운털이 깊게도 박혔는지 라도스가 또다시 딴지를 걸었다.

"말해보시오."

"그런 방법이 있다면 왜 제국 같은 강대국에서는 만들지 못한 것이오? 오직 당신만이 가능하다는 소리요? 그런 헛소리를 우리보고 믿으라는 것이오. 폐하께 신임을 얻고자 거짓을 고하는 것이라면 내 가만……."

"누구처럼 고지식함이 가득해 머리가 굳었나 보지요? 그들이 할 수 없다고 내가 못한다는 법이라도 있소? 당신 말이 더 우스워요. 그리고 믿어서 손해 볼 것이라도 있나? 변수를 만들고자 한 것도 나이고, 방법을 제시한 것도 나이니 나를 배제하고 당신들끼리 전략을 세우면 될 것이 아닌가? 개인적인 감정이 있으면 언제든 찾아오라. 어린애처럼 폐하 앞에서 떼를 쓰지 말고."

"이이이!"

"아아! 둘 다 고정하시오. 내가 판단하기엔 골드의 의견이 타당하오. 개량된 무기가 손에 쥐어지면 알 일이 아닌가. 새로운 신무기를 개발해서 전술의 틀을 바꾸는 것도 아니고. 골드 경은 그렇게 추진하시오."

말은 그렇게 했어도 크라우치는 1골드를 절대적으로 신임

했다. 희망적인 이야기로 얼굴이 조금 밝아질 즈음 무례하게
뛰어 들어온 전령이 회의장의 분위기에 얼음물을 끼얹었다.

무어 후작 일가의 몰살.

라미안에게는 청천벽력과도 같은 소식이었다. 무어 후작
이 누구던가. 투실바 동해 일대의 실력자란 위치를 차치하고
도 테리 성에서 벗어날 수 있게 길을 틔워준 사람이었다.

게다가 크라우치가 신도들을 이끌고 암스트로 올 때 무어
후작은 영지로 돌아가 지역 일대의 군소 영주들을 설득하고
규합해 강력한 후원자로 거듭난 은인이었다.

이제 얼어버린 대지가 깨어나면 라미안 교의 일대 반격이
시작될 것이다. 그런데 기지개를 켜기도 전에 그 중심축 중
하나가 어이없이 무너진 것이다.

웅성웅성, 시끌시끌.

회의석상은 충격을 반영하듯이 다시 들끓었다. 지금까지
골머리를 싸매며 언성을 높이던 전략 회의가 일순 물거품이
될 수도 있었다.

"시끄럽소!"

저잣거리 시장통마냥 서로 목소리를 높이던 좌중이 크라
우치의 한마디에 조용해졌다.

"결국은 정체를 알 수 없는 자들에 의해 일가족이 명을 달
리 했다는 말이잖소?"

"누구와 수법이 비슷합니다."

틈이 날 때마다 적대적인 기색을 노골적으로 드러내는 라도스였다. 크라우치의 옆자리를 빼앗아 간 자가 무력마저 하늘에 닿아 있으니 결코 좋은 감정이 생길 리가 없었다.

"무슨 뜻이오?"

크라우치의 목소리가 냉랭해졌다.

"크흠! 폐하께서 초빙해 온 용병대장이라면 사태 파악을 잘하실 수 있을 거란 말입니다. 저분께서 즐겨 사용하시는 방법과 아주 유사해서……."

"라도스!"

"옛! 폐하, 하명하소서."

"골드는 내 동생과 다름없는 사람이오. 앞으로 나를 대하듯 대해주시면 고맙겠소."

극심한 화를 억누르며 씹어 뱉듯 말하는 어투에 라도스는 한기마저 느꼈다.

"백성들마저 등을 돌릴 때 저 멀리 제국에서부터 나 하나만 보고 달려온 사람입니다. 비록 그가 아직 신의 은총을 입지는 못했으나 시간문제요. 한 번만 더 그에게 이런 언행을 보일 시에는 내가 좌시하지 않겠소."

"……."

"제가 나서지요."

묵직한 저음이 회의장에 깔리자 모두의 시선이 냉막한 철가면에게로 모였다.

"라도스 신장의 말처럼 얼마 전까지 제가 행한 일과 비슷하고, 그 결과물 때문에 발생한 흉사 같습니다. 마무리도 제가 짓도록 하지요. 그럼 되겠습니까?"

이의를 제기하는 인사는 없었다. 크라우치의 기세 때문이기도 했으나 어쨌든 결과적으로 크라우치와 1골드는 떼어놓게 된 것이다.

"후후, 심려하지 마십시오. 제가 살고자 하면 아무도 저를 죽일 수 없습니다."

광오한 말이었으나 크라우치는 꼭 그렇게 될 것 같았다.

"그럼 누구 동생인데, 그리고 나도 갈 거니까."

"예?"

"엘리도에, 인슈리아 항구도 보고 싶고. 또 이제 정식으로 교황 직에 올랐으니 교구를 방문하고 신자들을 만나야 하는 게 관례야."

"하지만 지금은… 무어 후작이 얼마나 다독거려 놓았는지 몰라도 제가 도착했을 당시에 인슈리아는 왕세가 강한 지역이었습니다."

"아니, 무어 후작이라면 그사이 많이 바꾸어놓았을 거야. 정말 아까운 사람인데 아쉬워."

"제 개인적인 일도 있습니다."

크라우치가 무슨 소리냐며 눈을 껌벅이자 1골드가 말을 이었다.

“이 겨울이 가기 전에 제국에 한번 갔다 올까 합니다.”

투실바의 겨울은 4월까지라고 했으니 아직 세 달의 여유가 있었다.

무기 개량을 역설할 때부터 어느 정도 예상은 한 일이었기에 크라우치는 아쉽기는 했지만 막지는 않았다. 다시 못 볼 사람도 아니고 돌아온다 했으니 반드시 올 것이다. 10년 전의 약속을 지키기 위해 오만 병력을 뚫고 테리 성까지 온 1골드였다.

“잘됐네. 그럼 마중을 나가는 걸로 하지. 인슈리아까지 말이야. 솔직히 이곳은 답답해. 주위에 있는 사람들이라고는 꼬장한 늙은이들밖에 없어서. 하하하.”

1골드는 망설였다. 암스트를 벗어나면 반 일족과 합류해야 하는데 크라우치가 움직이면 수행원만 수백이 될 것이다. 지금은 소수라 크게 위험성을 느끼지 못해 섞여 있긴 해도 그 수가 만만치 않게 늘어나면 이야기가 달라진다. 다크 엘프와 신관, 넘지 못할 산이기도 했다.

“후우!”

“왜?”

“제가 처음 받아들인 수하가 누군지 아십니까?”

“다크 엘프? 그들이 왜?”

정말 아무렇지도 않다는 투였다.

“괜찮겠습니까, 진정?”

"하하하, 다크 엘프들이 뭐 어때서? 내가 만약에⋯ 다크 엘프를 신도로 교화시킨다면 어떨까? 아마 역대 교황 중에서 단연 손꼽히는 성군 중에 성군이 되지 않을까? 아무도 할 수 없는 일을 해냈으니. 어때?"

1골드는 속으로 고개를 사정없이 저었으나 내색하지는 않았다. 인간을 창조주가 만든 것처럼 다크 엘프들은 자신들을 마신 자바의 권능으로 태어난 존재라고 굳게 믿고 있다.

교화?

절대 불가능한 일이다. 자존심 강한 다크 엘프들 스스로 태생을 부정하는 행위이기 때문이었다.

지금 그들이 한방에 있는 건 오월동주(吳越同舟)다.

1골드란 매개가 없었으면 절대 있을 수 없는 일이었다.

그가 모든 걸 잊고 크라우치를 대하는 것처럼 크라우치도 눈에 벗기기 힘든 콩깍지가 씌어져 있었기에 가능했다.

"교황 폐하! 카비젤 신장이 뵙기를 청합니다!"

죽음을 대하는 모습은 제각각이다.

일면식도 없는 사람이라면 '안됐어' 하며 위로의 한마디를 전하고 뒤돌아서면 잊을 것이고, 지인이라면 생전의 모습을 회상하면서 슬픔에 잠길 것이다.

하지만 여기 뼈마디밖에 남지 않은 시체를 내려다보는 사람들의 눈에는 슬픔을 넘어선 분노가 타올랐다.

지난밤에만 해도 건장한 기사였다. 뼈다귀가 갑옷을 입고 있지 않고 검병에 이니셜이 음각되어 있지 않았더라면 예전에 죽은 시체라 여겼을 정도로 참혹한 시체였다.

"도대체……."

카비젤 신장은 말을 잇지 못했다. 암스트 입성 후 치안대를 맡아 성내 질서를 유지하는 게 그의 임무였다. 일주일 사이 벌써 기사만 네 명, 신관들까지 합하면 열이 당했다. 그동안 알아낸 것이라고는 아무것도 없었다.

피해자 개개인의 무력이 상당한 수준에 올라 있어 당하고만 있지는 않았을 텐데 흉수는 목격자도, 증거도 남기지 않았다. 범인이 피해자들이 반항할 시간조차 없었을 정도로 엄청난 고수이던가, 아니면 알지 못하는 사이한 사술에 당했을 것이다.

카비젤은 후자에 심증을 두었다. 뼈밖에 남지 않은 시체가 이를 증명한다. 순식간에 살덩이를 녹여 버리는 극악한 약물에 당했을 확률이 높았다.

그가 침통한 얼굴로 고개를 떨구고 있는 병사들에게 물었다.

"정말 아무것도 듣거나 본 것이 없느냐?"

숱하게 한 질문이다. 대답은 항상 같았다.

"그렇습니다. 저희들이 근무 교대를 하고 들어오는 길에 발견한 것입니다."

"제임스를 마지막으로 본 게 언제라고?"

"저희 초소를 순찰하셨을 때가 교대 반 시간 전 즈음이었습니다."

사건 현장은 외성벽 순찰로였다. 겨울이라 전쟁이 소강상태에 접어들었다고 해도 전쟁 중이다. 평소에 비해 초소는 세 배 이상 늘어났고, 수비병 또한 두 배를 배치했다.

초소와 초소 간격은 50m 정도로 그리 멀지 않다. 아무리 폭설이 내리고 있다 하더라도 시간대가 새벽녘이었으니 작은 소음도 크게 들렸을 법도 한데, 불과 30여 보 앞에서 사람이 죽어나가는 데도 본 것도 들은 것도 없다 한다.

"흐음, 신장."

"말씀하시지요, 장로님."

시체를 살핀 후 몸을 일으킨 웨어스 장로가 인상을 찌푸렸다.

"똑같아. 마법의 흔적은 찾아볼 수가 없네."

"약물은 어떻습니까?"

"전에도 말했다시피 뼈만 남기는 그런 독약이 있다는 말은 들어본 적이 없네. 갑옷 밑에 홍건히 고인 물이 살이 녹아 그리된 것 같기는 하네만, 내 지식으로는 짐작조차 할 수 없어. 인간의 물건이 아닌 것 같아."

웨어스는 뒷말을 흐렸으나 카비젤은 무슨 의미인지를 알아들었다.

현재 암스트에 모인 이들은 라미안의 중추라 해도 과장이 아니다. 일반 백성들도 다르지 않아 숱한 사선을 함께 넘은 전우이며, 교의 맹렬한 추종자들이다.

외부와 단절된 현재 상황에서 발생한 변고는 한곳으로 귀결될 수밖에 없다.

"흠!"

알로나와 이고르는 서로를 돌아보았다. 그러면서 동시에 고개를 끄덕였다.

"살기다. 준비하라."

더 이상의 말이 필요없었다. 처소에 기거하는 모든 다크 엘프들은 형형한 눈빛을 발하며 몸을 감추었다. 그들은 적지에 들어와 있는 상황, 한시도 긴장을 늦추지 않았다.

"겨울이라서 그런가?"

알로나의 혼잣말에 이고르가 작게 고개를 끄덕였다. 그 또한 자연이 전해주는 소리를 듣지 못한 것이다.

"정령도 날씨에 영향을 받나 봅니다, 알로나님."

서열상 알로나보다 윗자리인 이고르였으나 알로나가 주인의 여인이 된 이후로는 존장의 예우로 대하였다.

"사계절 중 겨울은 자연의 휴식기. 늘 왕성한 생명력을 뿜어내는 밀림하고는 다르겠지요. 정신을 더 바짝 차려야겠어요, 이고르님. 주인님은 별일 없겠지요?"

"후후, 드래곤 일족이 살아 있다면 모를까. 이 대륙에서 주인님께 해를 입힐 존재는 찾아보기 힘들 겁니다. 만약 함정에라도 빠지셨다면 호위 전사님들이 목숨을 대신할 것이고요.”

신전에 불려간 1골드의 귀가 전에 벌어진 상황이었다. 반 일족은 긴장은 했으나 겁을 먹지는 않았다. 겁이란 건 다크 엘프의 피를 이어받을 때부터 존재하지 않는다.

“가시죠. 이곳에 들어왔을 때부터 과연 신관의 검이 얼마나 날카로운지 늘 기대하고 있었습니다.”

“오호호호홋! 이고르님, 그자들은 겉만 번지르한 속 빈 파이랍니다. 주인님을 생각해서라도 손속에 인정을 두셔야 할 거예요.”

이고르를 대동한 알로나가 현관을 나서자 적의를 풀풀 풍기는 사제들이 저택을 포위한 채 대기하고 있었다.

“악마의 종자들! 감히 신의 전사를 해하고도 벌레만도 못한 목숨을 부지할 수 있을 줄 알았더냐!”

다짜고짜 신경을 자극하는 욕설이 튀어나왔다.

“악마의 종자? 그럼 네놈들은 신의 쫄다구냐?”

쫄다구란 말뜻을 알아듣지는 못했으나 라도스는 결코 좋은 뜻이라 생각하지 않았다.

“이 잡종들이! 신성한 성지에 들어와 더럽힌 것만으로 육시를 해도 모자랄 판에 위대한 카뮤님을 모욕하다니. 볼 것도 없다!”

“오호호호홋!”

뇌를 박박 긁는 듯한 마력이 담긴 요사한 웃음소리에 시선이 자연스레 이고르에게서 알로나로 넘어갔다. 그녀가 1골드의 여인이란 걸 사제들도 안다.

"예를 중시하는 분들이라 들었는데 제가 잘못 알고 있었나 보네요. 일흔여섯 분이나 되는 고귀한 분들이 어려운 발걸음을 하셨는데, 소녀는 그 이유를 짐작도 하지 못하겠어요. 누가 소녀의 궁금증을 해소시켜 주실 분은 안 계신가요?"

신녀 이상의 미모에 육감적인 몸매를 뽐내는 알로나가 숨넘어가는 요염을 좔좔 흘렸다.

"아! 그것은 말이오."

마력에 이끌려 엉겁결에 입을 열었던 기사는 라도스의 차가운 눈빛에 시껍하며 물러났다.

"요망한 년! 드디어 본색을 드러내는구나!"

"과연 내 주인 앞에서도 그따위 소리를 지껄일 수 있는지 알고 싶네요."

1골드의 이름을 거론하자 일부 성기사가 동요의 빛을 보였다. 이곳에 찾아올 때부터 단단히 마음을 먹었지만 1골드의 이름이 주는 무게는 적지 않았다.

"그리고… 난 정말 모른답니다. 당신들이 성난 이리 떼처럼 몰려와 행패를 부리는 이유를요."

"흥! 파괴와 살육을 일삼는 마족! 네놈들이 잘도 본성을 숨겨 우매한 백성을 현혹시켰지만, 내 오래가지 않을 줄 알았다. 이제 다 들통 난 마당에 정체를 밝히지 그러느냐? 배교도 조안의 사주를 받았느냐? 악졸 브리언이 보냈느냐?"

"호호, 매끈한 얼굴만큼 머리가 따라주시지 않는 가여운 분이군요. 내 말귀를 못 알아들었나요? 엘프어로 해드릴까요? 여기는 무슨 일로 오셨냐고 물었는데요?"

"이, 이년이!"

발작하려는 라도스 대신 사제들의 형벌을 담당하는 맥너드 장로가 나섰다.

"근 일주일에 걸쳐 일단의 피습이 있었다."

"그런데요?"

"우린 너희들의 숙소를 수색하기를 원한다. 더불어 소지품 또한 모두 검열을 받아야 할 것이다."

당장이라도 마족들을 쳐 죽이고 싶었으나 1골드를 봐서 타협점을 제시한 것이다.

"훗! 싫은데요. 지금 당신들 꼴이 얼마나 웃긴지 아나요? 굳이 비교를 하자면 오거한테 뺨을 맞고 오크한테 화풀이하는 것 같아요."

"끄응! 거부는 곧 죄를 인정한다는 것! 후에 발생하는 사태는 네년의 책임이다."

알로나의 얼굴에서 환한 웃음이 피어올랐다. 요염한 얼굴이 더욱 짙은 붉은색을 더했다. 그녀가 살심을 품었을 때 짓는 표정이지만 범인들이라면 저도 모르게 침을 삼킬 만큼 매혹적인 자태였다. 그와 동시에 피부를 따끔거리게 만드는 무시무시한 살기가 더해졌다.

"오호호홋! 주인님을 봐서 참아주려 했거늘, 하찮은 인간 따위가 죽고 싶어 안달이 났구나. 오냐, 그토록 원한다면 지옥을 보여주마. 쭈글한 어린 새끼! 너부터냐?"

맥너드는 피가 머리꼭지로 몰리는 듯했다. 70세를 훌쩍 넘긴 나이였지만 아직도 탄력있는 피부를 유지하는 그였다. 장로 직에 오른 지 십여 년, 언제 이런 모욕적인 언사를 들어본 적이 있었던가.

오백 년 가까운 수명을 가지며 청장년층이 긴 엘프 종족의 특성 또한 그는 잊었다.

"신께 고하노니, 당신의 사랑으로 삶을 꽃피우는……."

맥너드의 영창을 시작으로 신관들은 손을 모으고, 성기사들은 빠르게 신관들을 둘러싸 호위 진형을 짰다.

타협 따위는 애초부터 고려하지 않았다. 이곳에 찾아왔을 때부터 격전을 예상했다. 교단의 일에 다크 엘프들이 관여했을 때부터 예정된 수순이었다.

가볍게 머리를 흔든 알로나의 입에서 나직한 주문이 흐르자 이질적인 기운이 거대한 흐름을 만들며 그녀의 주변을 감싸고돌았다.

"악은 불길로 태우리라! 천상의 불꽃!"

맥너드가 시동어를 외치는 순간 알로나를 감싼 기운이 모

순되게도 시리도록 밝은 빛을 내는 검은 구체가 되어 씻은 듯
이 사라졌다.

수북이 쌓인 눈들을 순식간에 증발시키는 새파란 불덩이
가 날아온 것도 동시였고, 알로나 주변의 눈들이 해일처럼 일
어서 불덩이를 감쪽같이 삼킨 것도 찰나의 순간이었다.

공기마저 얼려 버리는 강추위에 김이 모락모락 피어오르
는 안개가 형성되었다가 얼음덩이가 되어 후두둑 떨어지는
소리만이 두 집단 사이에 변고가 있음을 알려주었다.

"호호호! 너무 형편없어 하품이 날 지경이야. 쭈그런 어린
인간아, 넌 네가 모시는 신께 사랑을 많이 받지 못하는 불쌍
한 놈인가 보네. 이젠 이 누나의 사랑스런 손길을 느껴보렴.
정신이 확 들 거야. 기대해도 좋아."

라도스는 이 한 수의 교환으로 알로나가 장로를 능가하는
실력을 가지고 있음을 인정했고, 생각보다는 몸이 먼저 반응
했다.

기사가 마법사를 상대하는 첫 번째 수칙, 주문을 완성할 시
간을 주면 안 되는 것이다.

빛살같이 공간을 가르던 라도스는 뛰어나갈 때보다도 빠
르게 물러나야 했다. 그가 막 디딘 발밑에서 날카로운 물체가
솟아올랐다. 은신하고 있던 다크 엘프였다.

"쳇! 이런 방식으로 사제들을 죽였구나! 볼 것도 없다. 범
인은 마족이다! 전사들이여! 신의 분노를 표출하라!"

물러날 수도 없는 일, 이미 교전은 시작되었다. 이 일을 계기로 1골드와 척을 지게 된다고 하더라도 그는 혼자다. 성기사들은 망설이지 않고 검을 뽑아 들었다.

"때가 된 것 같습니다."

성내가 한눈에 내려다보이는 첨탑에서 1골드가 말했다.

"아직 괜찮아. 아이들은 싸우면서 자란다던데, 꼭 그 꼴을 보는 것 같지 않아?"

"후후, 비유가 별로 마음에 와 닿지 않습니다. 이 동네 아이들에겐 칼을 쥐어주나 보지요?"

"나도 코흘리개 적엔 칼을 가지고 놀았어, 목검이긴 했지만. 수백의 아이들을 거느린 왕초였었지."

"저랑은 많이 다르시군요. 저는 책이 친구였습니다."

새삼스레 1골드를 훑어본 크라우치가 고개를 저었다.

"말로는 못 당할 친구야."

"어디 형님만 하겠습니까?"

그들은 대화를 하면서도 한곳에 시선을 두었는데, 긴장감이 감도는 1골드의 처소가 아니라 그 건너편이었다.

"능력 하나만은 인정해 주어야 할 놈들이야. 악졸들이 아니라면 거두고 싶을 정도로."

"마족도 거두시려 하는데, 이교도라고 별 대수겠습니까?"

1골드는 암스트로 올 적에 붙은 꼬리의 정체를 크라우치에게 알렸다.

　하지만 크라우치는 신도들의 사기를 생각해 브리언 교의 개입까지는 발설하지 않았다. 당장 해결해야 할 일들이 산더미처럼 산적해 있었고, 안방인 암스트에서 도발하지 못할 거라 생각한 것이다.

　하지만 동시에 벌어진 무어 후작의 일이나 근자에 발생한 피습 등은 시크릿 가드의 짓일 확률이 높았다.

　"네가 있으니 가능했지. 저들은… 그동안 흘린 피의 역사가 너무 무거워. 저들을 받아들이려 하면 장로들이 교황을 바꾸자고 나설걸?"

　"역발상입니다."

　"역발상?"

　"아무도 예상하지 못한 '과연 그럴 수 있을까?' 를 실현시키는 것입니다. 누구나 비밀은 있습니다. 그 사람이 만인을 다스리는 정점에 선 자라면 더하겠지요. 양파 껍질보다 더 많은 비밀들을 쥐고 있을 겁니다. 그중 하나가 더해진다고 해서 큰 허물은 아니라는 것이죠."

　"위험한 발상 같은데?"

　"효과적이기도 하지요. 제국의 황제는 측근조차 알지 못하는 수많은 힘들을 숨겨놓고 있습니다. 가령 시네르아의 경우 제후가를 최후까지 보호하는 로얄 가드들이 있습니다. 그 일원들의 면목을 보면 기가 막히실 겁니다. 수장이 첨탑에 기거하는 종치기였습니다. 가드들은 황실의 잡일을 하는 자들이 태반이었고, 심지어 변소를 청소하는 자들도 있었습니다. 기사의 명예 따위는 관 속에 묻어버린 무서운 인물들입니다.”

크라우치는 제국의 저력에 놀라울 뿐이었다. 제후가가 그럴진데, 황제는?

“나에겐 네가 있잖아, 다크 엘프들의 주인인 그랜드 마스터가. 그 누가 상상이나 하겠어? 교황이 다크 엘프들의 도움을 받는다는 것을.”

“그도 그렇습니다. 다만, 저 같으면 불리한 상황에서 숨겨둔 비수가 될 수 있는 자를 놓치지 않겠다는 소리입니다. 어차피 죽을 운명, 끌어들이지 못하면 그때… 형님, 너무 깨끗하면 정치를 할 수가 없다 하더군요. 더러운 정치판에 뛰어들 생각을 하셨다면 몸에 묻은 오물도 웃으면서 감싸 안으셔야지요. 세상의 변화를 원하신다면 더욱더요.”

“허어—! 넌 대체 누구냐?”

“세상의 빛을 보기가 두려운 철가면입니다.”

“녀석.”

1골드의 어깨에 손을 올린 크라우치가 고개를 돌렸다. 사제들과 다크 엘프들의 격전이 치열해지고 있었다. 이만큼이면 브리언이 원하는 만큼은 보여주었다. 이제는 받은 만큼 돌려주는 일만 남았다.

사사삭!

이고르의 검이 다가오는 현란한 검광에 맞서 침착하게 돌아갔다. 온통 빛무리에 감싸인 듯 보이는 이고르는 곧 온몸이 갈기갈기 찢겨져 나갈 것처럼 위태로운 상황으로 보였으나 실상은 팽팽했다.

절묘하게 찔러 넣는 단순한 검이 눈앞을 어지럽히는 검의 맥을 정확하게 끊어 연환 공격을 잘 막아내고 있었다.

"이런 개 같은!"

라도스의 입에서 욕설이 터졌다. 왕의 군대에게 수세에 몰려 있을 때도 뱉지 않던 욕설이었다.

하지만 신의 권능으로 한칼에 두 토막을 낼 수 있을 줄 알았던 마족이 소드 마스터에 오른 자신의 검을 그다지 힘들이지 않고 막아내자 화가 치민 것이다.

"죽인다!"

라도스는 손가락 끝만을 이용해 절묘하게 검첨을 움직였다. 목 어림으로 향하던 검끝이 한순간 확 꺾여 어깨를 찔러 들어갔다.

검끼리 부딪치지 않으려 부단히도 애쓰던 이고르도 이번 만큼은 피할 수 없었다. 엘프의 자존심에 금이 가는 소리지만 내력만큼은 열세였다.

차창! 쩌저정!

"우욱!"

힘에 밀려 훌훌 날아가는 이고르는 비명은 참았으나 부러진 검과 함께 볼쌍사납게 나동그라졌다. 치밀어오르는 핏물을 억누르고 몸을 일으키려는 찰나, 빛살이 정확하게 정수리로 날아왔다.

이고르는 생전 처음으로 울분이 차올랐다. 죽음보다는 인간 따위에게 패했다는 자괴감이 더 컸다. 차라리 이대로 죽는 게 나을 것 같았다.

쇄애애액!

콰콰쾅!

공기를 가르는 매서운 소리와 함께 어마어마한 폭음이 이고르의 생각을 단절시켰다. 그리고는 눈앞에 일그러진 얼굴을 마주했다. 검신이라고 생각하기에는 너무도 넓은 검신에 비친 자신의 얼굴이었다.

"주인님."

들끓어오르던 전장이 차갑게 식었다. 살기에 찬 붉은 눈동자도 원래의 색을 찾았고, 격하게 뛰는 심장의 뜻대로 몸을 움직일 수도 없었다.

위험을 알리는 본능을 무섭게 자극하는 거대한 두 기운이 맹렬한 속도로 다가오고 있었다. 암스트에서 이런 기운을 뿜어낼 수 있는 이는 크라우치와 1골드, 단둘뿐이었다.

굳은 결심을 하고 검을 뽑았으나 그 끝은 허무했다. 절대 강자가 한 명도 아니라 두 명이 가로막았으니 당연한 결과였다.

크라우치의 성난 일성이 영혼을 땅속에 묻어버리는 결과를 만들어내었다.

"네놈들이 감히!"

"교, 교황 폐하."

범접하기도 힘든 엄청난 기운을 흘리는 크라우치 앞에서는 원로인 맥너드조차 제대로 입을 뗄 수가 없었다.

"맥너드 장로!"

넋이 나간 맥너드가 급히 정신을 차리고 무릎을 꿇었다.

"하명하소서!"

"교황의 명 따위를 하찮게 여기는 사제들에게는 어떤 벌을 적용하는가?"

"그, 그게……."

"그대는 장로 직이 마음에 들지 않나 보오?"

"펴, 평시에는 사항의 경중에 따라 태형과 함께 교직을 박탈하고 근신에 처하오나 전시에는 폐하의 재량에 의거 교수형까지 가능하옵니다."

침 삼키는 소리도 나지 않았다. 이후에 크라우치의 입에서 무슨 말이 나오느냐에 따라 팔십에 달하는 목숨이 달려 있었다.

"소인의 죄입니다. 부하들과 신관들은 아무 잘못도 없으니 저를 벌하여 주십시오."

“라도스, 너에게 몇 번이나 경고했다. 보라, 그대의 가벼운 행동이 어떤 결과를 초래했는지를. 모자란 놈! 이 시간부로 라도스는 신장 직을 박탈하고 일반 병사로 강등한다. 또한 1년간의 근신에 처할 것이다. 라도스와 행동을 같이한 자 모두 한 직급씩 강등한다. 맥너드 장로, 당신도 마찬가지요. 당장 시행하라!”

“교황 폐하—! 부디 선처를……”

사제들이 동시에 몸을 조아렸다. 얼어 죽는 한이 있더라도 석고대죄를 행할 태도였다.

그러든지 말든지 눈길 한 번 주지 않은 크라우치가 뒤따라온 프랭크에게 쏘아붙이듯 말했다.

“천신장은 이 대죄를 지은 죄인들을 한 명도 빠짐없이 하옥하라! 라도스의 태형은 내일 아침 내가 직접 주관할 것이다.”

찬바람을 일으키며 몸을 돌린 크라우치는 그 누구의 말도 듣지 않겠다는 듯이 신전으로 향했다.

다음날 아침, 사제들과 불편한 관계가 된 1골드는 엘리도의 지원병으로 1개 기사단을 이끌고 서둘러 암스트를 떠났다.

Chapter 7

금단의 열매

회색빛 하늘이 첨탑 꼭대기에 걸렸다.

백 명에 달하는 백의인들이 담을 넘는 도둑고양이처럼 소리도 없이 암스트를 빠져나왔다. 지겹도록 퍼붓는 폭설로 인해 좌우도 분간하기 힘들 정도였으나 그들은 거침없이 설원을 내달렸다.

선두에 선 크라우치가 발걸음을 멈춘 것은 산맥을 등진 암스트의 좌현으로, 분지가 끝나는 지점이었다.

"후우우."

배포가 둘째가라면 서러워할 그리엄도 긴 숨을 내쉬었다. 주위에 동료들이 있었으나 폭설과 숨 막히는 정적으로 망망

대해 외딴섬에 홀로 버려진 기분이 든 것이다.

외관상 보이는 건 아무것도 없이 그저 눈뿐이었다. 주변보다 튀어나온 지형은 구릉일 것이요, 삐쭉 솟은 건 나무나 바위일 것이다. 그 외엔 별다른 점을 찾을 수 없었다.

크라우치가 멈추었으니 이 근방에 무엇인가가 있어야 하는데, 하늘에 구멍이 뚫린 것처럼 퍼붓는 폭설이 시야를 완전히 가려 버렸고, 한길 이상으로 쌓인 눈이 무인의 단련된 동물적인 감각마저 마비시켰다.

이런 곳에서 이상한 점을 찾는다는 것은 제국에서 마이클을 찾는 것만큼이나 어려울 것이다.

"이거… 잘 모르겠습니다."

프랭크가 쑥스러운 듯 머리를 긁적이자 크라우치가 엷은 김을 뿜으며 혼잣말을 했다.

"적이지만 정말 대단한 놈들이야. 상을 주고 싶을 정도로……."

무어 후작의 소식을 들었을 때 가장 먼저 떠오른 것은 전력을 분산시키려는 의도가 아닐까 하는 생각이었다. 하지만 미묘한 시간차가 난 것인지 1골드와 라미안을 이간질시키려는 암습이 시작되었다.

적들의 행방을 찾지 못해 적들의 의도에 끌려가는 행동을 보였고, 결국 충돌이 일어났다. 그 후 1골드가 주축이 된 병력이 빠져나가고, 크라우치는 어렵게 파악한 적들의 은신처에 온 것이다.

적들은 이곳에 머물러 자신을 노리던가, 아침나절에 출발한 1골드를 따라갔을 것이다.

크라우치가 눈을 감았다. 10여 미터의 앞도 내다볼 수 없어 차라리 눈을 감는 게 나았다.

은신은 완벽했다. 숨은 거의 멈춘 듯했고, 심장 박동은 극히 느렸으며, 체온마저 살아 있는 인간이라고 보기 어려울 정도로 차가웠다.

하지만 생명체가 버릴 수 없는 한 가지가 있다. 생명을 지탱해 주는 기운이다. 크라우치는 생명력이 풍겨 나오는 위치를 뇌리 속에 각인시켰다.

반가운 결과다. 다행히 적들은 이곳에 남아 있었다.

"놈들은… 오십에서 하나가 더 많네요. 아마 그자가 우두머리인 듯합니다."

"기사대는 대부분 백 단위로 구성하니, 반은 엘리도에 있겠습니다. 역시 무어 후작도 이자들에게 당했을 것입니다. 폐하께서 칭찬을 하실 정도니 후작 일가가 몰살당한 것도 이해가 갑니다. 폐하가 아니셨으면 저희도 꽤나 고생을 했을 겁니다."

굳어진 손을 푼 크라우치가 눈을 빛냈다.

"이미 당할 만큼 충분히 당했지요."

비트는 완벽했다.

지상에서 1미터는 파 내려간 다음, 위에는 그 두 배가 넘는 눈을 덮었다. 눈이 두툼한 이불이 되어 추위를 막아주었으며, 오간 흔적마저 깨끗하게 지워주었다. 동료들 간의 의사소통이 불편할 뿐 안방에 누워 있는 것마냥 안락했다.

단잠을 꾸는 듯 평온한 표정에서 한순간 미간이 꿈틀했다. 날씨가 험해 장담할 수는 없지만 마나의 흐름에 미세한 변화가 생겼다.

은신 시에는 생체리듬이 극도로 낮아지나 감각만은 평시보다 더욱 고조된다.

느끼는 순간 멈춘 것 같은 심장 근육들이 서서히 펌프질을 시작했다. 혈관 속의 얼어버린 듯한 피들이 활동성을 더하며 잠자던 육체가 눈을 떴다.

요코치는 다급했다. 몸에 생기가 찾아들고 굳었던 근육들에 팽팽한 긴장이 더해지려면 숨 대여섯 번 쉴 정도의 시간이 더 필요했다. 짧은 그 순간이 더할 수 없이 길게만 느껴졌다. 거의 본능적으로 알아챈 느낌이 확신으로 다가온 것이다.

완벽한 은신은 역설적으로 무방비 상태란 말과 다름없다. 주변 환경에 그 어떤 인위적인 변화도 주어선 안 된다. 하지만 능력에 대한 지나친 자신감은 곧 양날의 검이 되어 지금처럼 되돌아오기도 한다.

'빠르다!'

정신은 명경지수와 같은 상태. 하나, 둘. 적의 기척은 늘어만 갔고 늘어나는 숫자보다 더 빠르게 다가오고 있었다.

'전술 이동? 수색대?'

아니다. 현 위치는 전술로도 아니었고, 더욱이 육로도 아니었다. 대규모의 병력이 움직일 이유가 없는 곳에 있다면 이유는 오직 하나, 자신들이었다.

"빌어먹을!"

감겼던 요코치의 눈이 번쩍 떠졌다. 뭔가 금속 부딪치는 소리가 들렸다. 눈을 뜬 그의 전면에 보이는 것이라고는 아무것도 없었다. 손을 내려 바닥에 내려놓았던 검을 잡았다. 그러자 조급한 마음이 어느 정도 안정을 되찾았다.

브리언의 2천 성기사들 중 열 손가락 안에 드는 실력이다. 이런 변방에서, 망할 대로 망해 버린 라미안에서 자신을 능가할 자는 없다고 자신했다.

일체의 예비 동작도 없이 요코치의 몸이 솟구쳤다.

크라우치가 지나간 자리엔 발자국 하나 남지 않았다. 무게가 없는 새털처럼 가벼운 몸놀림에 감탄할 사이도 없이 장난하듯 뻗어 낚아채는 손길에는 어김없이 수확물이 따라 올라왔다.

그리엄은 얼음낚시를 하던 광경을 떠올렸다. 크라우치의 손길에 걸려든 시크릿 가드들은 그물코에 퍼덕이던 물고기와 다름없었다.

상당히 어린 나이에 교황에 오른 사람이다. 역대 교황들은 이르다 해도 오십대 중후반 혹은 그 이상인 데 반해 크라우치는 겨우 삼십대 초반이었다.

하나 신도를 대하는 품성이나 전장에서의 판단력, 일신의 능력은 타 교단의 교황들에 비해 결코 뒤떨어지지 않았다. 지금도 백여 명이나 되는 사제들을 뒤로하고 선두에 서서 압도적인 능력을 선보이고 있었다.

이에 고무된 사제들은 어제의 일은 잊은 듯 어깨를 들썩이고 있었다.

"미련한 놈들! 뭣들 하는 것이냐! 악졸들을 지옥으로 돌려보내라!"

"와아아아!"

"차아앗!"

카비젤의 입에서 기합성이 터져 나왔다. 스치듯이 설원을 질주하면서 양팔을 들어 하늘로 날아오르려다 그대로 허리를 숙였다. 검광이 지면을 스치자 하얀 눈 위에 붉은 피가 배어 나왔다.

이어 쌓인 눈이 들썩이며 지면을 뚫고 핏물에 잠긴 시크릿 가드의 상체가 드러났다. 비트 속에서 튀어나오는 도중에 당한 것이다.

카비젤의 눈동자가 활활 타올랐다. 시체의 손에 검과 도가 합쳐진 모양의 기형검이 들려 있었다. 기마민족이 중심을 이루는 밀리언 연방의 전형적인 검 형태로, 바투카라 불린다. 시크릿 가드일 거라는 짐작이 사실로 밝혀지는 순간이었다.

"브리언의 악졸!"

눈에 불똥이 튀었다. 아침나절에 검시한 시체가 눈앞에 어른거린다. 카비젤은 분노를 담아 싸늘한 시체로 변한 백의인을 짓밟았다.

콰득! 우두두둑!

머리가 카비젤에게 밟히면서 섬뜩한 음향과 함께 뇌수가 터져 설원에 흰빛을 더했다. 다시 양발에 힘을 준 그는 땅을 박찼다.

지면을 뚫고 수많은 신형들이 솟구치고 있었다.

따당!

짙은 혈향이 감도는 설원에 이질적인 경쾌한 소리가 울렸다. 두 개의 검이 허공에서 얽히며 환상적인 빛무리를 연출했다.

감탄성을 자아낼 만한 장면인데 빛무리를 눈에 담은 눈동자에는 일체의 감정도 보이지 않았다.

"겉멋만 가득 찬 쓸모없는 검입니다."

"교단의 특성이 그대로 묻어나는 것이지."

최적의 매복 장소라 여긴 암스트를 빠져나가는 좁은 소로에서도 적들의 동태를 파악할 수 없었다.

1골드는 혹시나 하는 마음에 일행에서 떨어져 나와 암스트를 살피던 중에 병장기 소리를 듣고 달려온 것이다. 하지만 나설 필요는 느끼지 못했다.

"그렇습니다, 주인님. 교세의 확장에만 혈안이 된 작자들이니 무술도 눈요깃감이 되어버렸을 겁니다."

홉의 평가는 적절했다. 각 교단들은 자신들의 이익을 위해 이면에서는 이전투구를 일삼아도 사랑과 평화를 공통의 가치로 내세운다. 그러다 보니 검에 보여주기 위한 잔기술이 가미되었고, 실전적인 면보다 화려함이 강조되는 경향이 있었다.

"후후, 그런 검에 이고르는 죽을 뻔했고."

"죽는 게 나았습니다."

1골드가 살려주지 않았다면 홉이 직접 죽였을 것이다.

"그놈도 각오하고 있을 겁니다. 인간 세상에 나와 많은 걸 보고 배웠습니다. 안 그래도 돌아가는 대로 일족의 전사들에게 교훈을 심어주려 했습니다. 그렇게 생각해 보면 오히려 잘된 일입니다."

"뭉쳐야 강한 힘을 내는 인간들 중에서 특별한 자들이 많지."

"실감했습니다. 그보다 주인님, 더 이상 볼 것도 없는 것 같은데 그만 돌아가시죠?"

"아니, 이제 막 본 게임이 시작하려 해. 밀리언 연방의 검도 보지 않고 가면 이곳까지 온 보람이 없잖아. 지금 등장하는 자는 네가 나서도 쉽지 않아 보이는걸."

홉은 1골드의 눈길을 좇을 필요도 없었다. 갑자기 격전장에서 강한 살기와 함께 엄청난 기운이 일어나는 것을 느꼈기 때문이다. 새삼 느낀 바지만 백 년도 살지 못하는 인간들 중에는 놀라울 정도로 강자가 많았다.

쩌저저정! 파팡!

일시에 살육을 멈추게 만드는 굉음이 울렸다. 푸시시 가라앉은 눈더미 사이로 불타는 검을 든 사내가 뚜벅뚜벅 걸어나왔다.

요코치는 고개를 꺾었다. 절대 잊을 수 없는 얼굴이 코앞에서 생글생글 웃고 있었다.

"요사스러운 놈, 역시 네놈이구나!"

"하하, 누군가 궁금했는데 우린 구면이었구려. 옆구리에 뚫린 구멍은 잘 메우셨는가?"

"덕분에 더욱 단단한 뼈마디와 질긴 피부를 얻었다네. 이제 웬만한 칼 가지고는 상처조차 남지 않아. 내 늘 네놈한테 이 고마움을 전하고 싶었지."

"그래서 눈보라를 헤치고 예까지 찾아오셨나?"

말을 나누는 와중에도 요코치는 빠르게 전장을 파악했다. 예상은 했지만 상황은 더욱 참담했다. 자신의 뒤에 모인 인원이 채 열 명도 되지 않았다.

그의 시선이 크라우치의 뒤로 향했다. 찾는 자가 보이지 않았다.

"그놈이 아닌가?"

"쥐새끼들을 찾느라 동생이 수고를 하긴 했지."

"어쩐지, 제법 머리를 썼구나."

"솔직히 동생의 힘을 빌릴 필요도 없었어. 네놈들은 엉덩이를 치켜들고 대가리만 눈 속에 처박은 꼴이었거든."

자연스레 뒷짐을 지며 수신호를 보내는 요코치는 심정과는 다르게 느긋한 태도였다.

"후후, 벌벌 떨던 애송이가 그동안 입심만 길렀나 보군. 미끈한 기름칠을 한 혓바닥을 쉴 새 없이 놀리다 보니 요사스런 주둥이가 경지에 올랐어."

"무엇이든 한 방면에서 일가를 이루었으면 당연히 축하를 받을 일이지. 어쨌든 고맙네. 뒤로 내뺄 궁리를 하면서도 입바른 소릴 해주어서. 슬슬 지겨워지는데 언제 시작할 생각인가?"

"지금!"

은연중에 풀어놓았던 기운들을 불시에 끌어올리자 주위의 공기가 잔뜩 일그러지며 크라우치의 전면에 불쑥 나타났다.

"호오! 사도답지 않은 음유한 기운이구나! 차아앗!"

파지지지직!

손바닥을 쫙 편 후 손가락을 갈고리처럼 구부린 크라우치가 허공을 찢어발기듯 휘젓자 주위의 공간이 마구 일그러졌다. 그러자 요코치가 흘려보낸 기운들이 통제를 잃고 크라우치의 손짓에 따라 흘렀다.

"흥!"

코웃음을 친 크라우치가 앞을 가린 투명한 천을 찢듯이 양팔을 확 젖힌 후 양손에 맺힌 투명한 기운들을 쏘아 보냈다.

"요사한 놈! 이건 뭐냐?!"

요코치는 눈을 부릅떴다. 자신의 힘에 더해진 크라우치의 내력이 보통이 아니었던 것이다. 10년 전의 그 애송이가 절대 아니었다.

암습을 가한 틈을 이용해 몸을 빼려고 한 것인데 도저히 피할 시간이 없었다.

밀리언은 타국에 비해 체술이 검술만큼이나 발달한 국가였다. 하지만 투실바에 이처럼 고도로 발달된 체술이 있다는 말은 들어보지 못했다.

검에 온 내력을 쏟아 부었다.

콰콰콰쾅!

"크흐윽!"

요코치의 입에서 신음이 흘러나왔다. 이건 생각보다 더했다. 기운을 잘라 버린 오러는 씻은 듯 사라졌고, 검을 잡은 손가락이 모두 뒤틀려 버리는 듯한 느낌이었다.

이어 엄청난 소리가 들리며 한순간 청력을 마비시켰다. 그의 뒤편은 얼어버린 대지가 모습을 보일 정도로 설원이 완전히 뒤집어져 있었다.

요코치는 그 짧은 순간에 크라우치의 기척을 놓쳤다. 대가는 여지없이 돌아왔다. 번쩍, 푸른 눈동자가 전면에 나타나며 순간 피부를 짓누르는 엄청난 압력이 밀려들었다.

"브랭크? 흐읍!"

크라우치가 신관이라고 알려졌으니 예상할 수 있는 공격이었으나 그 속도는 블랙 위저드라고 해도 도저히 따라 하지 못할 빠른 연속기였다.

요코치는 미동도 하지 않았다. 강맹한 기운에 맞서 오히려 굳건히 자세를 잡았다. 그리고는 양손에 내력을 집중해 있는 힘을 다 짜내어 검을 섬전같이 올려쳤다.

찌잉! 찌이이이잉!

"크으윽!"

60여 년을 같이한 검을 버리고 싶을 정도로 검신을 타고 전해져 오는 힘이 상상을 불허했다. 그 순간, 그는 헛바람을 일으킬 정도로 놀랐다. 필생의 힘이 담긴 검을 막고 있는 것이 어이없게도 연약해 보이는 하얀 손이었다.

그래도 공격은 헛되지 않아 온몸을 옥죄어오는 기운이 한풀 꺾여 있었다.

그는 재빨리 손목을 비틀어 맞댄 힘을 흘리고 왼발로 땅을 찍으며 몸을 돌려 반격할 작은 공간을 만들었다. 크라우치가 예기치 못했는지 몸이 앞쪽으로 쏠리는 듯했다.

절호의 기회를 잡은 요코치는 왼손을 돌려 검병을 역수로 잡고 허리를 노리려 했다.

"제길!"

대단한 놈이었다. 크라우치의 신형이 생각보다 빨라서 공격할 순간을 놓친 것이다. 그 짧은 순간 크라우치는 역으로 자신의 옆면을 잡으러 돌고 있었다.

요코치는 눈빛을 굳히며 다시 허리를 틀면서 속도를 배가시켰다. 몸을 크라우치가 선점한 방향으로 트는 것은 늦다. 오히려 팽이처럼 회전하는 편이 나았다. 다행히 탄력을 받은 상태라 속도가 엄청났다. 한데 그 순간,

턱!

역수로 잡은 검병 끝이 무엇인가에 막히고 눈앞이 희뿌옇게 번뜩이더니 턱에 육중한 충격이 전해졌다. 누런 이가 날고 피가 튀었지만 고통을 느낄 사이도 없이 신형을 뒤로 빼면서 검을 어지럽게 휘둘렀다.

하지만 예상했던 공세는 없었다. 그저 비릿하게 웃음 지은 크라우치가 서 있을 뿐이었다.

"노인장, 이거 영 실망이오. 예전 같지가 않구려. 그동안 기력이 많이 쇠했나 보오. 날도 추운데 그만 끝내는 게 낫겠소."

요코치는 풀린 다리를 추스르느라 대꾸할 여력도 없었다.
그는 죽음을 각오했다. 순교란 우스운 말로 대신하고 싶은 생
각은 없다. 지금은 강자 앞에선 순수한 무인의 마음이었다.

'클클, 예사 싹이 아니란 걸 알았을 때 잘라야 했건만, 이제
는 손이 닿지 않는 높은 곳에 올라 있어. 뭐, 이것도 나쁘지
않아. 화려하게 끝을 보자고.'

"흐읍! 혼자 가지는 않을 것이다!"

마스터의 경지는 신을 모시는 사제라 해도 그만의 노력이
배인 것이다. 신께 기도만 드려 얻은 것도 아니고, 날 때부터
주어진 것도 아니다. 그만큼 그 위력도 작은 것이 아니었다.

우우우웅.

눈앞을 가리는 폭설도, 순수한 빛을 뿜내던 설원도 일순 빛
을 잃었다. 불쑥 솟은 빛의 기둥이 주위의 모든 빛을 흡수하
는 듯했다.

이글거리는 오러가 지척에 다다랐는 데도 크라우치는 아
무런 행동도 취하지 않았다. 달싹이던 입술만이 빨라졌을 뿐
이다. 그러나 그 여파는 대단해 반경 3미터의 공간이 정지한
듯했다.

크라우치의 고운 손이 움직인 건 그때였다. 그의 손짓에 따
라 영롱한 보석 같은 구체들이 손톱만 한 크기로 형성되어 눈
송이 사이로 퍼져 나갔다. 그러나 눈이 시리도록 밝은 오러에
비해 그 모습은 너무나 초라해 보였다.

그사이 낭랑한 영창이 들려왔다.

"억겁의 시간 속에 묻힌 가려진 존재들이여, 그대들의 가치와 존귀를 신께 고하오니, 나의 의지를 따라 행할지어다. 타임 락!"

상대적으로 초라했던 구체들이 모든 방위를 점하며 현란한 빛을 토하자 주변을 점유했던 무시무시한 오러가 거짓말처럼 사라졌다.

남은 건 거미줄에 매달린 초췌한 노인이 빛을 잃은 철검을 들고 있는 광경이었다.

얼굴이 시뻘겋게 달아오른 요코치는 지금의 상황을 믿을 수가 없었다. 팔다리도 몸도 손에 든 검도 다름이 없었다. 그런데 눈꺼풀조차 깜빡일 수 없었다. 마치 진득한 젤리 속에 갇힌 느낌이었다.

내부는… 놀라울 따름이다. 힘찬 혈액을 뿜어내던 심장까지 정지한 듯했다. 헛웃음이 나왔다. 이건 인간이 부릴 수 있는 능력이 아니다. 오러 블레이드가 감쪽같이 사라진 이유도 알 것 같았다. 피와 마찬가지로 마나를 검에 실을 수 없었다.

저자는 시간과 공간을 지배했을 뿐만 아니라 자연의 섭리 또한 어긋나게 만들었다.

마나가 흐르지 않는다.

멈춰 버린 세상, 그 속에 단 한 존재만이 움직였다. 미끄러지듯 허공을 점해오는 크라우치였다. 그자의 손이 이마에 닿는 듯하자 어긋난 세상이 하얗게 변했다.

냉냉했다.

날씨도 만만치 않았으나 그보다 두 집단의 사이에 흐르는 분위기가 차갑기 그지없었다.

백로와 까마귀가 한 무리에 노니니 당연한 결과였다.

암스트를 떠난 지 열흘이 되었다. 다행히도 폭설은 삼 일 전에 멈추었고 동행(東行)길도 반 배는 빨라졌다.

테리 성이 위치한 중부 지역의 머리맡 부근을 통과할 무렵, 이제는 제법 야영이 익숙해진 잭이 입술을 삐죽 내밀었다.

"좀 도와주면 안 되나?"

왈카의 검들이 눈을 헤치고 천막을 세울 때 즈음에 다크 엘프들은 벌써 모닥불 주변에 모여 식사를 하고 있었다. 엘프들은 생식만 한다고 들었는데 저들은 달랐다. 그들만의 특별한 향신료를 사용하는지 구수한 음식 냄새가 식욕을 자극했다.

"칼부림 나지 않고 이곳까지 온 것만으로도 다행으로 알아."

슈토의 핀잔에 잭이 한숨을 지었다. 10대 1의 구성비이지만, 개개인의 능력은 다크 엘프들이 나았다. 게다가 그들 모두가 덤벼도 승패를 알 수 없는 대단한 존재가 있었다.

"어떻게 됐대?"

"라도스 신장님이 저기압이라… 종자 녀석이 살짝 엿들었다는데, 암스트 일은 잘 마무리가 되었고 교황 폐하께서 적들의 대장을 생포하셨다나 봐.”

“젠장! 그 일만 아니었으면 나도 폐하의 무위를 볼 수 있었을 텐데.”

“억지 부리지 말아. 폐하의 명을 어긴 건 우리 잘못이야. 엘리도에 갈 일만 없었으면 진짜 철창 신세를 지고 있을지도 몰라. 그때 못 봤냐? 폐하께서 그리 진노하신 모습은 처음이었어. 오금이 다 저렸다니까.”

일반 기사들에게까지는 세부 사항이 알려지지 않았다. 다만, 근신에서 갑자기 엘리도 파견군으로 바뀌었다는 것뿐. 라도스 또한 신장의 위치로 자신들을 인솔하는 것을 보면 원로들이 간청을 올려 크라우치의 화가 누그러졌다고 생각했다.

낮은 천막 지붕에 눈을 덮은 잭이 허리를 폈다.

“휴우, 성지까지 잠입한 브리언 놈들을 소탕하셨다니 비록 우린 이 꼴이지만 천만다행이다.”

“절대 아닐걸.”

주위를 둘러본 슈토가 목소리를 낮췄다.

“저 친구들한테 들었는데, 우리가 상대해야 하는 놈들도 그놈들이래.”

“폐하께서 잡으신?”

“엘리도 지역을 안정시키는 것만이 목적이 아니라 남은 일당도 소탕해야 된대.”

"오! 그래? 잘됐네. 공을 세울 기회가 생겼잖아."

"그리 쉬운 상대가 아니야. 넌 콜린의 시체를 못 봤구나? 그 친구는 불쌍하게도 천국에 가지 못할 거야."

슬쩍 다크 엘프들을 쳐다본 잭이 더욱 목소리를 낮췄다.

"뭐가 걱정이야. 저분이 계시는데."

"…믿을 수 있을까?"

"신전 호위들이 하는 소리를 못 들었구나. 폐하께서 동생이라고 공공연히 말씀하시는 분이야. 나도 라도스님을 따라나섰을 때는 저분을 어떻게 하자는 게 아니라 마족들을 처치하자는 일념으로……."

슈토의 눈짓에 잭이 급히 입을 다물었다. 굳은 얼굴의 라도스가 그들을 지나쳐 다크 엘프들에게로 가고 있었다.

"…처음부터요?"

1골드가 머리를 살짝 끄덕이자 라도스의 얼굴에 침통함이 더해졌다.

"왜 말해주지 않았소?"

"당신은 나를 믿나?"

"안 믿소."

"대답이 되었군. 믿지도 않는 자에게 말해서 뭐 하나?"

라도스가 잡아먹을 듯 1골드를 노려보았다.

"폐하께 그런 말씀도 올리셨소?"

“비밀은 듣는 귀가 적을수록 좋지.”

“답이 틀렸소. 다시 묻겠소. 그대가 이번 일에서 나를 배제시킨 것이오?”

“난 당신들을 잘 몰라. 하지만 누군가가 우리에게 적대감을 가지고 있다는 건 알지. 건드리기만 하면 터질 일이었어. 우습군. 지금 우리 입장이 바뀐 것 같은데?”

내부 혼란을 자초한 건 라도스였다. 1골드가 추궁당할 만한 일은 아니었다.

“토라진 애처럼 굴다가 기껏 꺼낸 한마디가 투정인가? 형님은 인복이 별로 없구만.”

“내 앞에서 폐하를 그렇게 부르지 마시오.”

“후후, 애가 틀림없어. 미련한 놈.”

몸을 부르르 떤 라도스가 검병을 잡았다. 하지만 이미 투박한 검첨이 목젖에 닿아 있었다.

“죽고 싶은가?”

“끄으응.”

“현실을 직시하지 못하는 애송이는 필요없어. 죽고 싶다면 죽여주지. 세상에는 세 가지 유형의 사람이 있다더군. 말귀를 알아듣게 설득하는 사람, 따를 때까지 기다리는 사람, 귀찮아 죽여 버리는 사람. 내가 어떤 사람으로 보이나?”

라도스는 대답을 하지 않았다. 서로가 답을 알고 있으니 말할 필요도 없다. 그대신 몸을 일으켰다.

"내가 당신을 본 것 중에서 이번이 가장 현명한 선택이다. 그깟 개한테 줘도 갖지 않을 자존심 따위는 히치벅에 입성할 때까지 버려. 지금은 몬스터의 도움도 절실히 필요한 시기이니까."

입술을 깨문 라도스는 발을 떼자마자 저도 모르게 한 켠으로 물러나야 했다. 1골드의 육중한 체구가 바람같이 휘장을 젖히고 사라졌다.

툭! 투투투툭!

검은 망토에 긴 챙이 달린 모자를 쓴 백여 명에 달하는 무리들이 저마다 손에 든 보자기를 바닥에 내던졌다.

"뭔가?"

"작은주모님을 위한 선물입니다, 주인님."

루슬란의 대답에 알로나가 반색을 하며 나섰다. 빠른 손놀림으로 보자기를 헤치자 푸르스름한 피부에 잘린 머리통이 드러났다. 여느 여자였다면 놀라 뒷걸음질을 칠 상황이었으나 알로나는 인상만 찌푸렸다.

"이게 뭐예요, 루슬란님?"

"부탁하신 인간들의 목입니다."

알로나는 갸웃했다가 돌연 박수를 치며 탄성을 내뱉었다.

"아! 그 죽일 놈들이군요, 일족을 두 명이나 자바님의 품으로 돌려보냈던. 어떻게 잡으셨어요?"

“후후, 찾아 나설 필요도 없었습니다. 주인님이 오시는 길목에 목을 빼놓고 기다리고 있더군요. 저희는 단지 수확을 한 것뿐입니다.”

이 사태를 지켜보던 사제들은 마른침을 삼켰다. 언뜻 보아도 오십 개에 달하는 보자기였다. 저 극악무도한 다크 엘프들은 죽은 자의 목을 잘라 싸 들고 와서는 선물이라 한다. 조금은 익숙해진 줄 알았건만, 도저히 가까워질 수 없는 종자들이었다.

1골드의 눈길이 그들을 향하자 저마다 고개를 돌렸다.

“라도스 신장, 여기서 그만 헤어지지.”

무심한 눈길로 생기를 잃어버린 머리통들을 보던 라도스가 고개를 끄덕였다. 1골드가 엘리도에 갈 필요가 없다는 말을 했으니 무어 후작을 죽인 흉수들이 이자들일 것이다. 지원군을 치려 매복하고 있다가 다크 엘프들에게 등을 빼앗겨 뒤통수를 맞은 것이리라.

수장을 잃은 엘리도 지역을 안정시키는 일에 다크 엘프들은 방해만 될 뿐이다.

“바라던 바요.”

라도스의 언사가 귀에 거슬렸는지 그를 처음 대면한 다크 엘프들에게서 살기가 뭉클 피어났다. 루슬란이 고개를 쳐들고 라도스를 노려보았다.

“저 시건방진 인간은 누굽니까? 제가 손 좀 봐도 되겠습니까?"

"제 밑도 닦지 못하는 애송이라 자네가 신경 쓸 필요도 없
어. 이제 이곳에서 지체할 이유가 없군. 당장 인슈리아로 출
발한다."

"물러나라."

육중한 철문이 닫히는 소리가 울렸다. 크라우치는 굵은 쇠
사슬에 사지를 결박당한 채 벽면에 걸려 있는 중년인을 무심
한 눈길로 바라보았다.

"끌끌끌, 내 몰골이 즐길 만한가, 요사한 놈?"

"별로 즐길 만한 광경은 아니오, 노인장. 아아! 그리고 보
니 이름도 모르는구려. 이름이 뭐요?"

"흥! 악졸들에게 알려줄 이름 따위는 없다."

"재밌구려. 악졸이라. 우리도 당신네들을 그렇게 부른다
오. 우선 공통점을 하나 찾았네. 좋은 출발이오. 자, 다음은
뭐요?"

요코치가 눈을 번뜩였다. 시체처럼 축 늘어져 있었지만 눈
빛만은 여전했다.

"네놈의 사지에 쇠고리를 매달고 즐기고 싶다는 것!"

"이런, 안됐소. 이루어질 수 없는 꿈이니. 어때, 대접은 만
족하시오?"

"큭큭큭, 형편없었어. 너무 간지러워서 하품이 나올 지경

이야. 내 부하 녀석들이라면 1시간 만에 네 어머니 속옷 색깔까지 불게 만들었을 텐데.”

“이거참, 실망하셨다니 미안하게 됐소이다. 카뮤 신께서는 너무 자비로우셔서 말이오. 요코치, 우리 서로 편하게 한 가지씩만 주고받읍시다. 당신에게는 편안한 죽음을 줄 테니 우리에겐 몇 가지 정보를 주시오. 어떻소, 서로에게 유익한 거래가 아니오?”

“어차피 죽을 목숨. 이리 죽나 저리 죽나 죽는 건 매한가지 아니겠나? 나한테 얻을 정보는 없을 거야.”

“일단 미친 왕이 그대들을 끌어들였을 테고… 내 잘난 동생이 투실바에 잠입한 잔당들은 씨를 말렸다고 했으니… 아! 내가 말해주지 않았나? 마흔일곱 개의 목을 취했다고 하더이다.”

요코치의 인상이 일그러지든 말든 크라우치는 말을 이었다.

“내가 알고 싶은 건 당신들 말고 다른 지원 병력이오. 그 소문이 자자한 밀리언의 경기병들도 있고, 연방의 아이슬 기사단, 당신이 속한 시크릿 가드 등등 다음엔 누가 올 것이며, 시기는 언제요?”

“…….”

“그리고 군자금의 지원 루트와 만유 왕국의 개입 정도까지. 이 정도만 답해주면 편안한 죽음을 선사할 용의가 있습니다만, 어떠신지?"

"…고문의 효과가 슬슬 나타나네. 어디서 개가 짖나? 귀가 앵앵거려."

피식 웃은 크라우치가 고문실 중간에 놓인 의자에 앉아 손을 내저었다. 그러자 팅팅, 소리가 일며 요코치의 결박이 풀렸다.

"크흑!"

흐느적거리는 몸을 악착같이 일으킨 요코치가 비칠비칠 걸어와 탁자 건너편에 앉았다. 비록 언제 죽을지 모르는 포로 신세이나 너와 동등하다는 마지막 자존심의 표시였다.

"카아악! 퉤!"

핏덩이를 한 움큼 뱉어낸 요코치가 붉게 변한 이를 드러냈다. 듬성듬성 빈자리가 보였지만 목소리만큼은 또렷했다.

"너무 무시하는군. 그래도 마스터인데 아직 최후의 일격쯤은 남아 있어."

"물론 그렇겠지요. 하고 싶으면 얼마든지 해보시구랴. 기꺼이 받아주리다."

"풋후후후. 내가 방금 무슨 생각을 했는지 아나?"

"글쎄요."

"가까이서 보니 더 잘생겼구만. 결혼은 했나?"

"누군가가 결혼할 틈을 주지 않는군요. 동생은 부인이 셋이나 되는데……."

맑고 깊은 호수 같은 눈동자를 쳐다보다가 요코치가 어렵게 입을 열었다.

"그냥 보내주게. 자네도 내 입에서 아무런 말도 들을 수 없다는 걸 알지 않나?"

"잘 알지요. 그리고 당신도 알고 있지 않습니까? 내가 누구라는 사실을요."

"물론 귀머거리라도 들어보았을 걸세. 어린 성자, 카뮤의 화신, 라미안의 미래… 또 뭐가 있더라? 하도 많아서 가물가물하네. 자넨 어떤 소리가 가장 듣기 좋던가?"

"이 순간에는 악졸이라는 말을 듣고 싶군요. 별로 내키지는 않지만 당신의 입을 열어야 하니까요."

"포기할 줄을 모르는 사람은 인생이 피곤하다던데."

"노력하지 않는 자는 얻는 것도, 자격도 없지요."

크라우치는 여전히 엷은 미소를 짓고 있었다. 부드럽게 이어지는 대화가 심문 같아 보이지 않았다.

"휴우, 어디 맘대로 해보게. 노력해도 얻지 못하는 것이 있는 걸 뼈저리게 느낄 수 있을 걸세."

"다시 한 번 말씀드리지만, 전 크라우치입니다."

고요히 흐르는 호수같이 잔잔한 목소리에 요코치는 되레 스산한 느낌을 받았다. 그러나 애써 두려움을 털어냈다. 지금은 비록 비루먹은 강아지 꼴과 다름없지만, 며칠 전까지 추상 같은 한마디에 일개 사단과 맞먹는 전사들을 움직였던 수장이었다.

한동안 기세 싸움이 계속되었다. 그러다 느끼지 못하는 사이 요코치는 자신의 시야가 좁아졌다는 걸 알았다. 피가 말라붙어 검붉은 피딱지들이 덕지덕지 붙어 있는 벽면이 사라졌으며, 보기만 해도 치가 떨리는 고문 기구들도 모습을 감추었다.

"헉! 이, 이게… 무슨……!"

크라우치의 얼굴이 동심원이 되어 점차 줄어들던 시야에 오직 심연 깊은 푸른 눈동자만이 남았다.

'사술이다!'

브리언 교에도 극악한 자들에게만 사용하는 심령술이 있었다. 마법사의 정신계 마법의 비슷한 효과를 내는 그 기술은 심지를 제압하여 강제적으로 머릿속에 저장된 정보를 꺼낸다.

요코치는 시크릿 가드 5개 대 중에 선임대장이다. 교를 위한다는 명목 아래 참으로 입에 담지도 못하는 인면수심의 짓거리들을 많이도 저질렀다. 물론 그 심령술을 사용한 적도 있었고, 능히 대처하는 방법도 잘 알고 있었다.

"흥! 그 방법을 나에게 쓰려면 백 년은 이르다."

말과는 다르게 마음은 급해졌다. 육체나 정신이나 많이 심약해진 상태여라 심령술에 당할 딱 좋은 조건이었다.

요코치는 두 눈을 질끈 감았다. 보지도 듣지도 않는 것이 한 방법이었다.

의식적으로 감추려 해서도 안 되고 머릿속을 말 그대로 백지장처럼 만들어야 한다. 꼭 숨겨야 할 정보는 무의식속에 묻어버리고 생각 자체를 아예 지워야 한다.

"브리언 교에 심령술이란 게 있다는 것도 몰랐다. 심령술이란 게 어떤 것이냐?"

요코치는 정신을 외부 세계와 차단하고 오직 성전의 한 장한 장을 머릿속에 그리며 암송했다.

"심령술은 영적 능력으로 피시전자의 영혼을……."

'헉! 말도 안 돼! 이럴 수는 없어!'

정말 이럴 수는 없었다. 입이 신체에서 떨어져 나간 것처럼저절로 열리고 말을 한다. 아무리 육신을 제압당해 개미 새끼한 마리 죽일 힘도 없이 약해졌다고는 하나 마스터의 경지에올랐던 자신인데…….

"영혼을 제압하는 것이 요체입니다. 정신력을 넘어선 극한의 공포가 정점에 달하거나 그와는 반대의 상황으로 쾌감이최고조에 올랐을 때, 타인이 침범할 수 없던 인간의 정신세계에 허점이 생깁니다. 그 틈을 파고들어……."

"내가 알기론 마법사들의 정신계 마법은 피시전자의 의지를 제압하고 언데드처럼 임의대로 움직이게 할 수 있다고 하던데, 심령술도 가능한가?"

"이론적으론 가능합니다. 시술자의 명령이 자신의 마음속에서 울리는 말처럼 들리기 때문에 스스로의 의지로 행동한다 여깁니다.”

요코치가 딱 그 심정이었다. 의지와는 상관없이 나불대는 주둥이를 꿰매 버리고 싶었다.

“다시 묻겠어. 투실바 왕가에 보낼 원정군 계획은 어떻게 되나?”

“현 상황으로는 브리언 교단의 개입은 회의적입니다. 제가 파견된 건 조안 왕의 개인적인 요청이었습니다. 북방 일통을 노리는 밀리언 연방은 교단의 힘을 빌리기보다는 만유 왕국을 조종할 것입니다.”

“브리언이 아니라 만유 왕국이 개입한다는 말이군.”

“공식적인 왕국의 요청이 있은 후입니다. 현 전세로 보아 만유의 개입까지는 생각하지 않고 있습니다.”

요코치는 말을 하다 보니 해도 상관없는 이야기가 아닐까 하는 생각이 들었다.

“군자금은?”

“만유 왕국 오드넬 지역의 신전에서 건네지나 자금의 출처는 연방 정부에서 나옵니다.”

“오드넬은 알폰소가 영주로 있는 곳이 아닌가?”

“그렇습니다. 이왕자 일파였다가 현 국왕인 올란도에게로 돌아선 인물입니다. 정보부에서는 그자 때문에 왕자들 간의 왕권 다툼이 5년은 빨리 끝났다고 분석했을 정도로 현재는 다섯 손가락 안에 드는 실력자로 성장했습니다.”

요코치의 마음은 한결 편해졌다. 말을 해도 상관없다를 넘어 이제는 정보를 알려주어야 할 것 같다는 의무감이 들었다.

"너는……."

"요코치, 요코치 디부로 너겟으로, 브리언 교의 태생지인 살론 지역의 영주인 너겟 공작 가문의 다섯째 아들입니다. 저는 장자 계승 원칙에 따라 공작 가문의 재산을 물려받을 수 없기에 교에 투신했으며……."

"됐어. 요코치, 너의 일신에 대한 이야기는 다음에 듣기로 하지. 이제는 조안 왕가의 사정을 이야기해 보도록."

"정보부에서 파악한 바에 의하면 왕실 원로들의 반발이 있으나 대세에 크게 영향을 미칠 정도는 아니옵고, 정부 내부에서도 왕의 힘에 눌려 대신들은 허수아비나 다름없습니다. 현 정부는 재상과 근위대장, 조안 왕 세 명이 주도한다 해도 과언이 아닙니다. 하지만 라미안 교의 저력이 만만치 않고 내전이 길어져 해를 넘겼으므로 숨을 죽였던 지방 영주들과 소외된 중앙 귀족들의 움직임이 있을 거라 예상합니다."

그 후로도 요코치의 이야기는 계속되었다. 크라우치는 때로는 호응하고 놀라기도 했으며, 가슴을 쓸어야 했다. 적대국에서 파악한 투실바의 내부 상태가 자신이 알고 있는 것보다 더욱 세밀하고 정확했다.

이야기가 길어질수록 점점 굳어가는 얼굴의 크라우치와는 달리 요코치는 열띤 모습이었다. 적대국의 기사가 아니라 애국심에 불타는 열사처럼 술술 풀어내는 정보로 인해 크라우치가 반응을 보이자 기쁨까지 느끼는 듯 보였다.

"흐음, 좋은 이야기 잘 들었네."

"감사합니다."

"이제 그만 자리로 돌아가게나."

요코치가 브리언 교의 황제를 대하듯 격식을 차리고 서슴없이 벽면으로 향하자 크라우치는 기사들을 불러 다시금 요코치를 결박하였다.

그리고는 손을 흔들어 보이며 고문실을 나갔다.

담담하던 요코치의 표정이 갑자기 허물어졌다. 입을 헤 벌리고 멍한 시선으로 굳게 닫힌 철문을 응시했다.

"내가 무슨 짓을 한 거야……."

탁자를 사이에 두고 크라우치와 대면한 기억이 마지막이었다. 정신을 차렸을 때는 결박당한 채였으며, 무언가 귀중한 것을 빼앗긴 것 같은 느낌을 털어낼 수가 없었다.

하지만 그는 그 후로도 똑같은 말을 수없이 뱉어냈고, 그때마다 머릿속이 비워지며 그 빈자리에 이질적인 것이 채워진다는 걸 인식하지 못했다.

"내가 무슨 짓을 한 거지?"

지하에 갇힌 요코치와 똑같은 말을 뱉어내는 사내가 있었다. 그런 상황을 만들어낸 장본인인 크라우치였다.

다른 점이 있다면 그의 발밑에는 김빠진 풍선으로 변한 시체가 놓여 있다는 점이었다. 품이 좁은 형태의 얇은 옷만 입고 있는 시체는 시크릿 가드의 일원이었다.

그는 요코치를 만나면서 심령술에 대해 흥미가 동했다. 자신도 타인의 마음을 조종하는 마인드 컨트롤 능력을 가지고 있다. 그 능력으로 굳게 닫힌 요코치의 입을 열었고.

마인드 컨트롤. 습득한 능력이 아니라 저절로 깨우친 능력이었다. 주어진 능력을 방치하는 것은 나태함이다. 갈고닦아야 한다는 게 그의 생각이었다. 그런 찰나에 심령술이라는 좋은 연구감이 생겼다.

마인드 컨트롤은 시야에서 피시전자가 벗어나면 풀려 버린다. 하지만 심령술은 정신 깊이 각인시켜 놓을 수 있다 했다. 그 차이점을 알고 싶었다.

타인을 마음대로 조종하는 기술을 대놓고 장로들과 연구할 수는 없었다. 알고자 하는 것은 알아야 하는 크라우치였다. 야음을 틈탈 수밖에 없었다.

신전 내부를 그 누구보다 잘 아는 그가 수감해 놓은 포로들의 감방에 잠입하는 건 어려운 일이 아니었고, 모든 능력을 폐한 포로들을 잠재우는 것도 손짓 한 번이면 되었다.

그중 한 포로를 골랐다. 먼저 마인드 컨트롤로 가벼운 신문을 하였다. 그저 '너는 내가 묻는 말에 답해야 한다' 라고 강한 의념을 전하는 일이다. 이들처럼 심신이 피폐한 자들이 아니라도 성 밖으로 뛰어내리라 명령하면 기사들조차 뛴다.

다음은 심령술을 시험해 봤다. 포로의 정수리에 손을 얹고 요코치가 알려준, 마치 노래를 부르는 듯한 주문을 외우며 강대한 내력을 끌어올렸다.

그런데 결과가 이것이었다. 이지가 제압당하기보다는 공포에 질려 부들부들 떨다 생명을 놓아버렸다. 요코치의 말에 의하면 이때가 정신세계에 틈이 생겼을 때라 했다. 이 시점에서 마인드 컨트롤처럼 강한 의념을 포로의 정신에 새기면 되는 것이다.

하지만 의외의 결과가 발생했다. 기다렸다는 듯이 포로의 생명력이 손을 통해 넘어와 버린 것이다. 막을 생각조차 할 수 없을 정도로 너무나 빠른 진행이었다.

크라우치는 공황 상태에 빠져 버렸다. 하늘이 허물어지는 느낌 속에 작은 쾌락이 일었다. 몸에 넘치는 강대한 힘 때문이 결코 아니라 생각했다. 세상을 다 가진 듯한 포만감도 절대 아니다.

그는 힘없이 고개를 떨구었다. 앙상한 뼈마디에 걸쳐 놓은 듯한 쭈그러진 피부가 눈동자에 인을 새기듯 들어왔다.

"이, 이! 개 같은 자식! 날 속였구나!"

이유는 한 가지밖에 없다. 요코치, 그가 사악한 사술을 가르쳐 준 것이다.

마인드 컨트롤에 걸린 자는 시전자에게 거짓을 행할 수 없다는 걸 크라우치는 싹 잊었다. 그는 결코 포로의 생명력을 원치 않았다. 아니, 1골드에게 모든 사실을 털어놓았을 때 그 능력을 저주하며 스스로에게 다시는 사용하지 않겠다고 맹세를 했었다.

분노에 가득 찬 크라우치는 당장 요코치를 찾아가 살을 조각조각 져며 설원에 뿌리려 하다 멈칫 했다. 그리고는 고개를 돌렸다.

'살려야 하는가?

짧은 순간, 많은 질문을 스스로에게 던졌다. 최선의 해답은… 라미안과 브리언은 결코 같은 하늘을 이고 살 수 없다.

그가 손짓을 하자 앙상한 시체는 허공에 떠오르며 공간이 잠식하는 것처럼 흔적도 없이 사라졌다.

다음날 아침, 눈을 뜬 크라우치는 오랜만에 숙면을 취한 듯 행복감이 밀려들었다. 잠자리에 들기 전에 머리끝까지 차올랐던 화도 많이 누그러진 상태였다.

기지개를 쭉 켜곤 가볍게 침대에서 일어나 창가로 향했다. 지긋지긋하기만 하던 산야를 뒤덮은 순백이 오늘은 포근함으로 다가왔다. 분명 어제와 똑같은 세상이건만 달라 보였다.

"신도들의 사기 진작을 위해서라도 사형 집행식을 치러야 하는데……."

잠들기 전까진 아침에 일어나면 부리나케 브리언의 악졸들의 사형을 집행하려고 마음먹었었다.

“그자들에게 더 캐낼 정보도 많고… 요코치의 상태를 봐서
는 쓸모가 많을 것도 같고… 골드도 회유하라 했으니 조금만
더 지켜볼까?”

Chapter 8

흐르는 강물처럼

2층 갑판에서 스쳐 가는 강변을 바라보는 시선에는 감회가 묻어 나왔다.

갑작스레 변한 환경 탓도 있겠지만, 에티우스에 접어들었을 때부터 마치 고향에 돌아온 듯한 편안함이 느껴졌다.

강산이 한 번 변한다는 십 년의 세월이 고스란히 묻혀 있기도 했고, 뗄래야 뗄 수도 없는, 아니, 그러고 싶지도 않은 여러 인연들이 얼킨 장소이기도 했다.

1골드는 후덥지근한 공기를 듬뿍 들이마셨다. 축축하다 못해 끈적거리기까지 한 눅눅한 공기가 그리 상쾌할 수가 없었다.

추위와 눈밖에 기억이 나지 않는 북방의 대지에서 모든 미련을 털어버렸다. 이제 남은 건 좋은 인연들과 만들어갈 미래를 그리는 일이다.

밑그림은 어느 정도 그려놓았다. 변화에 필요한 완벽한 세상을 꿈꾸는 아름다운 이상주의자도 있었고, 이상을 잘 다듬어 현실로 바꿀 자신도 있었다.

언젠가 두 번이나 죽어서 이계에 온 이유를 생각해 본 적이 있었다. 불쌍한 인생 한 번 더 살아보라고 보냈을지도 모른다는 우스운 생각이 들기도 했다. 하늘 꼭대기에서 거만하게 내려다보는 높으신 양반들이 장난삼아 돌을 던져 본 것일지도 모르고.

여하튼, 한 인생을 사는 것은 자신이다. 뜻한바 원 없이 살다 갈 작정이었다. 일렁이는 물결까지도 기분 좋게 느껴졌다.

에티우스 강을 빠르게 가르는 배는 이층 갑판의 쌍돛 범선으로, 폭이 10미터에 길이가 35미터인 내외해 겸용 상선이었다. 스캇 상단의 배로, 선장이 스물에 달하는 선원을 지휘하며 이끄는 쾌선이다.

상단에서 운용하지만 실제로는 군선으로 만들어져 선수와 양측 현에는 불화살을 날릴 수 있는 대궁인 발리스타가 장착되어 있고, 수군 80명을 태우고 무기만 보충된다면 두 달 동안 바다 위에서 수상전을 벌일 수 있게 설계되었다.

하염없이 강바람을 맞고 있는 1골드에게 봄멜이 다가왔다.

배는 거침없이 우탕카로 달려가는 중이었다.

"유진아, 반나절이면 도착할 것이다. 어떠냐, 오랜만에 본 에티우스가?"

"좋습니다. 저 거목에서 아나콘다가 튀어나와도 반가울 것 같군요."

"끌끌, 그런 일은 없을 거다. 그 불쌍한 녀석들은 욕심 많은 악덕 상인놈들한테 다 잡혀 가죽이 홀딱 벗겨졌거든. 늪에 넘치던 악어도 요즘은 씨가 마를까 봐 보호를 받을 정도야."

우탕카를 떠나 시네르아를 거쳐 투실바로 다시 돌아오는 데 2년이 걸렸다. 길지 않은 시간에 많은 변화가 있었다.

스캇 상단은 제국의 수도에 입성해서 지금은 주목받는 신흥 상단의 하나로 자리를 잡았고, 후작이 된 칸야는 명실공히 시네르아의 실력자로 자리를 굳혀 위렌 공작을 밀어내고 아즈빌 인의 지도자 역할을 하고 있었다.

그들이 찾아가는 우탕카 또한 벽촌에서 탈바꿈해 시네르아의 중심지인 샤오스를 바짝 추격하는 경제권을 형성했다.

"다 털고 왔느냐?"

1골드를 보자마자 묻고 싶었던 얘기를 봄멜은 도착할 때 즈음에야 거론했다. 예전 같으면 다짜고짜 멱살이라도 잡고 캐물었을 일이지만, 대마법사조차 가늠할 수 없는 1골드의 범상치 않은 변화가 제자를 떠나 한 명의 초월자로 대우하게 만들었다.

"다 놓았다면 거짓이지요. 확실한 건… 과거는 묻고 왔습니다."

"허허허, 녀석, 현자나부랭이마냥 말을 하는구나. 닭살이 확 이는 걸 보니 이제 너랑은 그만 놀아야겠다. 옛날의 귀엽던 맛이 싹 사라졌어. 이거야 원, 중늙은이를 대하는 것 같으니. 쯧쯧쯧, 조지 녀석이랑 노는 게 낫겠군."

"조지라면… 제후 말입니까?"

"갓 스물을 넘은 녀석이 누구랑은 다르게 애가 셋이나 되는 아저씨인 데도 얼마나 살랑거리는지. 칸야 녀석은 영지를 일군다, 어쩐다 하며 낯짝 볼 시간도 없고, 앵앵거리던 모기떼도 지아비를 쫓아가고. 그래도… 홍홍홍, 요즘은 그놈 가르치는 재미에 산다."

큰일을 치른 후 헤르반은 몰라볼 정도로 달라졌다. 과거의 연약했던 모습은 찾아볼 수 없었다. 어린 그에게 황실 마법사인 레티아가 마법을 배울 재목이 아니라며 두 손을 놓았던 이력이 있지만, 지금은 봄멜에게 기재를 빼앗겼다며 탄식할 정도로 헤르반의 정신력은 강해져 있었다.

1골드는 그 이유를 짐작할 수 있었다. 자신이 과거에 겪었던 영적 체험으로 초자연적 능력을 개발하게 된 것처럼 헤르반의 정신력이 몰라보게 향상되었을 것이다. 서로에게 좋은 일이다.

하늘이 무너져도 웃으면서 넘길 수 있을 정도로 단련된 1골드도 우탕카의 발전된 모습 앞에는 감탄성을 자아냈다.

떠날 당시보다 포구는 적어도 두 배 이상 확장되어 있었으며, 계획된 도시답게 넓은 도로망에 줄을 그어놓은 듯 반듯하게 올라간 건물들이 빼곡하게 들어차 있었다.

곳곳에 솟은 굴뚝에서 허연 김을 뿜어내는 것이 현대화된 산업 단지를 보는 듯했다. 그뿐만이 아니다. 바삐 움직이는 행인들의 얼굴엔 노고에 지친 기색보다도 무언가를 이루겠다는 열정이 가득했다.

1골드는 가슴이 설레였다. 자신이 원하던 모습이 바로 이것이다. 아이온을 내 세상이라 여기자 처음 들어온 것이 시든 화초처럼 살아가는 사람들의 힘없는 모습이었다. 그들에게선 미래에 대한 희망도, 살고자 하는 의욕도 없었다. 그저 하루하루를 죽지 못해 산다고나 할까.

그 이유는 알고자 하지 않아도 알 수 있었다. 1년 동안 뼈 빠지게 농사를 지어봐야 창고엔 겨우 입에 풀칠할 양식밖에 남지 않는다. 하루하루를 연명하며 겨우 목숨을 보전하는 게 전부였다. 오죽했으면 자식을 식량과 바꾸고 아비가 딸자식을 사창가에 팔겠는가.

'1골드.'

그렇게 생긴 이름이었다.

마법학에서는 마나로 이루어진 물질에게 시동어, 즉 이름을 불러주었을 때 비로소 존재 가치가 부여되어 하나의 사물이 완성된다고 한다.

거대한 마나 덩어리가 있어도 가치를 부여하지 않으면 그저 마나일 뿐이다. 걷다 발에 차이는 돌멩이보다 못한 에너지 덩어리에 지나지 않는다. 하지만 존재 가치를 부여하면 억만금의 값어치가 나가는 보석이 될 수도 있고, 수백의 생명을 살릴 수도 있다.

인간들은 은연중에 그 사실을 인지하고 있어 자식의 이름을 짓는 데 노고를 아끼지 않는다. 현대에서는 큰돈을 들여서 좋은 이름을 받기도 하고, 아이온에서도 미들 네임에 명성을 떨친 선조의 이름을 넣는다.

타인이 불러줘야 이름이고, 그렇게 불리면서 인간이 사회에서 살아가는 존재 가치를 부여받는다.

1골드는 '1골드' 란 이름으로 불린다. 4인 가족이 보름을 살 수 있는 금전을 나타내고, 누런 광채가 나며 희소성으로 값어치를 매길 수 있는 물질을 나타내기도 한다.

더불어 현 사회의 모습을 반영하는 이름이기도 했다.

'이것도 인과의 고리인가?

투실바의 일로 인해 흐렸던 머리까지 맑게 개였다. 모든 근심이 사라지고 활기찬 우탕카 인들의 모습이 가득 들어왔다.

퍼덕이는 생선을 두고 목청 높여 흥정하는 상인들, 작업장 사이를 뛰노는 아이들을 혼내는 아낙들, 구릿빛 피부에 흐르는 땀방울을 닦을 정신도 없이 하역 작업에 열중인 인부들, 시장통처럼 정신없는 틈을 타 행인의 품속을 노리는 치기배들까지. 저마다의 삶에 열중한 모습이다. 사진처럼 선명하게 한 컷 한 컷 그의 뇌리 속에 저장되었다.

1골드와는 다른 감상에 젖어 있던 봄멜은 그 모습을 보고는 흐뭇한 미소를 머금었다. 주변을 돌아볼 틈도 없이 바삐 살던 1골드가 일상적인 백성들의 모습에서 눈을 떼지 못하고 있었다.

대마법사에 오르고서야 알았다. 경지에 오르기 위해 골방에 틀어박혀 책만 파서는 결코 성취를 이룰 수 없다. 사람들 틈에서 이리저리 부딪치며 살아야 인간다운 것이다.

"아무래도 에티우스에 마탑을 세우려던 계획을 변경해야겠어. 우탕카가 제격이야."

입술을 삐죽 내밀고 들어온 칸야는 속사포처럼 말을 쏟아부었다.

"내 이 뱀파이어만도 못한 빈대자식들을 언젠가는 싹 잡아 죽여 버릴 거야. 지들이 뭐 난 놈들이라고 수백의 목숨을 달라 말라야! 썩을 것들. 제 배에 낀 기름끼만으로도 수천은 먹일 수 있겠다."

"후작님, 가신 일이 마음에 들지 않으셨나 봅니다."

"사즈! 형 앞에서는 후작이라 부르지 말랬잖아!"

머리를 긁적인 사즈가 수북이 서류가 쌓인 책상으로 고개를 박았다.

"하하, 어떤 놈이 감히 우리 칸야를 열 받게 했나?"

기다렸다는 듯이 상체를 세운 칸야가 1골드에게 바짝 다가섰다.

"형, 그게 말이야. 보름 전에 인근 영지에서 농노들이 넘어왔는데, 영주 새끼가 병사들을 보냈어."

"네 영지에? 그래서? 잡혀갔니?"

"누가? 농노들? 미쳤어, 병사들을 아작 내서 돌려보냈지. 싹 죽여 버릴까 했는데, 제후 입장도 있고 해서 봐줬어. 그런데 이 영주 새끼가 농노를 주지 않을 거면 돈을 달라는 거야. 명당 1골드 50실버로 계산해서."

칸야의 흥분한 모습을 1골드는 사랑스럽게 바라보았다. 지하실 구석에 숨어 세상에서 도망치던 아이가 제 백성을 아끼는 군주가 된 것이다.

"당연히 싫다고 했겠고……."

"당연하지. 지 새끼가 잘해줬으면 나한테 도망 왔겠어? 그 개자식은 영지 처녀들을 다 건드린 놈이야. 더러운 놈."

"후작한테 덤빌 자는 그리 많지 않을 텐데?"

"형은 모르겠구나. 제국 해군 제1함대장 토티 공작이 알라모에 내려왔어. 박쥐 할머니가 뒈지고 레티아님이 돕는 제후가 시네르아의 전권을 장악해 나가고 있었는데, 황제가 공작을 내려보냈지."

"견제 세력을 만들었겠군."

"크큭, 위렌 공작, 그 자식도 그리 붙었어. 약삭빠른 놈이야."

"그자의 기반이었던 아즈빌 인들이 네 휘하로 들어왔으니 제 깐에는 살길을 찾아간 거군."

"에이! 재미없어. 한마디만 꺼내면 다 알아듣네. 그래, 뒤에 그자들이 있어서……."

느긋하게 소파에 몸을 기댄 1골드가 말을 잘랐다.

"칸야야, 네가 하고 싶은 대로 해."

"물론 나야 그러고 싶지. 붙어도 전혀 꿀릴 게 없거든. 그런데 제국 법전을 들먹여서. 농노는 영주의 재산이잖아. 내가 강도가 된 거지. 개자식들, 사람을 물건 취급하다니."

"법 위에 있는 것이 뭐냐?"

"응?"

"법 위에 귀족이 있지. 귀족 위에 있는 것은 힘이고. 제국 법전에 따르면 그 농노들은 제 발로 굴러 들어온 재산이잖아."

"그건 그래. 내가 훔쳐 온 건 아니니까."

"어떤 귀족도 제 안마당에 들어온 재물을 돌려줄 바보는 없어. 물건 단속 못한 건 제놈 책임이고. 가져갈 수 있으면 가져가라고 해. 아니면 왔을 때처럼 제 발로 나갈 때까지 기다리라고 하던가. 병사를 보내면……."

"흐흐흐, 형은 가끔 칸야를 무시하는 경향이 있어."

"원칙적으로 영주들 간의 싸움에 제국이 끼어들 수는 없지. 뭐, 뒷구멍으로 도와주기야 하겠지만 그때는 압도적인 힘의 차이를 보여주면 모든 게 끝나는 거지. 아마 제후도 좋아할 거다."

칸야는 빙긋 웃었다. 1골드와 대화를 나누면 속이 시원해진다. 마음을 훤히 들여다보는 것처럼 원하는 답을 해주는 것이다.

한 지역을 다스리는 지배자의 위치라는 건 여간 골치가 아픈 것이 아니었다. 무엇 하나 하고자 하면 감자 뿌리처럼 얽히고설킨 이해관계가 주렁주렁 달려온다. 영지의 향토 세력뿐만이 아니라 중앙 귀족의 눈치까지 봐야 했다.

"형, 그리고 말인데……."

칸야는 그런 애로 사항을 미주알고주알 늘어놓았다. 1골드는 언제나 그렇듯이 묵묵히 얘기가 끝날 때까지 듣고는 한마디를 내놓았다.

"싹 갈아."

"엥? 뭔 소리야? 걸리적거리는 것들을 다 치우란 소리야? 나도 그러고 싶긴 한데……."

"내부부터. 네 얘길 들어보니 토호 세력들을 힘으로 눌러놓고 있는 것 같은데, 그럼 얼마 못 가지. 상처가 곪아 속부터

썩어 들어가. 흐음, 먼저 땅부터 거둬들여. 영지는 다 영주 거
니까 돈을 주고 사든 네 맘대로 빼앗든."

"난리가 날 텐데."

"순식간에 이마빡에다가 '영주의 권한으로 새로 토지 정
리를 한다' 하고 서류를 한 장 붙이고, 다시 돌려준다 하고는
입 싹 닦는 거지."

귀가 엘프처럼 변한 사즈가 입을 헤 벌리고 1골드를 쳐다
보았다. 강도도 저런 날강도가 없었다. 가신들에게 분배된 봉
지는 군신 간 계약의 증표이다. 봉지를 빼앗는다는 건 군신의
관계를 끊겠다는 의미와 다를 바 없었다.

"거기서부터 시작해. 간단하게 말하면, 이제부터 영지의
모든 재산을 내가 직접 관리하란 말이야. 도로 보수하는 데
들어가는 동전 한 닢까지 몽땅. 우탕카를 벤치마킹해."

"베, 벤치… 뭐?"

"…10년 전에 비하면 백 배는 커졌을 거다. 강변을 따라 인
근 도시들도 생겨나고. 한데 사즈가 모두 관리하지?"

그러면서 눈치를 보고 있는 사즈를 불러 앉혔다.

"그곳에 파견을 보낸 우리 병사와 도시를 관리하는 자들
또한 마찬가지. 이곳은 원래 귀족이 없는 벽촌이었고, 들어오
는 귀족들을 차단했으니 가능한 일이었지만."

이후 기나긴 말을 꺼내놓았다. 결론은 분산된 권력을 중앙
으로 모으라는 것.

"힘들긴 하지만 영주민 모두가 일사불란하게 움직이려면
지금은 그 방법이 가장 좋아. 그리고 날 때부터 귀족과 우리
는 달라."

말을 하면서 머리를 톡톡 두드렸다.

"이 안에 든 게 천지 차이라는 소리야. 서로 바라보는 세상
이 다르니 같은 문제를 놓고도 다르게 해석해. 단기간에 변화
시키기는 어려우니 수족처럼 부릴 강제적인 방법을 찾던가,
무대에서 물러나게 만들어야지."

그날 저녁, 사즈의 집무실에는 실질적으로 우탕카를 발전
시킨 봄멜과 봄멜의 제자 안도르, 반 일족의 주요 인사까지
모두 모였다.

1골드는 회포를 풀기도 전에 골머리를 싸매게 만드는 여러
안건을 풀어놓았다.

첫째는 반 일족의 처우였다. 인간 세상에 깊숙이 관여를 했
다지만, 아직도 그들은 이방인이다. 훗날은 그 누구도 기약할
수 없었다. 그래서 1골드는 문서화시키기로 마음먹었다. 스
왈츠 가의 이름을 등에 지고 사는 자는 반 일족을 보호해야
한다는 골자였고, 서명하는 부분에는 봄멜도 흔쾌히 이름을
남겼다.

두 번째는 비대해진 우탕카의 개선과 향후 계획이었다. 이
부분은 짧은 시간에 해결할 수 있는 문제는 아니었으나 기본

적인 골자는 세웠다. 중앙집권형. 우탕카와 칸야의 영지인 설빈 지역은 차후 토지를 가진 가신인 봉신의 개념이 사라질 것이다.

이어진 안건은 제후와의 관계였다. 현재의 위치는 제후를 받치는 기둥 중 하나다. 이 부분에서는 이견없이 현 상태를 유지하기로 뜻을 모았다.

다음은 가장 중요한 1골드의 문제였다. 그들은 모두 1골드를 중심으로 뭉친 인사들이라 절대 간과할 수 없는 문제였다.

"우리가 투실바로 갈까?"

1골드가 고개를 저었다. 개인적인 일에 굳이 기반을 잡은 그들을 데려갈 수는 없는 일이다.

"얘기 들었다. 좋은 여자를 만났다고?"

칸야의 얼굴이 붉어졌다. 칸야는 이제 막 성년이 된 안드레이의 딸과 한창 열애 중이었다.

"스승님, 떠나기 전에 칸야의 결혼식을 보고 싶군요."

"너부터. 마누라가 셋이나 있는데 결혼식은 한 번도 안 했지. 게다가… 조지가 제 누이를 너한테 보내겠다고 하더구나."

"네에? 제후가 누이를요? 혹 시네르아에서 제일 아름답다는 그 헤르디아 공주 말인가요. 황제도 군침을 흘리고 있다던데……."

칸야가 반색하고 끼어들며 1골드의 눈치를 보았다. 인연을 많이 만들어놓으면 놓고 가기가 힘들어지고, 간다고 하더라고 반드시 돌아오게 되어 있다. 겉보기에는 냉막해 보이지만 누구보다 정이 많은 사람이란 걸 그는 안다.

"셋도 많습니다."

"쯧쯧, 조지는 열이 넘는다. 그리고 다른 사람도 생각해야지. 네가 제후가와 인연을 맺어놓으면 우탕카도 칸야도 훨씬 일을 해나가기가 쉬워질 거야."

"…갔다 와서 생각해 보죠. 스캇!"

"예? 옛! 주군!"

"진행 사항을 말해보도록."

"아, 예. 주군의 명령을 받고 발에 땀나게 준비를 하고 있습니다만, 그 정도 수량이면 적어도 6개월은 필요합니다. 군수물자는 관에서 철저히 통제를 하고 있기 때문에……."

"4개월, 4월 말까지는 내 손에 들어오게 만들어."

반론의 여지도 없다는 듯이 말을 잘라 버린 1골드가 한편에 놓아두었던 종이 뭉치를 건넸다.

"오면서 몇 가지 적어놓은 건데 한번 살펴봐."

"이건… 무기… 인가요?"

"그라노프, 간만에 몸 좀 풀까?"

지루한 회의에 오만상을 찡그리던 그라노프가 벌떡 일어섰다.

"하하하, 이제나저제나 기다리다가 속이 시커멓게 탔습니다. 먼저 내려가서 준비하겠습니다.”

신께 기도를 올리는 시간이다.

일찍 기도를 마친 크라우치가 상좌에 올라서서 눈을 가늘게 떴다. 대전에는 틸트를 낭송하는 소리로 가득했지만 그에게는 하나도 들리지 않았다. 그는 무릎을 꿇고 두 손바닥을 가슴에 댄 자세로 신성력을 수련하는 신관들의 모습을 눈에 담았다.

“흐음.”

각자의 몸에서 방출하는 제각각의 오러가 한눈에 보인다. 일정한 흐름이 있는 반면 불안하게 흔들리는 자들도 있었다. 집중력의 문제일 것이며, 가진 재능의 차이다.

그는 뒷열에 있는 한 사내를 눈여겨보았다. 왈카의 눈이 놓인 신상에 가까운 앞열일수록 지위가 높은 신관들이 자리한다. 저 위치면 하급 신관이다.

하지만 오러의 색은 상급 신관만큼 짙었다. 갖춘 능력은 상당한데 제대로 활용하지 못한다는 뜻이다.

크라우치가 더욱 정신을 집중했다.

‘흐름이… 일정하지가 않다.’

어떤 장애물이 있는지 중간 중간에 끊어지는 듯한 느낌을 받았다. 그 흐름만 이어준다면 능력을 십분 발휘할 것 같았다. 크라우치가 깊은 상념에 빠져들었다.

한 시간 후, 크라우치는 그 사내와 마주했다.

"이름이 무엇이냐?"

"안토니라 하옵니다. 신의 사랑을 한 몸에……."

"그만. 아무 짝에도 쓸모없는 미사여구는 사용치 말라 일렀는데 교제들이 일에 태만하구나."

교제는 하급 신관들을 관리 감독하는 신관들을 의미한다.

"아, 아니옵니다. 제가 긴장하여……."

"알았다. 교제들을 문책하진 않으마. 그보다 입관한 지는 얼마나 되었나?"

"12년이 되었습니다."

"호오! 그런데 아직도 일반 사제 직에 머물고 있다고?"

보통 7, 8년이면 초급을 넘어선다. 그에 비하면 안토니는 상당히 늦은 편이었다.

"제가 불민하여 교황 폐하께 누를 끼치고 있습니다."

"흐음, 좋지 않아."

먼발치에서만 존경의 염을 담아 우러러보던 크라우치를, 그것도 부름을 받아 첫 대면한 자리였다. 안색이 새파랗게 질린 안토니는 하늘이 무너지는 심정이었다. 마른침을 삼킨 그는 크라우치에게 심려를 끼친 자신을 자책하며 땅을 파고 들어가고 싶었다.

"내가 자네를 좀 살펴보고 싶은데, 괜찮겠나?"

안토니는 목이 부려져라 고개를 치켜들었다가 화들짝 놀라 몸을 낮췄다.

"어찌 소인같이 하찮은 자에게 그런 광영을!"

"모두가 다 신의 종일세. 하찮고 귀하고가 어디 있겠나? 자네의 수련하는 모습에서 흥미를 느낀 것뿐이네. 부담 갖지 말게나."

"가, 감사합니다."

안토니는 솟구쳐 오르는 감격에 눈물을 흘렸다. 아무리 기도를 올리고 신을 애타게 찾아도 제자리걸음이었다. 성전을 이해하지 못해서도 아니고, 오히려 이론만큼은 동기들보다 더욱 박식했다. 그는 자질 탓이라 여겼다. 신의 사랑을 그만큼만 받은 것이다.

범인도 신관의 축복을 받으면 건강함을 되찾고 잔병치레를 하지 않는다. 하물며 교황의 축복을 받는다면 무슨 일이 생길지 상상도 할 수 없다.

얼굴을 굳힌 크라우치는 무릎 꿇은 안토니의 앞에 섰다. 처음 행하는 일이고, 잘못하면 아까운 젊은 인재 하나를 죽일 수도 있는 일이다.

"휴우!"

크라우치는 안토니의 머리 위에 한 뼘 정도 떨어진 허공에 손을 올려놓고는 눈을 감았다. 손바닥에 싸한 느낌이 전해진다. 안토니가 발하는 오러, 즉 1골드가 알려준 기체가 자신의 공간에 침범하는 외세에 저항하는 것이다. 위기의식을 느꼈는지 그 기세가 꽤나 격렬했다.

크라우치는 정신력을 개방했다. 그의 몸에서부터 눈에 선명히 보이는 불꽃 모양의 은은한 빛이 흘러나왔다. 보이지도 않는 안토니 오러와는 비교 자체가 되지 않는다.

곧 크라우치의 오러가 안토니를 잠식해 들어가고 안토니의 기체가 순환을 멈추었다. 그 순간 안토니는 상상도 할 수 없는 어마어마한 고통을 받았으나, 정말 느꼈을까 싶을 정도로 찰나지간에 스쳐 간 일이었다.

이어 혼이 육신에서 쑥 빨려 나가는 듯이 몸이 붕 뜬 느낌이었다. 그리고는 엄마의 자궁 속에 들어가 있는 것처럼 편안함이 밀려들었다.

기체 흐름의 재배치가 힘든 일이긴 했다. 불안전한 흐름을 멈추고 의도한 방향으로 재순환하게 만드는 일, 하루 동안 쓸 정신력을 한순간에 소모시키는 일이었다. 식은땀으로 등이 축축하게 젖은 크라우치는 묘한 희열에 몸을 떨었다.

가진바 잠재력을 최고조로 끌어올려 십분 발휘할 수 있게 만들어주었다. 이 안토니라는 하급 신관은 5분도 되지 않는 순간에 15년의 벽을 넘어 상급의 경지에 올라섰다.

현기증이 일어난 크라우치는 비틀거리며 내던져지듯 자리에 앉았지만, 안토니는 기도 중에 신을 만나는 기연을 얻은 상태처럼 자신만의 세계에 빠져 있었다.

자신감을 얻은 크라우치는 연이어 눈여겨봐 두었던 호위 기사 두 명을 더 불러들였다. 반 시간이 흐른 후 교황의 응접

실에는 세 명의 사제가 그들만의 세상에 빠져 있었다.

호위 기사들에게 그들을 호위하라 명하고 처소로 돌아온 크라우치는 일시에 전력을 강화할 수 있는 방법을 찾았다는 기쁨을 만끽할 사이도 없이, 무언가 텅 비어 버린 것 같은 빈곤감에 심한 갈증을 느꼈다.

뇌세포가 모두 굳어버렸는지 멍한 상태로, 심지어 말조차 제대로 나오지 않았다. 수전증에 걸린 환자같이 덜덜 떨리는 손으로 머리를 움켜쥐었으나 고통은 사라지지 않았다. 그때 비릿한 액체가 입술을 적셨다.

"이, 이건……."

시커멓게 죽은피다. 자신의 피를 본 게 얼마 만인지 기억도 나지 않는다. 흥분해서 너무 무리를 했나 보다. 기력을 회복하면 나아질 거라는 생각에 두 손 모아 성전을 암송했으나 타는 듯한 갈증은 심해져만 갔고, 폭설 속에서도 의연했던 몸이 사시나무처럼 떨렸다.

"으으으!"

참을 수 없다는 듯 벌떡 일어서서 빠르게 주변을 훑었다. 일정한 방위에 포진한 호위들의 기척이 느껴졌다. 고통을 억누르며 크게 숨을 들이쉬었다.

역대 교황의 초상화가 걸린 벽면에 그림자처럼 달라붙어 빠르게 입을 놀리자 스르르 벽면이 갈라지며 시커먼 비밀 통로가 모습을 드러냈다.

크라우치는 잠시 망설이는 듯하다가 어금니를 깨물었다. 현 상황을 타개하기 위해서라면 무슨 짓이라도 할 준비가 되어 있었다. 흔들리는 신형이 곧 동공 속으로 사라졌다.

이리저리 오가다 보니 어느새 한 달이 훌쩍 지났다. 우탕카는 사시사철이 여름이라 날씨의 변화를 느끼지 못하지만 투실바는 막바지 추위가 한창일 것이다.

때는 3월 중순, 떠나야 할 시간이 다가왔다.

우탕카는 축제가 한창이었다. 명산품이 된 가죽을 알리는 의미로 가죽 축제라 명명했지만, 사실 1골드의 귀향을 계기로 주민 화합의 장을 마련한 것이다.

춤과 노래처럼 축제에서 빠질 수 없는 것이 있으니, 바로 무투회였다. 기사들은 갈고닦은 실력을 뽐내며 영주에게 신임을 얻고 백성들은 자신들을 보호하는 지배자의 힘을 확인한다. 잦은 영주 간의 다툼이 있는 시대였다. 영주의 강력한 무력은 곧 영주민들에게 안정과 평화를 가져다준다.

그런 면에서 우탕카의 주민들은 이번 축제를 환호했다. 상금을 노리고, 기사 수련 중인 자유기사들이 많이 참가했으나 결선에 오른 8명 중 7명이 스왈츠 가문의 기사였다.

흡족해하기는 1골드도 마찬가지였다. 크라우치의 일로 죄송함을 털지 못한 유진에게 가문의 발전된 검술을 선보인 것 같았기 때문이다.

특히 두드러진 발전은 반 일족들이 보였다. 인간들에 비해 수련 시간이 몇 배나 길고, 천성적으로 무력을 숭상해 개개인의 능력이 뛰어났어도 고인 물과 같이 침체되어 더 이상의 발전이 없던 그들이었다.

하지만 인간과 섞여 살면서부터 변화가 찾아왔다. 오백 년을 사는 엘프와 백 년도 살지 못하는 인간. 그런데 단기간에 자신들의 수준에 오른 인간들을 많이 보았기 때문이다.

자존심이 상할 일이었다. 그 때문인지 인간들을 무시하던 성정도 조금씩 사라져 가고 있었다.

결승전에서는 무투장에서 번쩍이는 섬광에 포구의 인부들까지 일손을 놓았다는 말이 전해질 정도로 대단했다. 소드 마스터끼리의 대결, 루슬란과 그라노프의 뒤를 이을 인재라는 평을 받는 알렉의 대결이었다.

우승은 귀 없는 엘프 루슬란이 차지했다. 밀림의 마을에 있을 때는 상상도 하지 못했던 일이다. 루슬란은 반 일족 전사들 중 열 손가락 안에 끼지도 못했었다.

하지만 1골드를 따라 전방에 나서 실전 경험을 많이 쌓았고, 자존심의 상징인 귀를 잃어 절치부심 노력한 대가였다.

다음날, 1골드는 무투회의 상위 랭커들을 불러 모았다. 스무 명 중 셋에 하나는 인간이었다. 인간들 중 가장 뛰어난 자는 누구나 인정하는 피치였다. 아즈빌 인 중에서 사즈 다음으로 가장 먼저 스왈츠 가의 무사가 된 자로, 족장의 아들이기도 했다.

이 자리에서 그는 그랜드 마스터에 올라 얻은 심득을 전했다. 스왈츠 가의 무술을 바탕으로 현세와 반 일족의 무술이 녹아든 그만의 독특한 무공이었다.

1골드는 만족했다. 유진이 그토록 바라던 스왈츠 가의 검술이 완성된 것이다. 이제 그가 죽더라도 스왈츠 가의 이름은 언젠가 다시 한 번 대륙을 울릴 것이다.

그의 바람은 오래가지 않아 실현되었다. 한 지역에서 벌어진 무투회의 결승이 소드 마스터끼리의 대결로, 그것도 한 가문의 기사들끼리의 대결이라 소문은 삽시간에 퍼졌다.

시네르아를 떠나 제국의 어느 가문도 스왈츠 가를 무시하지 못할 것이다. 알려진 소드 마스터만 3명을 보유한 막강한 무가였기에.

흔들리는 물결에 몸을 맡긴 1골드는 평지에 서 있듯 편안해 보였다. 노 젓는 사공도 없이 역류를 거슬러 오르는 조각배의 모습은 물길을 아는 사람들이 보았다면 제 눈을 의심하며 놀라 자빠질 일이었다.

1골드는 시선을 돌려 야밤에도 불이 꺼지지 않는 포구를 바라보았다. 보기 좋은 모습이다. 길어야 5년이라 못을 박긴 했지만 사람의 앞날은 기약할 수가 없다. 더 빨라질 수도, 영영 돌아오지 못할 수도 있다.

달마저 가린 야심한 시각에 도망치듯 떠나는 이유이기도 했다. 이제야 자리를 잡기 시작한 그들을 전쟁터로 데려가고 싶지는 않았다. 그것도 환영받지 못하는 곳으로. 아쉽긴 했지만 반 일족과의 인연은 그들의 자립을 위해서도 당분간 접는 편이 나으리라.

갑판에 올라선 1골드는 잠시 주춤했다. 챙이 긴 모자를 쓴 흑의인들이 그를 기다리고 있었다. 고개를 슬슬 저은 그가 그들 사이를 지나치며 어깨를 두드렸다.

"너희들을 돌보지 못할 것이다."

흡의 얼굴에 흰 줄이 그어졌다.

"나이는 저희가 주인님보다 열 배는 많습니다."

"심한 모욕을 받을 것이다."

"이미 겪은 일로 단련이 되었습니다. 참기 힘들 때는… 죽이지는 않겠습니다."

고개를 끄덕인 1골드가 발을 떼어 상대적으로 왜소한 흑의인의 앞에 섰다.

"어떻게 알았어?"

입술을 삐죽 내민 알로나가 강변으로 시선을 던졌다. 나무 꼭대기에 환상처럼 서 있는 사람이 있었다. 강퍅한 인상에 후덕함이 더해진 봄멜이었다.

"씨를 받기 전에는 돌아오지 말라 하셨어요. 강한 놈으로요."

“…….”

갈리나는 민망한 얼굴로 고개를 숙였고, 아이를 가질 수 없는 수진은 속내를 알 수 없는 무표정이었다.

“들어가자. 갈 길이 멀다.”

끊을 수 없는 인연도 있었다. 크라우치처럼.

“어떻던가?”

주드로는 믿을 수 없다는 듯 상기되어 있었다.

“제 눈에도 완벽히 개종한 듯 보였습니다. 일주일 동안 한시도 눈을 떼지 않고 감시를 하던 사제들의 보고도 일치합니다. 식사도 하는 둥 마는 둥 틸트에 빠져 하루 종일 낭독을 하고 있다 합니다.”

크라우치가 그것 보라는 듯 프랭크를 쳐다보았고, 주드로가 말을 이었다.

“하지만 믿음이 가지 않습니다. 한평생 세트피를 받들던 자가 한순간에 개종을 한다고는…….”

“저도 수석 장로님과 같은 생각입니다, 폐하. 시크릿 가드들은 브리언을 위해서라면 가족의 목도 바칠 수 있는 자들입니다. 개종한 모습을 보여 안심을 시키고 흉중에 악계를 꾸미고 있을지도 모릅니다. 또한 그런 자에게 부하들을 맡길 수는 없습니다.”

“후후, 천신장은 부하이지만 난 목이라네.”

“…….”

“요코치도 어려운 결정을 내렸어. 그의 결정을 존중해 주어야 하지 않겠나? 비록 적이지만 내가 인정한 사람이야. 결심을 보이기 위해 사지로 뛰어들려 하고 있고.”

“하지만…….”

크라우치가 손을 들어 입을 막았다.

“이미 내가 결정한 일이야. 그대들에게는 일의 진행 사항을 알고 있으라 말을 꺼낸 것이고.”

“그럼… 감옥에서 사라진 포로들 또한…….”

“많이 힘들었어. 그들을 개종시키느라고. 천신장의 생각처럼 이미 적진에 들어가 있네.”

프랭크는 한숨을 내뱉었다. 크라우치의 끝을 알 수 없는 능력을 그 누구보다 잘 아는지라 그 어려운 개종을 시켰다는 말을 의심하지 않았다.

그동안 사라진 포로들이 5명이나 되었다. 당연히 암스트엔 비상이 걸렸고, 경비들의 문책이 줄을 이었다. 카비젤이 치안대에서 물러나 평기사로 백의종군하는 이유가 되기도 했다.

“신장들에게는 미안하게 생각하네. 하지만 비밀을 요하는 일이라 독단적인 결정을 내릴 수밖에 없었어. 이해하게나. 이 일로 피해를 입은 이들은 후에 개별적으로 조치를 취할 것이니. 아, 그리고 그자들은 찾았나?”

인상을 찡그린 주드로가 나섰다.

“찾긴 찾았습니다만……."

“생포해 와. 이번 일에 꼭 필요한 작자들이니. 골드가 있었으면 수석 장로가 죽기보다 싫어하는 일을 하지 않아도 되었겠지만, 꼭 필요하니 할 수 없는 일이 아닌가?"

“끄응, 흑마법사의 손을 빌려야 하다니……."

“피를 적게 흘리기 위함이라네. 누누이 말하지만 신성제국의 부활을 위해서는 장로들의 꽉 막힌 사고를 탄력있게 바꿀 필요가 있어. 과거, 신성 라미안 제국이 무너진 이유가 무엇인가? 세상의 변화에 대처하지 못했기 때문이야. 난 선조들의 잘못을 되풀이하는 멍청이가 되고 싶지는 않아. 알아들었나?"

주드로와 프랭크는 동시에 고개를 숙였다. 말이야 백 번 지당한 말이지만 마음속에 드리워지는 불안감은 떨치기 힘들었다.

스펠리오스는 정말 자다가 봉변을 당했다. 분명 잠을 청할 때는 오거의 둥지였다. 물론 오거와 동침을 하는 것은 아니다. 그놈은 사지가 절단되어 던전 어느 한구석에 널려 있으니까.

평소보다 심하게 찌부둥한 느낌에 눈을 떴을 때는 생소한 환경이 그를 맞았다. 비릿한 피내음이 섞인 냄새는 비슷했다. 벽면에 흉물스럽게 걸린 쇠사슬도 익숙한 광경이다. 탁자에 놓인 자르고 찢는 기구들도. 다만 눈에 거슬리는 벽돌과 왠지 공간이 좁은 것 같다는 느낌이 마음을 심란하게 했다. 그리고 문이 열리는 광경도.

"제, 제, 젠장."

눈을 감아버렸다. 바닥에 끌리는 옷가지 소리에 어느 정도 짐작은 했으나 설원의 위장포 같은 순백의 너덜거리는 옷을 입은 자들을 보자 그저 죽고만 싶었다.

거기에 손목을 파고드는 차가운 감촉이 절망을 불러왔다. 신관들이 마법사들을 포획할 때 쓰는 그 저주받은 마력 봉쇄 팔찌다. 단 한 톨의 마력도 끌어올릴 수 없는 상태였다.

대여섯 정도가 들어온 것 같은데 한참이 지나도 예상하던 일은 일어나지 않자 스펠리오스는 눈을 살며시 떴다. 평생 처음 본 미녀가 코앞에서 빙글빙글 웃고 있었다. 자신이 처한 상황도 잊은 채 입이 절로 벌어졌다.

"네크로맨서는 처음 보는 것 같아. 생각했던 괴물은 아니군."

확 깨는 남자의 목소리였다.

'네년이 더 괴물이다. 저 얼굴에 사내의 목소리라니.'

"정신을 차린 것 같은데……."

"여긴 어디냐? 너흰 누구지? 나를 왜?"

스펠리오스는 말을 잃었다. 초절정의 미녀 뒤에 시립한 다섯 사제의 몸에서 풍기는 기세를 도저히 감당할 수 없었다.

얼추 보아도 개개인이 5써클 마스터인 자신을 능가하는 실력자였다.

"마물! 폐하께서 묻는 질문에만 답하라!"

스펠리오스는 귀를 의심했다. 계집년인지 사내놈인지 헷갈리는 자를 폐하라 불렀다. 네크로맨서의 천적인 신관 중에서도 교황이란다.

탁!

눈이 치켜 올라갔다. 교황이라는 자가 던진 두툼한 서책은 자신이 한평생의 연구 결과를 적어놓은 책이었다.

"끔찍하더구만. 도저히 읽을 엄두가 안 나는 책이었어. 몬스터와 사람의 혼혈을 연구하던 부분에서는 네놈을 찢어 죽이고 싶었어. 인간 망종 새끼! 세상에 오크와 사람을 교미시킬 생각을 하다니. 오거의 몸통에 트롤의 피부를 이식하고 혈액마저 트롤의 피도 대체하고 머리는 인간으로, 하아―! 개보다 못한 자식이 창의력은 대단해. 말이 안 나올 지경이야."

크라우치는 당장이라도 때려죽이고 싶었는지 무시무시한 살기를 쏟았다.

"정말 상상을 불허는 압권이었어. 보통은 화형감이지만 네 놈에게는 너무 자비로운 것 같아. 그래서 기회를 주마. 그 뛰어난 창의력을 한번 발휘해 봐. 자, 그럼 어떻게 죽여줄까?"

“후후후, 죽을 때 죽더라도 여긴 어디요?”

“암스트.”

“암스트라… 라미안이군. 하룻밤 사이에 영지 다섯 개는 넘었단 말인데… 당장 죽지는 않겠어. 그렇지 않소, 크라우치 교황 폐하?”

살기를 지운 크라우치가 예의 미소를 지었다. 악마에게 혼을 판 네크로맨서라도 마법사는 마법사, 뛰어난 머리를 유감없이 발휘했다.

“살아 있는 게 유감이란 말처럼 들리는데?”

“유감이지요. 원래는 던전에서 타 죽어야 정상 아니오? 이곳까지 잡혀왔다는 건 특별한 이유가 있다는 거고, 나에겐 무척이나 힘든 일이란 생각이 들어서 말이지요.”

“그보다 살 기회가 있을 거란 생각은 들지 않나?”

스펠리오스가 어깨를 으쓱했다.

“전혀. 철 지난 사냥개 꼴이 되지 않으면 다행이지. 당신들이 우리를 어떻게 보는지 잘 아는데 그런 허튼 기대는 갖지 않소.”

“하하하, 역시 기대를 저버리지 않아. 쯧쯧, 그 머리로 노력할 생각은 하지 않고 악마에게 영혼을 팔다니… 그래, 당신은 죽음을 피할 수 없어. 이 책의 내용만으로도 골백번 죽어도 용서가 되지 않으니까.”

“잠을 설쳐서 피곤하외다. 당신도 나와 오래 마주 보고 싶은 생각은 없을 텐데, 용무가 뭐요?"

"네 손이 필요해서."

"손?"

"내 머리가 필요한 일이 있거든. 내 머리를 떼어주면 편안한 죽음을 선사하지. 어때, 이만하면 좋은 거래 조건이 아닌가?"

"내 머리를 떼어달라? 거참, 모르다가도 더 모를 일이구만."

"아! 그리고, 여기 이 부분 말이야."

크라우치가 책의 한 면을 펼쳐 손가락으로 짚었다.

"엥? 뭐요?"

"죽음에 직면하거나 쾌감이 극한으로 고조된 사람이 미지의 힘을 발휘한다는 이 내용."

"아하―! 그거? 재밌는 연구였는데 해답을 찾지 못했소. 약해 빠진 놈들이 죄다 죽어 나자빠져서. 그보다… 카카카, 교! 황! 폐하께서 내 연구에 흥미를 느끼시다니, 몸 둘 바를 모르겠네."

"답이 궁금하나?"

스펠리오스가 당황해 단추 구멍 같은 두 눈을 꿈벅거렸다.

"내 거래를 받아들이면 덤으로 궁금증을 풀어주지. 살짝 맛만 보여주자면, 그건 호르몬이라 불리는 화학 작용 때문이라네."

"호오르모은?"

"너희는 이제부터 카뮤님의 전사가 아니다!"

청천벽력 같은 소리에도 비장한 표정은 바뀌지 않았다. 오히려 전의를 불살랐다.

"카뮤님을 배척하고 라미안을 지상 최대의 악적으로 삼는 브리언의 전사가 되어야 한다!"

왈카의 검들은 심장을 도려내는 느낌이었으나 피가 터지게 입술을 깨물었다. 교의 부흥이 두 어깨에 달려 있는 것이다.

"신을 부정하고, 가족을 버리고, 자신을 버려라!"

"신께 영광을!"

"다시는 빛을 못 볼지도 모른다. 신의 품으로 다시는 가지 못할지도 모른다!"

"라미안에 광영을!"

상반되는 선창에 후창이었다. 프랭크의 눈에서 안쓰러움이 묻어 나왔다. 저들이야말로 위대한 순교자들이다. 이를 악물었다. 차마 성기사의 수장으로 뱉을 수 없는 말이다.

"왈카의 문장을… 떼어내라."

이 순간만큼은 누구 하나 선뜻 움직일 수 없었다. 가슴에 자랑스런 왈카의 눈을 새기기 위해 모든 것을 버리고 얼마나 많은 피눈물을 흘렸던가. 하지만 자신들은 스스로 지옥으로 걸어 들어가는 아르테르였다.

'나 하나 죽어 수만의 신도를 살리리라!'

모두가 같은 마음이었다. 그들은 스스로 명예를 땅에 버렸다.

이 순간만큼은 명령을 내린 프랭크도 눈물을 보였다. 저들의 심정을 어찌 모르겠는가. 크라우치가 원망스러웠다.

'그분은 이들을 흘린 것보다 더 많은 피눈물을 흘리실 게다. 그럴 거야.'

프랭크가 무표정하게 서 있는 요코치에게 붉어진 시선을 돌렸다.

"너만 믿는다."

"신명을 다 바쳐 라미안에 영광을! 신께 광영을!"

"앞뒤가 틀렸다, 멍청한 놈!"

의미는 알아들었다. 그래도 도저히 익숙해지지 않는 목소리였다. 불과 3달 전만 해도 칼을 겨누던 사이로, 그것도 악명 높은 시크릿 가드의 대장이었다. 그런 그가 이제는 라미안을 위해 검을 든다니.

"만일… 만일에 네가 배신을 하다면! 내 반드시 신의 이름을 걸고 지옥 끝까지 쫓아가 너와, 너와 관계가 있는 모든 자들에게 지옥의 끝을 보여줄 것이다!"

"이 영혼은 이미 교황 폐하의 은덕으로 새 생명을 얻었습니다. 저는 죽어서도 폐하를 지킬 것이옵니다."

"홍! 지켜보겠다. 가라!"

요코치가 허리를 꺾었다. 이어 50명의 기사가 성기사의 갑옷을 벗자 안에 받쳐 입은 날렵한 경장이 드러났다. 얼굴을 가리려 복면을 쓰는 사이 언뜻 그들 손목 안쪽에서 시크릿 가드의 표식인 역십자 문신이 보였다.

Chapter 9

라미안 신성왕국

*계*속될 것만 같았던 강추위가 어느새 힘을 잃었다.

끝없이 펼쳐진 설원 군데군데에 푸릇한 새싹이 새로운 태동을 알리듯 기지개를 켰다. 그도 잠시, 기나긴 겨울을 견딘 결과라고는 허무할 정도로 열매도 맺어보지도 못한 채 무참히 말발굽에 짓밟혀야만 했다.

얼음이 녹기 시작하자 때를 같이해 대규모 군사 이동이 시작된 것이다.

라미안의 3만 병력이 남하를 시작했고, 왕가는 히치벅에 남서지역 3개 군 6만과 동쪽의 거점인 토렌토 지역에서 2개 군 4만, 전국민총동원령을 내려 끌어 모은 시민군 5만을 합쳐

총 15만의 대군이 최후의 격전장인 중앙 대평원 헤레나로 속속 모여들었다.

양군 간의 암묵적인 동의하에 계획되는 헤레나 대회전은 왕군 입장에서는 손해였다. 라미안이 뒤를 보지 않고 역량을 총동원해 3만의 병력을 모았다고는 하나, 남하 길에는 방어에 용의한 거점이 두 곳이나 있었다.

조안 왕은 제장들의 간청을 뿌리치고 라미안의 전력에 큰 타격을 줄 수 있는 두 거점을 버리는 선택을 했다.

"교의 뿌리는 깊다. 승리 후에도 왕국을 안정시키기 위해서는 전쟁 이상의 역량을 투입해야 한다. 하지만 우리에겐 여력이 남아 있지 않다. 단기간에 안정을 찾고 곳곳에 뿌리내린 잡초를 제거하기 위해서는 이 방법이 최선이다. 적군이 헤레나까지 남하하는 데 최소 보름 이상, 날씨를 감안하면 한 달이 걸린다. 그사이 미친 광신교들이 속속 합류를 할 터, 많아야 만을 넘기지 않을 테니 차라리 두 거점과 후환이 될지도 모르는 광신교들을 맞바꾸는 편이 낫다. 15만 대 4만의 싸움, 절대 질 수 없는 전쟁이다."

조안 왕은 이외에도 믿는 구석이 있었다. 비공식 루트를 통해 들어온 특급 정보는 승리를 확신하기에 충분했다. 아직 얼음이 가시지 않았는 데도 라미안이 예상보다 빠르게 움직이는 이유를 말이다.

서방에서 불러온 손님들이 아주 귀중한 선물을 싸 들고 찾아오고 있었다.

　베르디 후작은 강골이었다. 목에 칼이 들어와도 아닌 건 아닌 사람으로, 갖춘 실력에 비해 저평가되는 대표적인 인물이었다. 투실바의 모든 귀족들을 서열별로 쭉 세워놔도 앞열에 위치할 후작의 작위를 가지고도 모두가 기피하는 변방 소리렌에 머물러 있는 이유이기도 했다.

　결코 중앙의 권력 투쟁에서 밀려서가 아니다. 얼굴에 허연 분칠을 하는 귀족들의 행태에 코웃음을 치고, 스스로 내려와 하루가 멀다 하고 몬스터들과 드잡이질을 벌였다.

　투실바의 북방은 상당히 거칠다. 인간의 영역은 소리렌까지로, 몬스터의 침입을 막기 위해 수백 년 동안 쌓아올린 50㎞에 달하는 장벽이 설치된 곳이다. 그 바로 위에 스칼라이드 산맥이 있고, 그 너머는 얼음의 대지이다.

　환경이 거친 만큼 병사들의 기질이 강해서 고위 귀족이라 해도 휘어잡기가 쉽지 않은 곳이었다.

　베르디는 그런 곳에서 기침 한 번으로 전 장병을 깨우는 사람이었다. 그런 그가 가자미눈이 되어 한 사내를 살피고 있었다.

　머리 하나는 더 큰 덩치만으로도 숨이 막힐 지경인데 은연중에 풍기는 기세가 몬스터 대군을 앞에 둔 것같이 신경을 바짝 자극했다. 생전 처음 느껴보는 위압감이다.

"험험. 골드 경, 지금도 많이 지체되었소. 이틀 이내에 물건이 도착하지 않으면 시간을 맞추기가 어렵소이다."

해안선에 시선을 둔 1골드는 동문서답을 했다.

"저것이 바로 빙하로군요. 어로 작업을 하는 데 어려움이 많겠습니다."

"빙하요? 그런 면이 있긴 있습니다. 하지만 위컨에는 숙달된 어부들이 많아서… 지금 그게 문제가 아니지 않습니까? 우리보다 가까운 엘리도에서도 출발했다는 연락이 왔고, 폐하께서는 벌써 툰그룬 지역에 접어드셨다고……."

"헤레나 대평원은 어떤 곳입니까?"

"말이 좋아 대평원이지, 경이 온 제국에 비하면 손바닥만 할 겁니다. 그래도 투실바에서는 제일로 손꼽히는 곡창 지역이라… 후유… 하하. 참, 골드 경은 배포도 좋으시오. 피가 마르는 이 상황에서, 내가 마음은 이스트 해만큼 넓다는 소리를 듣는 사람인데, 경에 비하면 아무것도 아니구려."

항구가 한눈에 내려다보이는 테라스에서 몸을 돌린 1골드가 눈을 빛냈다.

"떠날 채비를 하시지요."

"배가 아직 도착하지 않았는데……."

하며 지평선을 살펴보았으나 을씨년스럽게 허연 머리를 드러낸 빙하만이 보였다. 게다가 바다로 나간 기찰선으로부터의 연락도 없었다.

"저는 항구에 나가 있겠습니다."

고개를 갸웃한 베르디가 거대 선단이 모습을 나타났다는 소식을 들은 건 그로부터 한 시간이 지난 후였다.

"궁수들은 어서 활을 교체하라! 크로스 보우 사수들은 나누어 주는 보우를 교체한 후 병기관을 찾아 크로스 보우를 수리한다."

베르디의 국경수비대, 몬스터 수비대란 별칭으로 더 유명한 1만여 군사들은 정신이 없었다. 국경 지역의 주민 소개 작전이 끝나지도 않은 시점에서 이동에 들어갔다.

장기간 행군이라 전투력을 제대로 발휘하려면 체력을 보충해야 하는데, 갑작스런 무기 교체로 신무기를 손에 익히기 위해 행군과 훈련을 병행해야 했다.

궁수들은 전에 비해 훨씬 가볍고 탄력이 좋은 활을 지급받아 수고를 덜었지만, 크로스 보우병들은 활대의 윗부분인 어퍼 림프에 장치한 요상한 상자의 운용법을 익혀야 했다.

1골드가 가져온 신무기는 장궁 1,000점에 크로스 보우 5,000점이었다. 반년도 안 되는 짧은 시간에 마련한 것치고는 상당한 양이었다. 하지만 모든 군사들을 무장시키기에는 턱없이 부족했다.

"거, 신기하네."

역방향으로 말린 활에 시위를 건 베르디는 빈 시위를 튕겼다. 탱! 하며 들리는 경쾌한 소리에 절로 미소가 지어졌다. 새로운 '3' 모양의 활은 반달형 장궁과 크기도, 재질도 비슷해 보였으나 두툼한 중간 부위에 비밀이 숨겨져 있는지 사거리는 무려 100m 정도 더 멀리 나갔다. 아무리 힘이 달린 궁병이라 해도 기존 장궁의 최대사거리만큼은 나가는 것이다.

"골드 경, 이 가운데에 덧댄 건 뭐요?"

"말하면 싫어할 텐데요?"

"하하, 전장의 전우가 될 사이인데 무슨 말이든 어떻겠소? 내 심히 궁금하오."

"활의 탄력을 더하기 위해 몬스터의 뼈를 사용했습니다. 탄력하면 트롤이 최고인데 워낙 귀하다 보니 별에별 놈들이 다 들어 있지요."

"그, 그렇소. 허험! 내 트롤의 뼈가 탄력이 좋다는 소리는 처음 들었소."

활을 낭창낭창하게 휜 1골드가 말했다.

"단칼에 그놈들의 뼈를 자르기 힘든 이유입니다. 단단하기도 하지만 어지간한 충격은 다 흡수할 정도로 탄성이 좋습니다."

괜히 물었다는 듯이 인상을 구긴 베르디가 이번에는 크로스 보우에 새로 장착한 상자를 들어올렸다. 그러면서 우측면에 둥근 물체가 달리 손잡이를 돌렸다.

"이 장전 바를 돌려 시위를 고정 나사에 거는 것이지요? 상자 안에 넣은 퀘럴이 자동으로 장전이 되는 것 같고. 시위는 발로 눌러 거는 것보다 시간이 상당히 단축되는 것은 알겠는데, 한 손으로 장전하기가 쉽지 않을 듯하고 또 너무 약해 보여서……."

"상자 안쪽에 톱니바퀴가 보이십니까?"

"아! 이것 말이오?"

"그렇습니다. 그 바퀴들이 작은 힘을 큰 힘으로 변환시키는 장치입니다. 어린아이도 장전할 수 있지요. 손이 빠른 자는 전에 1발 쏘던 시간에 지금은 최소 5발 이상은 쏠 수 있습니다."

못 믿겠다는 듯이 길 옆으로 크로스 보우를 향한 베르디가 방아쇠를 당겼다. 빛살같이 퀘렐이 튀어 나가고, 그는 빠르게 장전 손잡이를 돌렸다. 그러자 달깍 소리가 나더니 시위가 걸리고 보우 끝으로 비쭉한 화살촉이 나타났다.

"오오! 대단하오, 대단해! 경이 만든 것이오?"

"아닙니다. 아는 사람 중에 솜씨 좋은 장인이 있습니다."

"라미안이 그대를 만난 것은 신의 축복이오. 내 신께 경을 위해 기도를 올리겠소이다."

"과찬이십니다."

"혹시… 결혼은 하셨소? 내가 과년한 딸자식이 하나 있는데……. 하하! 나는 이렇게 우락부락하게 생겼지만 레이아는 부인을 닮아서 한 인물 한다오. 어떻소?"

"말씀은 감사합니다만, 이미 내자가 셋이나 있습니다."

"…하, 하. 경같이 기골이 장대한 영웅이 3처 4첩이 무슨 허물이겠소. 내전이 종결되는 대로 한번 자리를 만들어봅시다."

1골드는 기가 찼다. 튼튼한 씨를 받겠다며 달려드는 두 여인도 곤욕스러울 지경인데, 요즘 들어 이상하게 만나는 사람마다 여자 얘기를 꺼낸다.

부모님 몰래 야동을 보다 쏟은 코피로 응급실에 실려 갔던 정우의 기억이 아직도 생생한데 말이다. 전장으로 향하는 무거운 마음이 한결 가벼워졌다.

'마음에 드는 사람이군.'

1골드는 병사들의 훈련 상황을 빠짐없이 지켜보았다. 북방은 산악 지형이라 병사들의 편제는 대부분 소수 레인저와 보병으로 구성되어 있었다.

다행히 편제상 궁수들이 많은 비율을 차지해 신무기로 인한 전력 상승을 가져올 것이다. 장궁은 별 문제가 없었으나 크로스 보우는 새로운 장치로 인해 숙련이 필요했다.

그래서 베르디와 숙고한 끝에 별동대인 레인저 부대에 모든 크로스 보우를 지급하기로 했다. 레인저는 산악을 평지처럼 뛰어다니는 부대인지라 기동성 면에서는 탁월하다.

베르디의 수비군을 끝으로 전장의 주인공들이 모두 모여

들었을 무렵, 조안 왕은 반가운 손님을 맞았다.

"하하하! 어서 오시오, 장군."

"감사합니다, 국왕 전하. 신 요코치 전하의 환대에 몸 둘 바를 모르겠습니다."

마치 십 년을 사귄 친인을 대하는 모습이었으나 대전 양편에 쭉 늘어선 근위기사들은 언제라도 출수를 할 수 있게 검병에 손을 올리고 있었다. 상대는 악명이 자자한 시크릿 가드들이다. 비록 무장 해제를 했다고는 해도 온몸이 흉기와 다름없는 자들이었다.

한쪽 무릎을 꿇고 예를 올리는 요코치는 보란 듯이 앞에 놓인 상자를 내밀었다.

"오오! 그것이오?"

그러면서 조안 왕은 시종장에게 어서 가져오라는 듯이 재촉을 보냈다. 조안의 마음을 잘 아는 시종장은 총총걸음으로 단상을 내려가 재빨리 상자를 들고 왔다.

한편, 구석에서 상자의 겉면을 살핀 후 뚜껑을 열어본 시종장의 축 처진 눈꺼풀이 찢어질 듯 치켜 올라갔다. 떨리는 마음을 진정시키고 마른침을 삼키며 상자를 조안에게 건넸다.

눈동자 끝만 살짝 내려 상자 안을 본 조안의 입꼬리가 길어졌다. 비웃음이다. 그토록 속을 썩이던 어린놈의 머리가 틀림없었다. 기쁨과 아쉬움이 교차했다. 옆에 두고 바라만 봐도 만족감을 주던 자였는데… 신관의 신분만 아니었다면 억만금을 주고서라도 취했으리라.

"휴우……!"

근위기사단장 데니 백작은 조안 왕의 고개가 살짝 끄덕여지는 것을 보았다. 물건이 확실하다는 표시였다.

시크릿 가드들이 크라우치를 암살했다는 소식을 전했을 때 그는 코웃음을 쳤다. 암살 따위에 당할 사람이 아니라 여겼는데, 재상 블레신이 먼저 확인을 한 후 시종장이 특별한 조작이 없는지 살펴보았으며, 이제 왕까지 수긍을 했다. 이 시점으로 내전은 종결된 것과 다름없다. 조안의 웃음소리에 절로 긴장이 풀어졌다.

"만족하셨습니까?"

"으하하하하하! 좀 다를 줄 알았더니 신의 아들이라 불린 자도 죽으면 똑같구려. 이래서 직접 확인하고 싶었소."

"아닙니다. 틀리셨습니다, 전하. 그분은 저 같은 인간 따위와는 비교조차 할 수 없는 특별한 분입니다. 상자를 다시 보시지요."

"그 무, 무슨 소리를… 헉!"

조안은 심장이 멈춘 것 같은 충격을 받았다. 크라우치가 눈을 똑바로 뜨고 자신을 쳐다보고 있었다. 분명 핏기 하나 없는 시퍼런 얼굴이 상자에 담겨 있었다. 그런데 몸 없는 얼굴이 눈을 뜨다니! 신의 저주인가? 그 순간, 그 신묘한 푸른빛 눈동자가 사라지고 퀭한 구멍이 그 자리를 대신했다.

"허억!"

"전하!"

눈구멍에서 확! 하고 연기가 피어올랐다. 놀란 시종장이 상자를 내쳤으나 조안은 이미 연기를 들이마신 후였고, 눈 깜짝할 사이에 기사들이 그의 앞을 막아섰을 때는 머리가 어지러워 몸을 가누지 못했다.

"도, 독을!"

"이런 빌어먹을! 한 놈도 살려두지 마라! 죽여라!"

검을 뽑아 들고 요코치에게 달려가는 그 와중에도 데니는 혼란스러웠다. 조안 왕의 암습은 누가 계획한 것인가? 정말 크라우치가 죽은 것인지, 브리언 교에서 이 기회에 교황과 왕을 둘 다 제거하려 수작을 부린 것인지 알 수가 없었다.

챙! 채챙! 우지근!

대전 너머에서도 소란이 일었다. 대전 밖에서 대기 중이던 가드의 잔여 병력과의 교전이 시작된 것이다. 데니는 어금니를 깨물었다. 백성들에게 알려져서는 안 될 자들이라 궁성에 불러들인 것이 실수였다. 아니, 재상의 선에서 확인을 하고 끝냈어야 했다.

"신께 영광을! 라미안에 광영을!"

데니는 분명 들었다. 라미안이라 했다. 크라우치가 계획한 것이다. 어서 전장에 알려야 한다.

너무도 손쉽게 요코치의 심장에 검을 박은 데니는 당황했다. 아무리 무장해제를 했다고 해도 너무 쉬웠다. 순간 요코치의 누런 이빨이 보였다. 그는 웃고 있었다.

콰콰쾅!

그 순간, 귀청을 울리는 엄청난 폭발음이 들렸다. 대전 옆의 대기실로 왕을 알현하기 위해 기다리던 문무백관들이 모여 있는 곳이다. 조안 왕은 크라우치의 목을 확인하자마자 전략을 수정하기 위해 문무백관들을 모두 불러들인 상태였다. 이건 철저히 계획된 암습이 분명했다.

"젠장!"

검이 빠지지 않았다. 요코치의 웃음이 짙어지는 듯싶더니 데니는 엄청난 충격을 받았다. 요코치의 몸이 터져 버린 것이다. 그 순간 요코치가 남긴 한마디가 환청처럼 메아리쳤다.

"신의 뜻대로! 자살도 믿음의 일부이기에……."

투실바의 모든 병력이 집결했다고 해도 과언이 아닌 헤레나 평원은 무거운 침묵에 휩싸여 있었다. 시시때때로 병사들을 독려하고 사기를 북돋아야 하는 하급 지휘관마저 굳게 입을 다물었다.

1골드는 그 이유를 한눈에 알 수 있었다. 교황기에 달린 흰색 깃발 때문이다. 교황의 유고를 알리는 표시. 거기에 모든 사제들은 왼팔에 흰 띠를 둘렀다. 국장을 치를 때나 볼 수 있는 모습이었다.

애타는 마음으로 달려온 베르디는 다리에 힘이 쭉 빠졌지
만 1골드는 피식 웃었다.

"철저한 양반이군."

"뭐, 뭐라 하셨소?"

"가보시면 압니다. 폐하의 막사로 가시죠."

진지 한가운데에 웅장하게 세워진 2층 막사의 주변에 삼엄
한 경비를 펼치고 있었다. 당장이라도 칼을 뽑아 들 것처럼
충혈된 눈으로 도끼눈을 뜨고 있는 기사들 사이를 1골드는
유유히 지나 막사 안으로 들어섰다.

"어이—! 골드, 수고했어. 하하. 어서 오십시오, 베르디 경.
많이 놀라셨습니까?"

베르디는 어안이 벙벙했다. 크라우치가 너무도 건강한 모
습으로 반겼기 때문이다.

"도대체……."

"하하, 정말 죽을 뻔했습니다. 왕의 사주를 받은 브리언 악
졸들의 암습을 받았었지요."

"아니! 그런 일이 있었습니까? 하면 조기를 거신 이유
가……."

"왕의 눈을 잠시 속이는 것이지요. 이렇게 경과 골드가 오
는 시간을 벌지 않았습니까?"

비록 적이지만 교황에 대한 예우로 국장 기간 동안에 전쟁
을 벌이지 않았다.

"골드가 가져온 무기들을 병사들이 손에 익힐 때까지 죽은 사람으로 지내려 합니다."

1골드가 말을 받았다.

"후에 화려하게 부활을 하는 것입니다. 옥석을 가리는 기회도 되고, 현재 떨어진 배 이상으로 사기를 끌어올릴 수도 있습니다."

전세가 어렵다 하여 등을 돌릴 자들은 없는 편이 났다. 테리 성 전투로 라미안 신군을 불사신군이라 부르기도 한다. 이번엔 교황의 부활이었다.

"허허, 골드 경은 이미 알고 계셨구려."

"서운하다 생각지 마시기를. 내가 부탁을 한 것이오. 적을 속이려면 나부터 속이라 했습니다."

"그런 뜻이 아닙니다. 폐하의 전략은 탁월하신 선택입니다. 오는 길에 정이 들어 저 친구를 사위로 삼으려 했는데, 고려를 해봐야겠습니다."

"허참. 부인이 셋이나 있는 친구인데, 베르디 후작은 이 지독한 노총각 냄새를 맡지 못하시나요?"

"예?"

"서른을 넘긴 지가 한참이 지났습니다. 가끔 경들은 제가 여자로 보이나 봅니다."

"…하, 하. 으하하하하!"

"하하하하!"

1골드의 예상은 빗나갔다. 남하하면서 불어난 병력은 크라우치의 부고 소식에도 초기 백여 명의 이탈이 있었을 뿐 더 이상 줄지 않았다. 오히려 시간이 지날수록 분노한 백성들이 늘어만 갔다.

그 사태를 파악하고 있으면서도 압도적인 전력 차에 승리를 확신한 토벌군 총사령관 트래비스 공작은 병력을 움직이지 않았다. 하지만 베풀었던 호의는 곧 배신감으로 다가왔다

일부러 알리고 싶었는지, 한밤중에 전군이 볼 수 있을 정도로 빛을 발하면서 신처럼 하강하는 크라우치의 모습은 매우 환상적이었다. 죽었다던 놈이 멀쩡히 살아 있었다.

"부활? 흥! 이젠 별의별 잔꾀를 다 쓰는구나! 계집애 같은 놈이! 머레이 공작, 아침에 진군을 명하시오. 내일 끝장을 볼 것이오."

"알겠소이다."

입맛이 쓴 머레이가 군신의 예를 차리고 막사를 나갔다. 테리 성의 패배로 왕의 자리를 넘보기는커녕 전쟁에 부관으로 좌천된 그였다.

부관들에게 명령을 하달하는 사이, 그를 밀치고 총사령관의 막사로 들어가는 기사가 있었다. 당장 죽여도 할 말이 없는 대죄였다.

"뭣이라?!"

그놈을 어떻게 죽여줄까 궁리를 하던 머레이는 들려온 고함에 황급히 막사 안으로 들어갔다.

"국왕 전하께서… 서거하셨습니다."

머레이는 자신의 귀를 의심했다. 수도를 떠나올 때만 해도 조안 왕은 힘이 넘치다 못해 펄펄 날 정도였다. 그런데 죽어? 그것도 중요한 전투를 앞둔 시점에서?

"궁성이 쑥대밭이 됐다고 합니다. 대부분의 대신들이 폭사를 하고, 그래서 소식이 늦은 것으로……."

"이런 빌어먹을!"

벌떡 일어선 트래비스는 쉬 마려운 강아지마냥 실내를 왔다 갔다 했다. 그리고는 시선을 들어 머레이를 향했다.

"들었소?"

"예, 사령관 각하."

"선택은 두 가지요. 병사를 돌려 수도로 가느냐, 일전을 치르느냐."

조안 왕이 암습을 당해 죽었다. 누가 사주를 했는지는 코흘리게 아이들도 추측할 수 있다. 그보다 이후의 사태가 더 중요했다. 수도 히치벅은 무주공산의 상태, 먼저 들어가 장악하는 자가 대권을 잡을 수 있는 것이다.

그런 입장에서 트래비스는 최우선 순위에 있었다. 현재 왕의 전 병력을 그가 장악한 상태이다. 하지만 왕의 서거 소식이 알려지면 흉심을 가진 자들이 전선을 이탈하기 시작할 것이다.

그들은 빠르게 심중을 교환했다. 둘 다 노회한 노장들이다. 트래비스가 전령에게 물었다.

"이 사실을 아는 자가 몇이나 되느냐?"

"정보부 소속 마법사 둘과 당직 사령뿐입니다."

트래비스가 전령에게 시선을 고정한 채 입을 열었다.

"레알, 들었느냐?"

대답 대신 검광이 번쩍였다. 고개를 숙이고 있던 전령의 목이 바닥을 굴렀다.

"들었습니다, 아버님."

"날이 밝는 대로 라미안을 치고 수도로 향한다. 그동안 우리는 아무 소식도 듣지 못했다."

레알이 막사를 나가자 머레이가 피를 게워내는 전령의 몸을 보고 있다가 시선을 들었다.

"아무래도 라미안이 우리보다 먼저 소식을 들은 것 같군요. 쇼를 펼친 시기가 기가 막힙니다."

"철저히 계획된 연극이겠지요. 하나 계집 같은 놈의 계획대로만은 되지 않을 테니 결코 우리에게 손해만은 아니지요."

"전군 전투 대형으로!"

"전투 대형으로!"

명을 전달하는 기사들이 부대들 사이를 바쁘게 뛰어다녔

다. 상대는 어중이떠중이들이 모여 4만이 될까 말까 한 병력이다.

트래비스는 수적 우세로 생기는 중압에 의하여 적을 제압할 계획으로, 중앙을 두텁게 하고 좌우익에 각 1만씩에 달하는 기병을 배치했다.

그럴 일은 없겠지만 중앙 보병이 밀리면 기동력이 우세한 좌우 날개가 적의 후방을 치고 들어간다. 그 후 벌어지는 조장된 백병전의 결과는 보지 않아도 뻔하다.

물론 보병대의 압박 전술로 그전에 결판이 날 것이지만 말이다.

"후후, 어리석은 놈들."

트래비스는 비웃음을 흘렸다. 전장의 길이는 5㎞가 넘었다. 아군은 중앙에 3개 전렬로 두텁게 배치했다. 반면 적은 전장을 맞추느라 길게 늘어서 1개 대도 되지 않는다.

저리 얇은 대열은 기병까지도 필요없다. 중보병 부대를 투입해 힘으로 밀어붙여도 순식간에 무너진다.

"아까운 기병을 쓸 필요는 없겠지. 이봐, 머레이 공작."

"예, 사령관 각하."

심복같이 행동하는 머레이의 태도에 트래비스가 흐뭇한 미소를 지었다.

"포병대에 사격 병력을 내리게. 지루한 전쟁을 끝내고… 후후, 오늘 저녁에 승리주를 들자고."

전투는 포병의 사격으로 시작되었는데, 연사 속도와 정확도에서는 뭐 하러 운용할까 싶을 정도로 형편없었다. 하지만 파괴력만큼은 대단해 단점을 보완하고도 남았다. 그도 그럴 것이, 공성병기인 캐터펄트(Catapult:곡사병기)와 발리스타가 포격에 사용되었다.

전쟁의 시작을 알리는 파공음이 울렸다. 하늘을 높이 솟구친 돌덩이와 거대한 화살이 갈랐다.

"흐음……."

높은 단상에서 여유롭게 전황을 살피던 트래비스의 표정이 살짝 굳었다. 적 대형에서 얇은 면도 없지 않아 있었고, 포격을 막을 수 있는 고위 신관들의 배치가 적절했는지 전선 전체에 거대 방어막이 쳐진 것처럼 별 피해를 주지 못했다.

"생각보다 마법 전력이 상당하군."

그가 의자 손잡이 옆에 놓인 통에서 깃발을 집어 들었다. 중보병의 진군을 알리는 표시였다.

대열을 맞춰 척척 전진하는 중보병의 위용에 가슴이 벅차올랐다. 15만 대군을 지휘하는 트래비스는 이미 왕이 된 듯한 기분이 들었다.

그때 적 진영에서도 포격이 시작되었다. 당연한 수순이라 놀라지는 않았지만 좋던 기분이 다시 망가졌다. 적들의 포격은 비교적 정확했다.

훅훅 날아가는 병사들이 아깝긴 했지만, 한 발에 십인대 하나가 박살난다 해도 강물에 돌을 던진 것처럼 전력에는 별반 흔적도 남지 않았다.

중보병의 진군에 맞서 적 진영에서도 일단의 병력들이 빠르게 뛰어나와 자세를 잡았다.

쉭쉭쉭쉭쉭!

"허―! 이런 미친놈들. 기껏 뛰쳐 나와 한다는 짓이 활을 쏘는 거라니. 그것도 저 먼 거리에서……."

얼추 보아도 양 진영은 400m는 떨어져 있었다. 장궁의 최대사거리 정도로 어찌어찌 화살이 날아와도 중보병에게는 아무런 타격도 입힐 수 없었다.

궁병 수에 비해 이상하게 화살이 많이 날아왔지만 그리 중요하게 생각하지 않았다.

중보병을 따르던 궁수들이 엄호 사격을 위해 시위를 매길 무렵, 하늘을 새까맣게 덮었던 화살비가 중보병 1열에 당도했다. 이 정도만으로도 적 궁병들에게 상을 내릴 정도로 훌륭했다.

트래비스는 의자를 박차고 일어섰다. 아무 일 없다는 듯이 전진을 해야 할 중보병들이 픽픽 나자빠졌기 때문이다. 튕겨져 나가야 할 화살이 오히려 갑옷을 뚫었다.

"이, 이런 빌어먹을! 중보병의 전진 속도를 높여라! 궁병은 대응 사격을 시작하라! 마법사들은 뭐 하느냐! 적의 대열을 흩뜨려라!"

"빨리 감아! 퀘럴 통이 빈 자는 후방으로 이탈하라!"

자신도 놀랄 정도로 순식간에 다섯 발을 날린 코헤이는 입에 단내가 나도록 뛰었다. 레인저로서 당연한 일이었지만 평지에 내려와서까지 발에 땀나도록 뛸 줄은 몰랐다.

장궁을 부러질 듯이 당긴 궁병들 사이를 지난 코헤이는 바닥에 놓인 퀘럴을 집어 재빨리 장전했다. 두 번 숨을 쉬자 핑핑하며 화살이 하늘을 수놓았다.

그는 궁수들의 손놀림에 새삼 감탄했다. 크로스 보우병보다 빠르다는 걸 알았지만, 자신이 가진 기적의 보우만큼이나 빠르게 연사할 줄은 몰랐다.

정해진 다섯 발을 순식간에 날린 궁수가 그처럼 후퇴하다 윙크를 날리는 여유까지 부렸다. 적들의 화살은 이곳까지 오지 못한다.

이런 식으로 활을 날리며 5번 후퇴를 거듭한 후에도 코헤이는 또다시 달려야 했다. 여전히 크로스 보우를 들고 우현에 지원을 가야 할 임무가 남았기 때문이다.

"정말 개 발에 땀나는구나. 아니지, 이 개자식들! 다 죽어라! 다다다다!"

보우가 장전되는 소리를 내뱉으며 열나게 장전 손잡이를 감았다.

트래비스 총사령관은 중보병에 맞서 나온 부대가 궁병인 것을 모르고 전진하다가 크게 당했다. 중보병의 전진 속도를 높이라는 명령을 하달하고, 적처럼 크로스 보우 부대를 선두에 배치해 역공격을 시도했다. 하나 사거리와 발사 속도에서 당해내지 못하자 크게 당황해서는 중보병에게 정지 명령을 내렸다.

이어 믿고 있는 양측방의 기병들을 전선에 투입했다. 기병으로 라미안의 전열을 흩뜨려 놓은 후 보병으로 밀어붙여 마무리를 지을 계획이었다.

기병의 전력은 다섯 배가 넘는다. 2만 대 3천의 전투였다. 반원을 그리며 선회한 기병대는 거침없이 질주했다. 기병은 기병이 잡는다는 보편적인 전술을 망각하고, 라미안은 일체 기병을 투입할 기미가 보이지 않았다. 하긴 3천으로는 어림도 없는 일이긴 했다.

쇠망치 역할을 하는 기병이 아무 저항 없이 적 후방으로 접근할 때였다. 무섭게 질주하던 기병대열이 주춤했다. 교황이 죽었다는 연극을 꾸며 시간을 번 사이, 기병의 예상 기동로에 함정을 설치한 것이다.

"씹어 먹을 놈들!"

파놓은 구멍에 60kg의 육중한 갑옷을 입은 기사를 태운 군마가 엉켜 넘어가며 전진을 방해했다. 그 와중에 라미안의 진영에 번쩍이는 섬광이 일었다. 마법 공격이 시작된 것이다.

기동력이 뛰어난 기병 부대에는 마법 지원을 하지 못한다. 저렇게 흐름이 막혀 버리면 개인 방어력에 의존해야 했다.

게다가 봄이 찾아온 평원에 겨울은 진흙이라는 잔재를 남겨놓았다. 언 대지가 녹으며 질퍽한 땅을 선사했는데, 그곳에 신관들은 기름을 부었다.

"슬립(Slip)!"

어찌어찌 중심을 잡은 군마들도 다시금 얼음판처럼 변한 바닥에 중심을 잃었다.

"어스 쉐이크(Earth Shake)."

그도 잠시, 이제는 땅 자체가 흔들렸다.

히이이잉!

춤을 추는 듯한 말들의 몸짓에 기사들이 처참히 내동댕이쳐졌다. 육중한 갑옷의 무게가 전해주는 충격을 해소할 사이도 없이 연이어 날벼락을 맞았다. 그 열 배에 해당하는 600kg의 군마가 그 위로 덮친 것이다.

와드드드득!

동시다발적으로 뼈 부러지는 섬뜩한 음향이 울렸다.

그뿐만이 아니었다. 또 한 번의 벼락이 충전되고 있었다.

기사들이 말과 함께 진흙탕을 뒹굴고 있을 때, 헐레벌떡 달려온 코헤이는 쉴 틈도 없이 열나게 장전 손잡이를 돌렸다. 일반 병사가 기사를 죽이는 전공은 가문의 영광이다.

더구나 이와 같이 진흙탕 속에서 말과 씨름을 벌이고 있는 적의 기사들을 죽일 수 있는 완벽한 기회는 흔히 찾아오지 않는다. 신이 난 그는 상관의 재촉보다도 빠르게 방아쇠를 당겼다.

경악을 넘어서는 충격을 받은 트래비스는 정신을 차릴 수가 없었다.

"이, 이, 이게. 어찌… 이런 일이……."

새벽녘에 시작한 전투가 정오를 넘어서고 있었다. 공세는 아군이 취했으나 일방적으로 피해만 입고 있었다.

전체적인 전술은 흠잡을 데가 없었다. 오히려 교과서적인 병력 운용에 가까웠다. 다만, 라미안의 방어 전술이 탁월했다. 거기에 기존의 성능을 훨씬 상회하는 활을 보유하고 있는 점과 신관의 마법 전력을 너무 낮게 평가했다.

"…각하! 트래비스!"

머레이의 고함에 트래비스가 정신을 차렸다.

"아직 전투는 끝나지 않았소. 초반에 승기를 놓쳤다고는 하나 병력은 아직도 적보다 우세하오. 어서 전열을 정비해 적의 공세에 대비하시오. 어서!"

말이 끝나기도 전에 트래비스는 여러 개의 전술 깃발을 빼들어 명령을 하달했다.

적의 기병대에 대비해 중보병을 뒤로 물리고 예비대로 편성된 창보병을 투입했다. 후방에 배치하던 크로스 보우 부대

를 전방 중보병 사이사이에 배치해 보호를 받게 했고, 지리멸
렬한 기병대를 모아 보병대의 후방에 두었다.

머레이가 고개를 끄덕일 정도로 현 상황에서는 최선의 수
비 대형이다.

하지만 그들이 간과한 사실이 하나 더 있음을 얼마 지나지
않아 깨달을 수 있었다.

1골드는 적병들이 한곳에 밀집해 방어 대형을 짜는 모습을
보고 있었다. 적장도 바보는 아니므로 모습을 드러내지 않은
기병이 일격을 노리고 준비하고 있음을 눈치 챘을 것이다. 진
한 마나 냄새가 적진에서 흘러나왔다. 마법 공격을 대비해 전
선에 흩어진 마법사들을 모은 모양이었다.

그는 처음의 생각을 수정했다. 명장은 아닐지라도 적장은
뛰어난 인물임엔 틀림없었다.

잠시의 여유를 가진 후, 적군의 움직임이 안 보이자 1골드
는 고개를 돌렸다. 헐렁한 장포를 벗고 갑옷을 걸친 크라우치
가 포병들 사이에서 모습을 드러냈다.

이윽고 준비된 마법진에 올랐다. 신관이 마법진에 오르는
모습이 흔치 않은 일이긴 하지만 없는 일도 아니었다. 신관은
신력을, 마법사는 마력을 근원으로 할 뿐 운용 면에서 유사한
점이 많았다.

1골드와 눈을 맞춘 크라우치가 고개를 끄덕였다. 군례로

답한 1골드가 말머리를 돌리고 크게 숨을 들이켰다. 익숙한 모양의 마법진이다. 이미 한 번 발동한 것을 목격한 적이 있기에 그 강력함을 익히 알고 있었다.

강력한 마나의 폭풍이 주변을 휩쓸고, 곧이어 지옥의 문을 여는 소리가 하늘 높이 메아리쳤다.

"헬 파이어!"

봄멜의 손에서 시현된 약식 헬 파이어가 대륙을 가로질러 크라우치의 손에서 발현되었다.

1골드는 마나의 인위적인 유동에 부들부들 몸을 떠는 군마를 토닥거렸다. 자신의 무게를 지탱하려면 이놈도 오늘 꽤나 고생을 할 것이다. 군마 중 가장 덩치가 좋은 놈을 골랐는 데도 발이 땅에 닿을 듯했다.

호흡을 조절한 1골드는 대검을 뽑아 들었다. 그때, 후와와 앙! 하며 어마어마한 기운이 하늘을 가르며 날아갔다. 때를 같이해 1골드도 오러 블레이드를 일으켰다.

하늘을 뚫을 듯 솟은 빛의 검날에 기사들의 심장은 무섭게 두방망이질 쳤다. 그들은 무의 최고봉을 직접 보고 있는 것이다. 그가 앞에서 이끌면 어떤 강적도 두렵지 않았다. 저 검날은 하늘도 갈라 버리므로!

"전구운—! 진격!"

마음을 울리는 멋들어진 연설은 없었다. 그저 진격의 명령 소리뿐. 하지만 그의 넓은 등이 이렇게 믿음직하게 보인 적은 없었다.

"신께 영광을! 라미안의 광영을! 배교도를 지옥으로!"

전장을 한눈에 내려다볼 수 있게 보루만큼이나 높게 만든 지휘소에서 긴장감에 마른침을 삼키던 제장들은 갑자기 적의 기병들 뒤에서 막대한 마나가 몰리자 저마다 그것을 바라보았다.

"어서 저곳으로 포격을 명하십시오! 주변의 마나가 몰리고 있습니다. 아무래도 마법진을 이용한 강력한 공격을 준비하는 것 같습… 늦었다! 어서 피하십시오!"

마법사의 찢어지는 비명에 가까운 고함 소리가 들렸으나 그걸 느끼지 못하는 제장은 이곳에 없었다.

"아버님! 피하십시오!"

레알이 트래비스에게 달려들었으나 그보다 더 빠르게 뒤로 튕겨져 지휘 본부에서 떨어져 내렸다. 벌떡 몸을 일으킨 레알은 트래비스의 안위도 잊고 겁에 질려 털썩 그 자리에 주저앉았다.

피할 겨를도 없이 엄청 빠른 속도로 무언가 거대한 것이 날아들었다. 그게 형체를 드러냈을 때는 이미 거대한 불덩이가 되어 중보병 일각을 삼키고 있었고, 눈 한 번 꿈벅할 시간이 지난 후에는 기병을 휩쓸고 지휘 본부까지 날려 버렸다.

콰콰콰콰콰쾅!

아직도 힘이 남은 집채만 한 불덩이는 최후방에 설치한 발리스타 10여 기를 태워 버리고서야 사라졌다.

순식간에 세상이 온통 붉게 변했고, 주변의 모든 물체를 순식간에 증발시켜 버렸다. 높이 5m의 지휘 본부는 물론이고, 직경 100m 공간의 존재했던 모든 것들이 한순간에 사라졌다.

적어도 일시에 수천의 목숨이 사라졌을 것인데 비명 소리 하나 들리지 않았다. 시간이 멈춘 것 같은 정적을 깨운 건 하늘에서 떨어지는 돌덩이였다.

결단코 들어본 적도, 본 적도 없는 사태에 넋을 잃은 병사들은 어찌할 바를 몰라 했다. 일시에 진영이 무너졌음은 그렇다 치더라도 불덩이 뒤로 지축을 울리며 달려드는 기병들을 막아야 하는데, 누구 하나 명령을 내리는 기사가 없었다.

지휘관들이 한순간에 날아가 버렸으니 병사들을 통제할 머리가 사라진 것이다.

"으악!"

"끄아아악!"

처음엔 예의 화살비였다. 그것은 중보병의 두터운 갑옷도 가리지 않았다. 심장을 보호하기 위해 세 겹이나 덧댄 가슴도 꿰뚫어 심장을 발기발기 찢어놓는 위력이다.

불덩이 이후에 불어 닥친 폭풍도 더하면 더했지 덜하진 않았다. 하늘엔 시퍼런 화살비가 내리고, 전면에는 그 틈을 타

기병대가 강력한 기세로 부딪쳐 왔다.

"끄아아아!"

"살려주세요. 저는 미천한…… 으악!"

"어머니—!"

애원도, 구걸도 그들을 멈추게 하지는 못했다. 기병의 말발굽은 모든 것을 가차없이 짓밟아 버렸다.

개중 용맹한 기사들이 나서서 병사들을 추슬렀으나 그도 잠시, 막 지옥에서 나온 듯한 으스스한 살기를 줄줄이 흘리는 엄청난 덩치가 하늘 높이 뛰어올라 지상을 향해 뿌려대는 뇌성은 세상의 종말을 알리는 것 같았다.

말과 기사를 통째로 잘라 버리고, 그것도 모자라 땅에 거대한 구멍을 만들어놓았다. 보기만 해도 오금이 저리는 무시무시한 대검은 반경 십 보 내외의 모든 것들을 토막 내었다. 한 칼에 십여 명의 중보병들이 잘려 나가는 데 막을 엄두가 나지 않았다.

기사들 또한 그의 용맹에 뒤지지 않았다. 기병의 정체가 성기사들이라 생각지 못할 정도로 검은 냉혹했다. 군마에 치어 목숨을 잃은 자가 부지기수이고, 마상에 내려치는 검광에 여지없이 하나의 목이 튀어 올랐다.

신의 저주가 담긴 불덩이가 지옥을 열었을 때부터 왕군은 전의를 상실했다. 그 한 방에 지휘부까지 날아가자 누가 먼저랄 것도 없이 수많은 병사들이 무기를 버리고 도망치기 시작했다.

　일부의 병사들은 상대가 누구인지도 잊고 망연자실 주저 앉아 목숨만은 살려달라고 애타게 하늘에 기도를 올렸다.

　그들의 기도는 신군들의 군홧발에 무참히 짓이겨졌다.

　전장의 광기와 뒤섞인 흥분이 잦아들 무렵, 승리의 기쁨보 다는 살육의 참상이 먼저 찾아들었다. 깨지고, 부서지고, 터 진 시체들이 발길에 차이는 돌멩이보다 더 많아 보였다.

　"우웨엑!"

　경험이 미천한 병사들이 광기만 빼놓고는 하루 종일 먹은 것도 없음에도 열심히 빈속을 게워냈다.

　그 사이에서 크라우치는 묵묵히 발을 놀렸다. 보필하는 이 들이 가마에 오르라 했지만 한사코 뿌리치고 아직도 뜨거운 피가 흐르는 전장 한가운데를 가로질렀다.

　긴장이 풀려 멍한 상태로 추위마저 느끼던 신군들이 하나 둘 그를 알아보고는 미지의 힘에 이끌리듯 그 뒤를 따랐다.

　평원 일각의 지형을 변형시켜 버린 헬 파이어의 자국이 남 아 있는 곳에 도달할 때 대부분의 신군들과 포로들의 시선은 그를 향해 있었다.

　딱딱하게 굳은 얼굴로 크라우치가 입을 열었다.

　"여기가 어디인가?"

　"……."

“여기가 어디냐고 물었다!”

“헤레나…….”

“중앙 곡창…….”

이런저런 답이 들려오자 크라우치는 고개를 저었다.

“모두 틀렸다. 이곳은 신의 대지다. 나와 너희들이 신의 뜻에 받들어 일구어야 할 곳이다. 그런데… 이게 뭔가? 이 피는 무엇이며, 이 시체는, 이 지옥도는 무엇이냐?!”

모두의 가슴을 울리는 분노와 울분이 녹아 있었다.

“왜 너희들이, 우리가 칼을 들어야 하느냐! 나는 슬프다. 그분께서도 울고 계신다. 사랑 대신 분노로 너희들의 마음을 채우게 한 나의 무능력에, 이런 시험을 내려야만 했던 그분의 선택이 나를 슬프게 한다.”

“신이시여…….”

“이움타…….”

“모든 슬픔과 분노, 회한을 이곳에 묻자. 마음껏 울어라, 나의 자식들이여!”

이상한 일이었다. 크라우치의 그 말에 신도들이 눈물을 흘리는 건 그렇다 여길 수 있다. 하지만 1골드도 뭉클한 감정을 느꼈다. 그는 전투에 대해 마음의 가책이 없었는 데도 불구하고 눈가에 물기가 고였다.

묘한 기분에 머리를 털고 몸을 돌렸다. 말 몇 마디에 사람의 마음을 움직인다 하더니, 크라우치는 교황답게 수만의 사람들의 마음속으로 파고들었다.

"내 약속한다. 다시는 친지를 죽이고, 이웃을 해하고, 동포를 죽음으로 내모는 이와 같은 참극은 우리의 터전에서 사라질 것이다. 지금 너희가 뼈저리게 느끼는 아픔을, 이 참혹한 죄업은 내가 모두 가져가겠다. 고난을 딛고 일어서라, 나의 병사들이여!"

"와아아아아!"

"검을 들고 나를 따르라! 앞길은 내가 열지니! 신의 세상이 열리는 그날까지, 성전은 아직 끝나지 않았다."

"신의 뜻대로……!"

"신께 영광을! 라미안에 광영을!"

강제적으로 창이 들린 시민군 5만과 참회의 눈물을 흘리는 병사들까지 가세해 라미안 신군은 헤레나를 벗어날 때 15만 대군으로 불어 있었다.

병력은 히치벅에 다가갈수록 기하급수적으로 늘어났다. 백성들이 농기구를 들고 꽁무니를 쫓았고, 두 진영 사이에서 눈치만 보던 군소 영주들이 이때다 싶어 신군에 가세했다.

아침까지만 해도 왕군이었던 병사를 거리낌없이 받아들인 크라우치는 군소 영주들에게는 다른 면모를 보였다. 영주들은 참수하고 병사들만 받아들인 것으로, 신념이 없는 자들은 신군이 될 자격이 없다는 이유였다.

거침없이 진군한 신군이 히치벽에 도착하자 굳건히 잠겨 있던 성문이 활짝 열렸다. 물밀듯이 밀려 나온 시민들이 꽃송이를 뿌리며 열렬히 환영했음은 물론이었다.

투실바 설립 이래로 25만의 대군을 맞아본 적이 없었다. 백성들이야 왕이 누가 되든 상관이 없었고, 왕가에 붙었던 귀족들은 이미 야반도주를 한 상태였다. 단지 누가 성문을 여느냐만이 남아 있었다.

그 영광은 수도방위군의 하사관인 뱅거라는 평민에게로 돌아갔다. 뱅거는 히치벽에 남아 있는 귀족들을 대표해 나온 쿠건 백작의 오른편에 당당히 서 있었다.

Chapter 10

그들의 세상

그들의 세상

투실바란 이름은 역사의 뒤안길로 사라졌다.

그대신 라미안 신성왕국이란 이름이 역사의 전면에 재등장했다. 무려 800년 전으로 거슬러 올라가 보면 현 크로시안 제국과 비견될 만한 라미안 신성제국이 있었다.

라미안 신성왕국은 그 제국의 후예로, 제정일치의 국가 형태가 다시 나타난 것이다. 사학자들에게는 라미안의 등장은 역사의 퇴보로 보여졌다.

등장만큼이나 라미안의 행보는 대륙의 관심을 받기에 충분했다. 투실바의 이름으로 귀족 위를 받은 자들의 모든 재산을 국고로 환수시켰다. 상류 사회의 재정비도 이어졌다. 귀족들이 작위를 반납하고 일시적으로 평민으로 돌아간 것이다.

이는 타 국가에서는 꿈도 못 꿀 일이다. 귀족의 권력이 왕권을 능가하는 경우도 종종 있었고, 국가 간의 전쟁 시에도 귀족은 대우를 해주는 관행이 있건만, 이 일은 대륙 귀족 사회 전체의 근간을 흔드는 충격을 전해주었다.

각국에서 항의 사신을 보낼 무렵, 라미안의 새로운 귀족층이 등장했다. 예견된 대로 대다수는 사제들이었고, 개중에는 평민들도 있었다.

하지만 영지는 분배되지 않았다. 이 부분에서는 1골드의 입김이 작용해 각지에 설치된 교단 조직을 행정 조직화시키고, 땅은 원칙적으로 국가 소유이나 적정한 가격으로 매각을 한다는 방침을 알렸다. 우탕카에서 지시한 바를 직접 실천해 보인 것이다.

이에 신이 난 건 부유한 평민들과 상인들이었다. 힘깨나 행사하던 귀족들이 모두 사라졌으니 돈만 내면 얼마든지 토지를 구입할 수 있게 된 것이다.

하지만 그들의 오산도 있었는데, 라미안 신성왕국의 개국에 맞춰 모든 농노들을 해방시켰다. 세수를 늘리기 위해 농노를 풀어주고 그들에게 경작할 농경지를 나누어 준 것이다. 향후 10년간을 농노들이 자립할 시기로 정해 그들에게 나누어 준 농경지는 교단의 허락없이는 매매가 불가능했다.

여기에 덧붙여 고리대금업자에게 진 백성들의 빛이 탕감

되었음을 알렸고, 경작지가 필요하다면 장기 임대 형식으로 토지를 할당해 줄 것을 공표했다.

이는 유민들에게도 해당하는 사항으로, 라미안에서 정착을 원한다면 신분을 불문하고 특정 지역에서 살 수 있도록 해주는 방안을 마련했다.

단, 신성왕국답게 개종이 조건이었다. 신전 한 번 가보지 못한 유민들이 거절할 이유는 없었다. 들리는 소문에 의하면 라미안은 귀족의 횡포가 있을 수 없는, 백성들이 살기 좋은 지상 낙원이었다.

백성들에게만 천국이 아니었다. 상인들에게도 정부 차원의 지원이 잇따랐다. 지역을 통과하면서 지방 귀족들에게 이리저리 떼이던 뇌물이 사라졌음은 물론이고, 활발한 상행위 활동을 위해 정기적인 시장까지 열어주었다.

가난을 숨길 수 없는 약소국 라미안 신성왕국은 백성들의 배를 채우기 위해 전 계층이 손잡고 발 빠르게 움직이고 있었다. 이 모든 변혁은 백성들의 전폭적인 지지가 있었기에 가능한 일이었다.

그런 라미안에서 개국한 지 이 년 만에 정식으로 각국에 초청장을 띄웠다. 그동안은 내부를 정리하느라 국문을 폐쇄하고 그 어떤 외국의 사신도 받아들이지 않았었다.

이번 행사는 공식적으로 교황 즉위식과 함께 국제 사회에 개국을 선포하여 신성 라미안의 등장을 알리는 중요한 의미를 가지고 있었다.

참석하겠다는 회신을 보내온 국가 중 인접한 국가들인 카시리아, 시니와, 와튼 공국, 모타니 등은 예상한 바였으나 초청장을 보내지도 않은 만유에서 공식 서한을 통해 참석 의사를 내비쳤다.

거기에 크로시안 제국과 밀리언 연방 너머의 3개국까지, 명실공히 에티우스 이북의 대부분의 국가가 참여하는 국제 행사가 되었다.

불참한 밀리언 연방은 견원지간이라 라미안을 국가로 인정하지도 않았고, 해상제국 드왈로는 대륙 반대편에 있는 일까지는 관심이 없었으므로 귀 국의 무궁한 발전을 바란다는 간단한 서한으로 대신했다.

프레인 패럴은 마음이 붕 떠 있었다. 수시로 호위하는 화려한 마차를 힐끔거렸는데, 그 안에는 꿈에도 그리는 그녀가 타고 있었기 때문이다.

카시리아 왕국 내에서 손꼽히는 패럴 가문의 장자로, 훤칠한 미남에 배경만큼 일신에 갖춘 능력도 뛰어나 왕국 사교계의 영양들에게 최고의 인기를 누리는 그가 꺾지 못한 꽃이 하나 있었는데, 다름 아닌 세실리나 공주였다.

윌리엄 국왕이 쉰이 넘긴 늦은 나이에 얻은 세실리나는 천성이 밝고 쾌활해서 왕은 물론 왕실의 존장들에게 많은 사랑을 받았다. 그렇다고 그녀가 제 앞가림도 못하는 철부지는 아니었다. 오히려 치정(治定)에 관심을 둘 정도로 깊은 학식을 쌓았다.

아무리 화려한 꽃도 손짓 한 번으로 꺾을 수 있는 프레인이 수수하단 표현이 어울리는 세실리나에게 관심을 갖고 있는 것은 다분히 배경을 고려한 처사였다.

사교계에 참석하기 위해 온갖 치장을 하는 귀족가의 영양들을 경멸의 눈으로 바라보는 세실리나가 왕궁을 벗어나 신성라미안으로 향하는 건 호시탐탐 기회를 엿보던 프레인에겐 다시없는 기회였다.

그는 그녀가 왜 가고 싶어 하는지는 상관할 바가 아니었다. 여정 길에 어떻게 해서든 자신에게 흠뻑 빠지게 만들어야 했다.

그래서 나섰다. 세실리나처럼 온실 속에서 자란 화초는 진한 남자의 향기에 취하기 마련이다.

"건방진 놈! 네놈이 정령 죽고 싶은 것이냐!"

기세를 흘리며 윽박질러도 병사는 굽히지 않았다.

"안 됩니다. 저는 임무를 명받았습니다."

도끼눈을 뜬 프레인이 급기야 검을 뽑아 들어 병사의 목젖에 갖다 대었다.

"이래도 마차 안을 보겠다는 것이냐! 개국식에 참석차 가시는 대카시리아 왕국의 영명하신 공주님이 타고 계신다

해도!"

"귀 국의 국왕 전하께서 타고 계서도 저는 임무를 수행합니다. 대라미안 신성왕국의 국경 검문대는 그 누구를 막론하고 예외를 두지 않습니다."

죽음도 불사하겠다는 병사의 태도에 일순 당황했지만 뽑아 든 검을 넣을 수도 없는 일이었다. 힐끔 병사의 너머를 보니 군관처럼 보이는 자는 팔짱을 낀 채 느긋하게 구경만 하고 있었다.

일국의 사신이 왔으면 국경수비대장이 맨발로 뛰어나와 영접을 해도 모자랄 판에 이들의 행동은 불손하기 짝이 없는 것이었다. 이런 위아래를 모르는 평민을 죽인다 해서 허물이 될 일은 없다.

살심을 먹은 순간 프레인은 몸을 굳혔다. 구경만 하던 군관이 감당하지 못할 살기를 쏘아 보냈고, 병사들은 시위를 당겼다.

"무슨 일인가요?"

사태가 심상치 않게 돌아가자 세실리나가 창문 너머로 머리를 내밀었다.

"별일 아닙니다, 공주님."

"카시리아 왕국의 공주님을 뵙습니다."

오른손으로 가슴을 친 병사가 빠르게 말을 이었다.

"대라미안 신성왕국의 국법에 의거, 왕국 내로 들어오는 물건은 그 어떤 것이라도 수색을 하게 되어 있습니다. 죄송하지만 잠시 마차에서 내려주시기를 부탁드립니다.”

불쾌했는지 살짝 미간을 좁힌 세실리나가 곧 미소를 머금고는 병사의 말을 순순히 따랐다. 이런 경우는 처음 당해보는지라 당황했지만 라미안의 군기를 엿볼 수 있는 모습이었다.

현재 라미안의 변화는 그녀의 흥미를 끌었다. 어느 국가에서도 시행하지 못할 개혁에 가까운 정책들을 끊임없이 내놓았다. 말도 안 된다며 코웃음 쳤던 정책들이 자리를 잡아 가는 모습에 천상의 신이 하강한 대륙제일미남이라는 크라우치를 직접 보고 싶었다.

그녀는 국경을 넘으면서부터 더욱 빨리 그 미남자가 보고 싶어 졌다. 이 신선한 충격이 계속 유지될 것인지도 궁금했고.

“무례를 범했습니다. 이제부터 제가 모시겠습니다. 저는 왈카의 검, 3대대장 카비젤 신장입니다.”

프레인은 흠칫 놀랐다. 팔짱을 끼고 구경만 하던 군관이 신장이라 했다. 신장이면 적어도 최상급 기사였다. 그는 안도의 한숨을 내쉬었다. 좀 전에 보여준 살기는 결코 가식이 아니었던 것이다.

예상대로 충격은 계속되었다. 곧 만유 왕국과 전쟁이 터진다는 소문을 확인시켜 주려는 듯 주요 전략 지역마다 철저한 검문이 이루어졌다. 어설픈 첩자들은 발도 붙이지 못할 정도였다. 이런 충격만 계속 받았다면 마차를 돌려 카시리아로 돌아가 버렸을 것이다.

느릿하게 움직이는 마차 창턱에 턱을 기댄 세실리나는 라미안의 몇 되지 않는 평야를 눈여겨보았다. 비록 넓진 않아도 잘 정비된 농지였다. 익어가는 밀 사이로 잡초 한 포기 찾아볼 수가 없었다. 토주가 백성민들에게 칭송을 받는 사람이 아니라면 정반대로 공포의 대상일 것이다.

그녀는 전자라고 생각했다. 밀을 경작하는 농노들의 눈빛이 살아 있었기 때문이다. 그 눈에는 일한 만큼 얻을 수 있다는 희망을 담고 있었다.

움직임도 카시리아의 농노들하고는 확연히 차이가 났다. 지켜본 지 한참이 지난 것 같은 데도 허리를 펴는 자가 한 명도 없었다. 하나같이 구슬땀을 흘리며 정성스레 밀밭을 가꾸고 있었다.

"아직 농경지 정비가 끝나지 않아 공주님의 눈을 어지럽히지는 않았나 모르겠습니다."

마차와 말머리를 같이하는 카비젤의 말이었다.

"지금도 흠잡을 데 없이 훌륭한데요. 이곳 영주는 덕을 베푸는 사람인가 보네요. 농노들의 얼굴이 보기가 좋아요."

"하하, 라미안에는 영주가 없습니다. 그리고 저들도 농노가 아니라 평민입니다."

"아—! 그렇군요. 제가 잘못 생각했네요. 이런 곡창 지역은 집단 농장이 있을 줄 알았는데……."

"저희도 그렇게 생각했습니다. 하나, 전신 아르테르님의 현신이신 골드 대공님께서 무지한 저희의 마음을 일깨워 주셨습니다."

"아르테르? 골드 대공?"

"세상에 오직 하나만 존재하는 태양과도 같으신 교황 폐하께서 의동생으로 두신 분입니다. 대공께서는 무력이 하늘에 닿아 전신이란 호칭을 얻으셨습니다. 저희 왈카의 검의 스승님이시기도 하고, 왕국의 고문 직을 겸하고 계십니다."

카비젤의 목소리에 무한한 존경이 묻어 나왔다.

"공주 전하께서도 아시겠지만 저희는 배교도들의 반란으로 상당한 타격을 입었습니다. 성지와 소리렌을 포기하면서까지 신의 위대함을 보였을 당시, 북쪽 지역은 남하한 몬스터들로 인해 폐허가 되었습니다. 다행히 미리 마을들을 소개해 많은 목숨을 살렸습니다만, 반란군 토벌에 앞장을 서신 대공께서는 쉬지도 않으시고 바로 북상하셨습니다."

"그리고 몬스터들을 토벌해서 그런 호칭을 얻었군요."

"안정을 찾았어도 대공께서는 요즘도 시간이 나실 때마다 수련 기사들을 직접 이끌고 스칼라이드 산맥 깊숙이까지 들어가십니다. 지금은 그분의 그림자만 봐도 몬스터들이 도망을 칠 정도랍니다. 하하하."

세실리나는 누구를 말하는지 짐작할 수 있었다. 비밀에 싸인 그랜드 마스터가 있다는 소문이 나돌았는데, 아마 그가 골드 대공일 것이다.

"저쪽에 공사가 한창인 저수지 또한 그분의 지시였습니다. 왕국을 재건하느라 인력이 부족했음에도 회의석상에서 검을 뽑으시면서까지 뜻을 굳히지 않으셨고, 그 결과가 지금 보시는 모습입니다. 착착 계획대로 진행되고 있어 내년쯤이면 경작지 면적은 두 배로 확장되고, 수확량은 세 배가 늘 것입니다."

사람의 힘이란 참으로 놀라운 것이었다. 전에 비해 인구수가 대폭 늘어난 것도, 혁신적인 농사법이 보급된 것도 아닌데 농지 단위면적당 수확량이 50% 이상 증가했다.

바삐 손을 놀리던 농민들 사이에서 작은 소란이 일었다. 누군가가 사신 행렬을 향해 손짓을 하더니 곧 우르르 몰려들었다.

세실리나는 고운 이맛살을 찡그렸다. 푼돈이라도 얻으려고 지저분한 손으로 옷깃에 매달리는 천민들의 모습이 떠올랐기 때문이다.

그러나 그녀의 예상은 여지없이 빗나갔다. 오히려 그 반대였다. 농민들은 경작물을 바리바리 싸 들고 와서는 신군들에게 감사하다는 말을 되풀이하며 건넸다. 신군의 대응 또한 놀라웠다. 일일이 흙 묻은 손을 잡아주며 친절이 무엇인가를 온몸으로 보여주었다.

병사들의 투구 끝만 봐도 숨기 바쁜 타국에서는 상상도 할 수 없는 모습이었다.

라미안의 영토로 들어오고부터 세실리나는 창가에서 떨어질 줄을 몰랐다. 자신이 그리던 세상이 현실로 펼쳐져 있었다. 어디를 가나 백성들은 희망에 부푼 모습이었고, 그네들의 삶도 약소국이라 믿기 못할 정도로 풍족한 듯 보였다.

'일시적인 현상일까?'

그래서 물었다.

"하하하, 그런 생각이 들 만도 하실 겁니다. 개국 초기에는 국고를 열지요. 저희도 마찬가지입니다. 전면적으로 개방을 했습니다."

"내전으로 재정이 넉넉지 않았을 텐데요?"

"저는 기사이면서 성직자입니다. 번쩍이는 돌덩이에는 별로 관심이 없습니다. 교황 폐하께서는 지금도 백성들이 먹는 것과 똑같은 거친 호밀빵과 양젖을 드십니다. 대공께서도 마찬가지시고, 저희도 물론입니다. 히치벅을 탈출한 배교도들은 외국으로 도망치지 못하고 성난 백성들의 손에 잡혔답니다. 그자들이 신을 기만하고 백성들의 고혈을 짜내어 모은 재산은 엄청났습니다. 지금은 이렇게 지혜로우신 폐하께서 백성들에게 돌려주고 계십니다."

"과연 계속될 수 있을까 하는 생각이 드네요."

"현재도 재정은 적자라고 하더군요. 원체 벌린 사업이 거대하니까요. 하지만 벌써 예년만큼의 세금이 들어오고 있습니다. 1년이나 땅을 놀렸는 데도 말이지요. 게다가 저희 왕국에서는 세금 징수관을 따로 두지 않습니다. 백성들이 자발적으로 지역 신전에 수입을 신고하고, 수확량의 반을 세금으로 냅니다.”

“어떻게 그런 일이 가능하죠? 전 이해할 수가 없는데요.”

“왕국의 모든 백성들은 신도입니다. 관청은 신전이고요. 세금은 곧 신께 받치는 헌금입니다.”

평민들에게 50%의 세금을 징수하는 것은 많은 편이었다. 하지만 농노들이 80% 이상을 낸다는 것을 감안하면 그리 많은 조세는 아니다. 게다가 영주가 없어 다른 명목으로 이중삼중으로 걷는 일도 없었다.

귀족들의 사고로는 도저히 상상도 할 수 없는 일을 벌이는 크라우치란 자가 어떤 사람일지 세실리나는 무척이나 궁금했다.

“헉!”

한 사람을 한마디로 표현한 것은 처음이었다. 크라우치를 본 세실리나는 그냥 감탄사만 터뜨렸을 뿐 아무 생각도 나지 않았다.

기대했던 화려한 개국식도 없었고, 웅장한 교황 즉위식도 없었다. 하나 단 한 사람으로 인해 초라하다거나 가볍다는 생각은 결코 들지 않았다.

각국 사신들을 초청한 만찬회장이었다.

멀리서 봤을 때도 눈을 떼지 못할 정도로 엄청난 미남이었는데, 가까이서 보니 이건 도저히 인간의 용모가 아니었다. 부드럽게 미소 짓는 모습에서 빛이 나고, 입을 열 때는 매혹적인 향기가 풍기는 듯했다.

세실리나는 꿈결 속을 노닐고 있었다.

"우리 라미안은 신성왕국이오. 여느 국가와 마찬가지로 백성들을 위해 기치를 올렸습니다. 다만 명예나 재물보다는 신의 사랑을 더 탐하기에 이런 정책들을 펼치고 있는 것이오."

크라우치가 크로시안 제국의 사신인 아이작 백작에게 대답했다.

"하하, 교황님. 아! 이런 실수했습니다. 저희 제국에서는 오직 위대하신 황제 폐하께만 '폐하'라 부를 수 있기에 그러니 넓은 아량으로 용서해 주시기를."

"호칭이 무슨 대수요. 전하든, 경이든, 공이든… 그대가 나를 뭐라 불러도 내가 라미안의 교황이고 크라우치라는 건 변함이 없으니."

"험, 험! 대륙의 한줄기 희망의 빛이신 절대자 황제 폐하께서 귀 국의 사정을 들으시고 제안을 하셨습니다. 저 간악한 북방의 오랑캐들이 귀 국을 침범한다면 도움을 주시겠다고. 다만……."

"말씀만 감사히 받겠다고 전해주시오. 밀리언과의 싸움은 우리의 일이고… 신성 라미안은 과거에도 자주국이었고, 현재도, 앞으로도 카뮤님의 의지대로 남아 있을 것이오."

아이작은 이해했다는 듯 순순히 물러났다. 애초부터 속국이 될 것이라는 기대도 없었고, 관심을 가질 만한 이점도 없었다. 그저 앞으로의 밀리언과의 관계를 확인할 필요가 있었을 뿐이다. 만유까지 넘어갔다고 봐도 무방한 상황에서 라미안의 영토까지 밀리언에 편입되면 머리맡에 비수를 놓고 있는 꼴이었다.

"교황님의 뜻이 그러하시다면… 그리고 귀 국에 전쟁의 포화가 가라앉지 않은 상황인지라 제국은 인도적인 차원에서 재정 지원을 해줄 의향이 있습니다. 어떠신지요?"

"염치불구하고 그것만은 사양치 못하겠소. 라미안 전 백성의 고마움을 황제 폐하께 전해주시오."

제국을 시작으로 크라우치는 차례대로 각국의 사신과 인사를 나누었다. 인접 국가는 앞으로의 행보를 탐색하는 경계의 빛을 띠었고, 밀리언 연방 너머에서 온 3국의 사신은 우호적인 입장을 보였다. 그들은 당장이라도 밀리언과 전쟁을 벌여 조금이나 힘을 쓰게 만들려고 하려는 듯 성토했다.

"어째 낯이 익다 했소. 오랜만이오, 알폰소 백작. 아! 이제는 공작이 되셨구려."

사람 좋은 얼굴로 알폰소가 크라우치의 손에 입을 맞추었다.

"위대하신 성자님을 이제는 교황 폐하로 뵙습니다. 그동안 격조했습니다. 넓은 아량으로 이해해 주시기를."

만유 왕국에서는 그나마 안면이 있기에 알폰소를 사신으로 보냈다. 만찬장의 모든 사람들이 흥미로운 시선을 던졌다. 원수가 외나무다리에서 만났다고나 할까. 양국은 일촉즉발의 상황이었다.

"귀 국의 사정을 심심치 않게 들었습니다. 올란도 국왕의 즉위식에도 참석하지 못해 미안합니다."

"국왕 전하께서 여간 섭섭해하시지 않았습니다. 하지만 교황 폐하의 사정을 잘 아는지라… 언제 시간을 내서 꼭 들려주시기를 바란다고 전하셨습니다. 전대 국왕 전하의 병세를 돌봐주신 은혜도 있고… 또 제 백성들 중에도 라미안의 신자들이 많습니다."

"물론 잘 알고 있지요. 동도들이 짐을 기다리는 것도 알고요. 귀 국 국왕의 말씀처럼 꼭 들르도록 하겠습니다. 아마 머지않아 시간이 날 듯합니다."

"하하하, 감사합니다. 백성들이 무척이나 기뻐할 일입니다. 바쁘실 텐데 어렵게 시간을 내어주신다니……."

"하하하, 짐이 뭐 하는 일이 있습니까? 그저 왕국의 밥만 축내고 있어 눈치가 보이던 차였습니다. 아니, 시간이 없으면 만들어서라도 가야지요. 귀 국에는 꼭 가야 할 일이 있습니다. 안 그렇습니까?"

"하, 하. 그렇게까지 생각해 주시다니 몸 둘 바를 모르겠습니다. 죄송하지만 저는 이만 물러가겠습니다. 먼 여정이라 피곤이 풀리지 않아서……."

크라우치는 인파 사이를 빠져나가는 알폰소의 뒷모습을 좇았다. 짓고 있는 미소와는 다르게 눈은 차갑게 가라앉아 있었다.

이어진 인사 행렬에 몸을 돌린 그는 좀 전의 상념을 금세 지워 버리고 끊이지 않는 축하에 답례를 보냈다.

잠시 틈을 낸 크라우치는 수줍게 힐끔거리는 세실리나에게로 향했다.

"음식이 입에 맞지 않으십니까?"

"예? 아, 아니요."

"지루한 행사를 참관하시느라 시장하셨을 텐데 별로 못 드시는 것 같습니다. 특별히 좋아하시는 음식이 있으면 말씀하세요."

"저보다는 교황 폐하께서……."

얼굴이 붉어진 세실리나가 살포시 고개를 들자 빤히 내려다보는 크라우치와 마주했다.

"제, 제 얼굴에 뭐라도……."

"아닙니다. 고루한 늙은이들만 상대를 하다 아름다운 공주님을 대하니 제가 실수를 한 것 같군요. 답답하지 않으십니까? 전 좀 찬바람을 맞고 싶은데……."

'당연히 저도요. 어머, 어머, 내가 무슨 생각을. 냉큼 받아 들이면 헤픈 여자로 보이지 않을까?'

그도 잠시, 입술은 다른 말을 쏟아냈다.

"어머, 저도 막 그 생각을 했어요. 히치벅의 밤 풍경이 아름답다는 소리를 많이 들어서요."

크라우치는 쓴웃음을 지었다. 그런 소리는 한 번도 들어본 적이 없었다.

크라우치는 세실리나를 에스코트하여 테라스로 나갔다. 그 모습을 수많은 눈들이 좇았고 머릿속이 빠르게 회전했다. '라미안과 카시리아가 가까워지면 자국에는 어떤 영향이 미치는가?'에 대한 보고서 서문이 벌써 완성되어 본국을 향하고 있었다.

테라스로 나간 크라우치와 세실리나는 가벼운 대화로 시작해 국책 사업 전반으로 대화가 깊어져 갔다. 그러다 세실리나가 물었다.

"그 골드 대공이란 분은 오시지 않으셨나요? 명성이 자자하셔서 뵙고 싶었는데."

골드라는 이름이 나온 것만으로도 크라우치는 지금껏 보여준 미소보다 배는 환한 얼굴이 되었다.

"그러게 말입니다. 그 녀석은 감히 교황의 말도 무시하는 몹쓸 놈이지요. 하는 일도 없는 녀석이 바쁜 척해서 저도 얼굴 보기가 힘듭니다. 셋이나 되나 부인과 짝짜꿍하느라 여간 바쁜 게 아닌 모양입니다. 하하하.”

“호호호… 짝짜꿍이라니요?”

“이런 것입니다.”

그러면서 그윽한 호수 같은 눈동자가 다가왔다. 눈이 휘둥 그레진 세실리나는 뜬 것보다 빠르게 눈을 감고 앙증맞은 손으로 드레스 자락을 꼭 쥐었다. 세상 그 무엇보다 부드러운 촉감이 입술에 닿았고 달콤한 환상이 흘러갔다.

“이래서 골드가 형을 보기보다는 부인들과 지내나 봅니다. 오랫동안 기다렸소, 세실리나.”

귓볼을 간질이는 매혹적인 음성에 세실리나는 몸이 녹아내리는 듯했다. 뭘 기다렸는지는 모르겠지만 대답을 해야 할 것 같았다.

“저도요…….”

얼굴을 붉힌 세실리나는 스스로에게 깜짝 놀랐다. 자신에게 이런 면이 있을 줄이야. 단 한 번 본 것만으로 사랑에 빠져 버리다니. 그보다 상대가 너무도 완벽한 남자이기 때문이지 않을까?

크라우치의 얼굴을 올려다본 그녀는 이 남자에게 빠지지 않는 여자는 여자가 아닐 거라 생각했다. 그리고는 자신에게 찾아든 행운을 놓치지 않겠다고 다짐했다. 절대.

“뭐? 풋! 푸하하하하하! 그런 일이 있었다는 말이지?”

마상에서 호탕한 웃음을 터뜨린 1골드가 훌쩍 뛰어내렸다. 검은 망토를 휘날리며 성으로 향하자 그 뒤를 비릿한 혈향이 풍기는 수십 대의 마차가 따랐다.

암스트의 식량난을 해결해 준 호수가 한눈에 내려다보이는 성주실에 들어와서 상징이 된 망토와 얼굴 전반을 가리는 긴 챙 모자를 벗었다. 그러자 당연하다는 듯이 라도스가 받아들었다.

“그 공주 한 명만 꼬셨다고 하던가?”

“험험, 꼬신 것이 아니오라 좋은 감정이 생기신 것입니다. 당연히 세실리나 공주님 한 분이고요.”

“좋은 감정? 크크큭, 알았어. 알았으니 인상 풀어. 카시리아 공주라고 그랬지? 이왕 꼬실 거면 제국 여자도, 시니아도 건져 가지고 연줄이나 왕창 만들 것이지. 쯧쯧, 내가 그 얼굴이면 여자만 꼬셔서 대륙을 통일했겠다. 안 그래? 그리고 나이 서른다섯에 여자 하나 건진 게 뭐 자랑이라고 보고까지 하나?”

“허―! 험험험! 안 그래도 그 일이 있은 후 각국에서 거의 무차별적으로 청혼이 들어왔다 합니다.”

“이상한 일도 아닌데 뭘. 개국식을 통해 정식으로 사교계에 데뷔를 하셨으니 눈에 다크 써클을 그리고 다니는 아줌마들이 후끈 달아올랐겠지.”

귀족을 안주 대용으로 씹는 백성들 사이에서도 크라우치

에 대한 험담을 늘어놓는 자는 없었다. 만약 그런 자가 있다면 몰매를 맞아 죽을 것이다.

라미안에서 1골드만이 유일하게 크라우치에 대한 독설이 허용된 사람이었다. 라도스도 그 점을 잘 알고 있었고, 1골드를 2년이나 모시면서 겪은 일이지만 구겨지는 인상은 어쩔 수 없었다.

다크 써클은 품행이 방자한 귀부인들이 자신들의 왕성한 성행위를 자랑하기 위해서 눈 아래를 검게 칠하면서 유행된 화장법이다. 여러 명의 부인과 첩을 두는 귀족이 많았기에 남편의 사랑을 독차지한다는 식으로 시작해 아직 변치 않은 매혹적인 자태로 남자들을 침실로 끌어들인다는 의미가 되었다.

투실바 시절, 라도스를 비롯해 대부분이 미남인 사제들은 그런 유혹을 많이 받았었다. 그 당시 그런 방탕한 귀부인을 보면 정말로 눈탱이를 날려 지워지지 않는 다크 써클을 만들어주고 싶었다.

"자꾸 웃음이 나오려고 하는데, 자네도 그러나?"

표현이 맘에 안 들고, 아직도 1골드에게 우호적이지는 않으나 진심으로 기뻐한다는 걸 알기에 라도스는 담담히 대답했다.

"대공님의 모습이 좋아 보이셨나 봅니다. 장로들이 그렇게 성혼하시라 청해도 고개를 내젓던 분이셨는데."

"원수 보듯 하던 자네도 이리 되었는데, 사람의 앞날은 모르는 거야. 나는 요즘 자네가 보여주는 모습이 제일 마음에 들어.

내가 맘에 들지 않으면 나를 뛰어넘어 사라지게 만들어야지. 많이 배우도록. 내 모든 걸 다 뺏어가도 원망치 않을 테니까.”

“…노력 중입니다.”

“좋아, 좋아. 일의 진행 속도는 어떤가?”

“손이 부족합니다. 대공께서 잡아오시는 양에 비해 처리가 늦어지고 있습니다.”

말이 끝나기 무섭게 몸을 일으킨 1골드가 밖으로 나갔다. 묻지 않아도 어디로 가는지는 뻔하다. 장로들에게조차 내부 사정이 알려지지 않은 카펠 성은 일종의 연구실을 겸한 감옥의 용도로 지어졌다.

삼엄한 경비가 펼쳐진 별관에 들어선 1골드는 무시무시한 살기를 흘렸다.

“스펠리오스!”

“허걱!”

올 것이 왔구나 하는 심정으로 다섯 명의 노인이 후다닥 뛰어나왔다.

“왕림하셨습니까, 대공 전하?”

“이제 숨쉬기가 싫어졌나? 힘들게 잡아온 몬스터들이 썩어나가고 있다 들었다.”

“제발 살려주십시오. 오거 한 마리를 해체하는 데도 하루가 걸립니다. 저희 다섯으로는 도저히 전하께서 잡아들이시는 양을 감당할 수 없습니다.”

"호오! 네가 살아 있는 이유를 잊은 것 같은데……?"

네크로맨서 스펠리오스를 잡아온 크라우치는 얼굴 본을 만들게 한 연후에도 그를 죽이지 않았다. 인체의 신비에 관심이 많았던지라 생체 실험을 하는 네크로맨서에게서 얻을 게 많았던 것이다.

그래서 암스트 북단에 카펠 성을 지어 감금시켜 놓았다. 이 사실을 전해 들은 1골드는 지은 죄를 갚는다는 명목하에 스펠리오스를 아낌없이 부려먹었고, 제국은 물론 인편을 총동원해 네크로맨서를 수소문한 끝에 4명을 더 잡아들였다.

네크로맨서들은 장궁에 들어가는 몬스터의 뼈와 시위를 엮는 심줄을 뽑는 작업을 하고 있었다.

"지금도 하루에 3시간밖에 못 자고 일을 합니다. 이 정도도 부족하시다면 차라리 죽여주십시오."

네크로맨서에게 신관이 상극이라 알려졌지만, 스펠리오스는 1골드라는 진짜 상극을 만났다. 1골드가 신비스런 검은 눈동자를 떼굴 굴리면 반사적으로 오금이 저리고 저절로 몸이 풀려 털썩 무릎을 꿇는다. 마치 계약을 맺은 악마왕을 대하는 듯했다.

"오늘 30대의 마차가 들어왔다. 보름을 준다. 그 안에 작업을 끝낸다면 아드레날린에 대해서 설명을 해주지."

"결단코! 임무를 완수하겠습니다."

1골드는 피식 웃었다. 악마에게 영혼을 판 사악한 존재들이라도 마법사답게 탐구열은 대단했다. 어쩔 때는 그 모습이 순수해 보이기까지 했다. 사람을 잡아와 실험을 하는 놈들만 아니라면 말이다.

"좋군."

스펠리오스는 입술을 삐죽 내밀었다. 단 두 글자로 칭찬받기에는 쏟은 정성이 아까웠다. 무려 2년 동안 밤을 새다시피 하면서 만들어낸 결과물이다. 저길 보라, 빨간 깃발을 흔들어대는 병사의 위치를. 혁신적인 무기라 칭송을 받은 기존 장궁보다 적어도 100보는 더 멀리 나갔다.

"허험험! 드디어 일반화 작업에 성공했습니다. 트롤의 뼈가 고무공과 같은 탄력을 가진 이유는 스펠이라 명명한……."

"스펠?"

"처음 발견한 물질이라 당연히 제 이름을 땄습니다. 아무튼, 스펠의 작용으로 단단하면서도 잘 부러지지 않는 뼈를 가지게 된 것으로……."

"노인네, 요점만 하지."

"뛰어난 스펠리오스의 능력으로 축출에 성공하여 여타 물질, 즉 흔하디흔한 오크의 뼈에도 그만한 탄력을 줄 수 있는 방법을 찾았습니다. 스펠과 연금술에 흔히 사용하는 나리튬을 3대 1.8의 성분비로… 험험, 그래서 혼합액을 만들어 뼈를 담그면 됩니다. 아! 이 연구는 대공 전하께서 친히 만들어주신 현미경이 어마어마한 도움을 주었습니다. 다시 한 번 진심으로 감사드립니다."

칭찬의 의미로 스펠리오스의 어깨를 두어 번 두드려 준 1골드가 물었다.

"화약은 어떻게 되었나?"

"휴우… 죄송합니다. 시간을 좀 더 주신다면 어떻게든 통제가 가능하도록 만들어 보이겠습니다."

이 세계에도 흑색화약이 존재했다. 그러나 너무 불안전하여 약간의 충격에도 터져 버리기 일쑤였고, 제조 기술을 가진 이들도 토굴 속에 숨어버린 드워프들밖에 없었다.

드워프를 찾아 방방곡곡을 수소문했으나 그들은 엘프만큼이나 찾기가 힘들었다. 멸종하지는 않았는지 의심이 들 정도였다. 여차해서 어렵게 구한 화약으로 연구를 시작했다.

1골드는 질산칼륨과 황, 목탄 등이 들어가는 화약의 표준 구성비를 알고 있어도 화약 제조에는 실패했다. 진보된 지식을 활용하지 못하기도 하는 것이다.

물질에 붙여진 이름이 다르다. 지구의 질산칼슘이 아이온에서도 질산칼슘은 아니다. 거기에 1골드의 지식도 완전하지가 않았다. 물질을 축출하는 방법을 몰랐다. 그저 화약의 구성 성분이 무엇이다 정도만 알 뿐이었다.

현재 아이온에서 발견한 원소들을 다 모아 실험을 하고 익혀야 했다. 드워프가 만들었다는 흑색화약도 현 시점에서 무기화한다는 건 꿈도 꾸지 못할 일로, 오랜 연구가 필요한 부분이었다.

1골드는 더욱 개량된 활을 들었다. 길어진 사거리만큼 기존 활과 같은 거리에서 보여주는 파괴력은 천지 차이다.

기마병단이 사라진 이유가 장거리 무기의 등장이라는 걸 그는 배워 알고 있었다. 아무리 단단한 갑옷이라도 집중포화를 막을 수는 없다.

'아ㅡ! 내 갑옷은 레드 드래곤 본이지. 한번 실험을 해볼까?'

그날 저녁, 1골드는 수십 대의 부러진 화살을 보고는 생각을 바꿨다. 이 세상에서 기마병이 사라지는 건 오랜 시간이 흐른 후일 것이다. 오러와 마법이 있는 한.

공공연히 알려진 국혼 건으로 인해 카시리아와의 관계가 우호적으로 급진전될 무렵, 크라우치가 카펠 성을 찾았다.

얼굴이 붉어진 크라우치는 차마 고개를 못 들고 있었고, 1골드는 신이나 침까지 튀기며 설을 풀었다.

"…에, 그래서 여성 상위는 임신하는 데 별로 좋지 않다고 하대요. 그리고 아들을 얻으려면 말입니다. 부인을 이쪽, 오른편에 비스듬히 어깨를 세운 상태에서 형님이 뒤에서 관계를 맺어야 즉방이랍니다. 하하하, 물론 과학적으로 증명된 바는 전혀 없는 미신이지만요. 뭐, 해봐서 손해 볼 일은 없지요. 안 그래요?"

"…낯부끄러운 얘기를 잘도 한다. 썩을 놈. 그렇게 잘아는

네 녀석은 밭이 세 개씩이나 되는데 왜 자식이 하나도 없냐? 내 하도 걱정도 되고 궁금해서 제수씨를 살펴보기까지 했다. 아주아주 건강하더라. 씨가 부실한 거야, 씨가. 그러니 잘난 것도 없는 놈은 입 좀 다물래?"

"씨가 부실한 것이 아니라. 내가 날짜를 맞춰서… 에이! 그만둡시다. 별 쓸데없는 걸 가지고."

1골드는 자식을 두지 않을 생각이었다. 적응을 했다고 스스로를 달래도 자신이 이방인이란 사실은 변하지 않는다. 있어서는 안 될 존재가 있는 것이라는 생각이 들어 자식을 낳아서 대대로 이어가고 싶지는 않았다.

한편으론 영혼은 지구에서 본래의 육체는 아이온으로 나누어져 정상적으로 태어나지 못했기에 지금의 육체는 기형에 가깝다. 아버지의 유전 형질을 물려받은 자식이 어떤 모습일지 걱정이 들기도 했기 때문이다.

"언제 결혼할 거요?"

"곧."

"그 공주를 사랑하긴 하는 거요?"

"왜 그런 질문을 해? 사랑도 없는데 결혼하는 걸로 보여?"

"왜, 거 있잖소? 정략결혼이란 거. 무언가에 쫓기듯 결혼을 서두르는 것 같아서요."

크라우치가 쓴웃음을 지었다.

"내가 네 표현대로 작업을 걸었는데 그렇게 보여? 첫눈에 반한 것일 수도 있잖아?"

"글쎄요. 나도 사랑은 잘 모르지만, 결혼을 앞둔 사람치곤 별로 행복해 보이지 않아요. 혹 딴마음이 있는 거요?"

"너는 제수씨들을 사랑해서 결혼했냐?"

"사랑보다는 정이라고 해둡시다. 지금은 없으면 못 살 것 같긴 해요. 혼자 잘려면 왜 이리 옆구리가 허전한지. 크큭."

"나도 사랑한다고 해둬. 솔직히 맘에 들기도 하고. 후후, 한두 살 먹은 어린애도 아니고 사랑에 목숨 걸 것도 아니잖아. 그보다 시작할 때가 된 것 같다."

1골드가 고개를 끄덕였다. 이동 마법진을 통해 크라우치가 직접 왔을 때부터 예상했던 바다. 그래서 쓸데없는 소리로 긴장을 풀기까지 했다.

"기사들이 비약적인 발전을 했지만 수적으로 너무 열세인데요. 좀 더 시간을 두시는 게……."

"때라는 게 있어. 좀 더 시간이 흐르면 명분을 잃을 위험이 있다. 백성들의 기억 속에서도 만유라는 이름이 지워지고 있을 거야. 게다가 밀리언 연방에도 작은 분란이 일어난 것 같아."

"저도 들었습니다. 만유와 우리에 대한 일로 교단과 황실 사이에 책임 공방을 놓고 틈이 벌어졌다는 소리를요."

브리언 교의 호언장담으로 연방에서는 수천억 골드에 달하는 군자금을 투실바에 지원했다가 모두 날려 버렸다. 연방 정부는 정치 공작의 실패 원인을 요코치가 투실바 왕궁에서

자폭한 일에 두었고, 그 일이 기폭제가 되어 정부와 교단의 싸움이 일어났다.

황실에서는 책임을 물어 공중에 떠버린 군자금을 교단에서 갚으라 압력을 넣었고, 교단에서는 연방이 전폭적인 지원을 했다면 초기에 내전을 마무리지었을 거라며 반발한 것이다.

"그래서 지금이 적기라는 거지. 만유에 원조를 해주겠지만 전면적인 지원은 힘들어."

"흐음… 하지만 형님과 제가 있다고 해도 만유에 있는 연방과 브리언의 강자들이 대거 나서면 힘들어집니다."

"그 점은 나한테 맡겨두고… 항상 짐만 짊어지게 해 미안한데, 네가 원정군 총사령을 맡아주면 좋겠어."

"알겠습니다. 뭐 어려운 일이라고. 크큭, 집이나 잘 보고 계십시오. 단숨에 끝내고 올 테니."

무한한 신뢰로 손을 맞잡은 두 사내가 빙긋 웃었다. 한 명은 철가면에 가려 보이지 않았지만.

"골드, 미안한데 라도스를 데려가도 될까?"

"미안해하실 것 없어요. 그동안 쓰시기 편하게 잘 다듬어 놓았습니다. 제법 쓸 만할 겁니다."

왕궁을 겸한 히치벅의 대신전으로 돌아온 크라우치는 깊은 밤에 카비젤을 불렀다.

오랜 침묵이 흐른 후 크라우치가 입을 열었다.

“나를 위해 죽어라.”

더 이상 이어지는 부연 설명도 없었다. 액면 그대로 죽으라 하는 것이다.

눈을 부릅뜬 카비젤은 이를 악물었다. 믿음에 대한 시험이 아닐까라는 등의 생각은 할 필요도 없다. 죽으라 하면 죽는 것이다. 다만 크라우치를 더 보필하지 못하고 떠나는 것이 아쉬웠다.

“신에 영광을! 라미안에 광영을! 교황 폐하께 신의 가호가 함께하시길…….”

두 주먹을 불끈 쥔 카비젤은 내력을 심장 부근으로 모아 마나의 충동을 일으켰다.

“크흑!”

입에서 선홍색 피가 쏟아져 내리고 귀에서, 코에서, 몸에 난 구멍이란 구멍에선 모두 붉은 액체가 흘러내렸다. 카비젤은 부르르 몸을 떨다 두 무릎을 꿇은 상태 그대로 고개를 꺾었다.

묵묵히 그 광경을 지켜본 크라우치는 손가락을 튕겨 딱! 소리를 내었다. 그러자 벽면이 갈라지면서 긴 포대를 짊어진 라도스가 들어왔다.

시체가 된 카비젤의 옆에 아무렇지도 않은 듯 다가와 어깨에 짊어진 포대를 내려놓았다. 빠른 손놀림으로 포대를 묶은 줄을 풀자 입에 재갈이 물린 사내의 모습이 드러났다.

“누구냐?”

"수도에서 고리대금업을 하던 놈으로……."

"되었다. 네가 잘 선별해서 데려왔겠지."

시선을 돌린 크라우치는 잔뜩 겁을 집어먹은 사내와 눈을 맞췄다.

"넌 어차피 죽을 놈이다. 신께 용서를 빌 기회를 주는 것이다. 편안한 마음으로 마지막을 맞으라."

어버버, 하며 사내가 뒷걸음질치려 했으나 라도스의 강한 악력에 뒷목이 붙잡혀 꼼짝도 할 수 없었다. 직후 크라우치의 손이 머리를 움켜잡았다.

크라우치는 북녘 땅으로 고개를 돌렸다. 단기간에 강자들을 만들어낼 방법은 이것밖에 없었다.

'골드야, 미안하다.'

라도스는 숨이 끊어진 후에도 계속 피를 게워내는 카비젤을 보고 있었다. 죽음의 순간은 이루 말할 수 없이 고통스럽다. 하지만 눈을 뜨면 딴 세상이 펼쳐져 있을 것이다. 죽음이 곧 축복이다.

짙게 드리워진 죽음의 장막을 밀어내는 밝은 빛이 크라우치의 몸에서 뿜어져 나왔다.

라도스의 바쁜 발걸음이 늦춰질 때쯤에 라미안 신성왕국은 기쁨에 차 있었다. 크라우치의 성혼을 온 백성이 뛰쳐나와 함께 축하했으며, 한 달 동안 축제가 펼쳐졌다.

황후가 카시리아의 공주라 했으니 강력한 우방을 얻게 된 것이다. 온 나라가 떠들썩하게 웃고 마시며 즐겼다.

전 왕국이 흥분에 차올라 있어도 병사들은 달랐다. 엄격한 군기 탓이 아니었다. 새로 보급된 무기로 연일 이어지는 강훈련 탓도 아니었다. 본능적으로 전운을 감지했기 때문이다.

축제가 끝나는 그날, 각 교구의 신전에는 공고문이 나붙었다. 글을 모르는 백성이 다수이기에 어린 수련 신관들이 나와 사람들이 모일 때마다 똑같은 소리를 외쳤다.

"신께서 진노하셨다. 간악한 조안 왕이 악마에게 혼을 팔아 동포를 죽이고 신을 배척한 이유는 악에 물든 만유 왕국 때문이었다… 이에 세상에 하나뿐인 태양과도 같으신 교황 폐하께서는 신의 자식으로 태어나 사랑을 받지 못하고 억압받는 불쌍한 만유 백성들에게 신의 자비를 베풀어주시기로 위대한 결단을 내리셨다. 이후 온 왕국은 전시 태세에 돌입한다. 동도들이여, 신의 가호가 함께하기를……."

전쟁 소식에도 백성들은 놀라지 않았다. 조안 왕이 신의 저주를 두려워하지 않고 교단을 핍박한 이유를 알고 있었다. 간악한 악적 브리언의 사주를 받은 만유 왕국이 후원을 했던 것이다.

라미안의 사내라면 모두 농기구를 들고 신전으로 모여들었다. 신군에 지원하기 위함이었으나 대부분은 발길을 돌려야 했다. 예의 친절한 신관들이 당신들은 열심히 일을 하는 것이 나라를 위함이고 신의 뜻이라는 말을 건넸다.

하지만 다수의 젊은이들은 뜻을 굽히지 않았고, 그중 군역의 의무가 남아 있는 자들을 선별해 신군으로 받아들였다.

전쟁 준비와 더불어 신전에서는 다른 정책을 병행했는데, 각 지역의 병자와 장애를 가진 사람들을 한곳으로 모으는 것이었다. 이 정책도 환영을 받았다. 현 국가 중에서 라미안만큼 의료 혜택을 받는 곳도 없었다.

병이 완치된 자들은 집으로 돌아갔으나 선천적 장애를 가진 사람들은 따로 분류되어 모처(某處)로 향했다. 가족에게는 사람들 틈에서 눈총을 받으며 사는 것보다 그들만이 모여 살면 좀 더 나을 것이라는 말이 전해졌다.

이 정책은 1골드도 반대하지 않았다. 시네르아에도 자신이 만들어놓은 그란델이 있었기 때문이다. 그는 그렇게 생각했다.

라미안 신성왕국군은 긴 겨울을 전쟁을 목전에 앞둔 긴장감으로 어떻게 지나갔는지도 모르게 넘기고 얇은 서리가 대지에 내려앉을 무렵, 서진(西進)을 시작했다.

개국 3년 만에 대지를 뒤흔드는 왈카의 깃발이 휘날렸다.

5권 END

다세포 소녀 원작 만화 출간!!

전국 서점가 최고의 화제작!

OCN 슈퍼액션 드라마 시리즈 방영!

왜? 사람들은 다세포 소녀에 주목하는가!
상식을 뒤엎는 기발하고 엉뚱한 상상력!

『다세포 소녀』의 숨겨진 힘!!

다세포 소녀 원작만화 (전 5권 예정)
B급 달궁 글·그림 | 값 9,000원 / 부록 예이츠 시집

몇 페이지만 읽어도 좌중을 휘어잡을 이야깃거리가 넘쳐난다!
둔감해진 머리에 영감을 주는 아이디어가 마구마구 솟구친다!
원작을 더욱더 빛내주는 기발한 댓글 퍼레이드!
300만 다세포 폐인을 열광시킨 상식을 뒤엎는 엉뚱한 상상력!

또 하나의 이야기! 또 하나의 재미!
소설 『다세포 소녀』

초우 장편소설 | 값 9,000원 / 원작자 B급 달궁

"그건 모르겠고, 나는 외눈의 사랑이야. 사랑을 줄 수는 있어도 마주 할 수 없는 사랑이지. 두 눈을 가진 사람은 주고받을 수 있지만, 나는 주는 것만 할 수 있어. 나는 주는 사랑으로 족해. 외사랑이지."
−외눈박이

입소문을 통해 아는 분은 다 알고 계십니다!
올 한해 공인중개사 최고의 화제작!

1~2권 합본 | 이용훈 지음
3~4권 합본 | 이용훈 지음
5~6권 합본 | 이용훈 지음
용어 해설 | 이용훈 지음
1~2차 문제풀이집 | 이용훈 지음

수험생 기본 필독서
만화 공인중개사

제목 : 만화공인중개사 쓰신 분에게 감사드립니다.

학원을 두달 다녔어요. 근데 과연 그 숫자 외우기 그렇게 몇 문제나 나올까 생각을 했어요.

아니라는 생각이 드네요. 학원강의를 뒤로 하고 서점을 갔어요. 내 머리에 가장 이해될 수 있는

책이 없나 하구요. 거기서 만화를 발견했어요. 무조건 세번 봤어요. 3개월 걸렸어요. 문제 집을

보라고 했는데 그건 시행을 못했어요. 근데 합격을 했네요.

어떻게 감사의 말을 해야 될지…

도서관에서 만화책 들고 다니까 사람들이 바웃더라구요. 만화책으로 공인중개사를 공부한

다고 미친사람처럼 보더라구요. 근데 그거 다 감수하고 했던 내가 자랑스럽습니다.

어떻게 감사의 말을 해야 할지 정말 감사합니다.

부디 행복하세요. 제 나이 41살에 좋은 스승을 만난 거 같습니다.

엎드려 감사드립니다.

-본사 홈페이지에 독자분이 올린 메일 中 에서 발췌-

잘나가고 싶은 사람은 읽어라!

그에게 한눈에 반했다! 그것은 분위기 탓?
애인과 나란히 걸어갈 때 당신은 좌, 우 어느 쪽에 서는가?
이성은 왜 서로 끌리는 걸까? 그 심층 심리를 해명한다!

30초의 심리학

■ **30초의 심리학**
아사노 하치로우 지음 / 계일 옮김 | 값 8,500원

처음 본 사람인데 와 닿는 느낌이
너무나도 강렬한 사람이 있다.
흔히 하는 말로 '필이 꽂힌 사람',
그래서 잊혀지지 않는 사람,
한눈에 반했다고 하는 것이 바로 그것이다.
이런 인간의 감정을 논하는 데
남녀의 구분이 있을 수 없다.
사랑하는 그, 혹은 그녀를
생각하는 것만으로도 가슴이 두근거린다.
이상할 것 없다. 당연히 그럴 수 있는 것이다.
그렇기에 인간을 감정의 동물이라 하지 않는가.
그러나 그렇게 좋아하는 그 사람이
어느 날 갑자기 싫어지는 경우는 왜일까?

Psychology